Darling Beast
by Elizabeth Hoyt

永遠に愛の囁《ささや》きを

エリザベス・ホイト
川村ともみ[訳]

JN182182

ライムブックス

DARLING BEAST
by Elizabeth Hoyt

Copyright ©2014 by Nancy M. Finney
This edition published by arrangement with
Grand Central Publishing, New York, USA.
All rights reserved.
Japanese translation rights arranged
with Hachette Book Group, Inc., New York
through Tuttle-Mori Agency, Inc., Tokyo.

永遠に愛の囁《ささや》きを

主要登場人物

リリー・スタンプ……………女優。脚本家
アポロ・グリーブズ…………キルボーン子爵。庭師
インディオ……………………リリーの息子
モード…………………………リリーの家の家政婦
エイサ・メークピース………アポロの友人
エドウィン・スタンプ………リリーの異父兄
モンゴメリー公爵……………庭園の出資者
アーティミス・バッテン……アポロの双子の姉
ウェークフィールド公爵……アーティミスの夫
フィービー・バッテン………ウェークフィールド公爵の妹
ジョナサン・トレビロン……元竜騎兵連隊長。フィービーの護衛
マルコム・マクレイシュ……建築家
ウィリアム・グリーブズ……アポロのおじ
ジョージ・グリーブズ………ウィリアムの息子。アポロのいとこ

1

昔々、戦うことを生きがいにしている王がいました。着るものは鎖かたびらに堅皮。考えることは戦略と争い。夜になれば、王は夢の中で敵の悲鳴を聞き、眠ったまま笑みを浮かべるのでした……。

『ミノタウロス』

一七四一年四月
イングランド、ロンドン

七歳の息子がいるおかげで、リリー・スタンプはおかしな会話に慣れっこになっている。魚が服を着ているか話しあうこともあれば、砂糖がけのプラムはどこからやってくるのか、洞察に満ちた深い議論を戦わせた末に、子どもが砂糖がけプラムを毎日の朝食にしてはいけいうおなじみの問題を取りあげることもある。それにもちろん、なぜ犬は吠えるのに猫は吠えないのかという理由を説明することもある。

だから昼食の席で、息子が庭園に怪物がいると言ったときに軽く聞き流したからといって、リリーが悪いわけではない。

「インディオ」彼女は声にわずかな怒りをにじませて言った。「ジャムのついた指をダフォディルで拭いちゃだめ。ダフォディルだって、いやがっていると思うわよ」

残念ながら、それは見え透いた嘘だった。胸に白いぶちのある、若くて無邪気な赤茶色のイタリアン・グレイハウンドのダフォディルは、すでにその引きしまった体をうれしそうに曲げて、背中についた甘いジャムをなめようとしている。

「ママ」インディオはパンとジャムを置きながら、辛抱強く言った。「聞いてなかったの？　庭に怪物がいるんだってば」椅子の上にひざまずき、自分の言葉を強調するようにテーブルに乗り出して言う。黒の巻き毛が青い右目にかかった。もう一方の目は緑色をしている。インディオの両目の色が違うことにとまどう人もいるが、リリーはとうの昔に見慣れていた。

「角はありました？」三人目の家族が、ひどく真剣な口調で尋ねた。

「モード！」リリーは叫んだ。

モード・エリスは、チーズがのった皿を少し焦げたテーブルの上に音をたてて置き、細い腰に両手を当てた。彼女は五〇歳を過ぎていて、体は小さいが――背はリリーの肩までしかない――自分の考えを口にするのを遠慮したことはなかった。「インディオが見たのは悪魔じゃないでしょうかね？」

リリーは目を細めて警告した。怖い夢をよく見るインディオにとって、この会話は望ましいとは思えない。「インディオは悪魔なんか見ていないわ。それに怪物も」

「見たんだってば」インディオは言った。「でも、角はなかったよ。肩がこんなに大きかった」そう言いながら両腕を精いっぱい開き、途中でにんじんスープの入ったボウルを落としそうになった。

リリーはすばやくボウルを押さえた。ダフォディルにとっては残念なことだが。

「スープが床に落ちる前にのんでしまいなさい」

「じゃあ、ダニーじゃありませんね。ダニーっていうのは、ふだんはとっても小さな幽霊なんだけど、馬に姿を変えるんです。その怪物、馬に変わりました？」

「変わらなかったよ、モード」インディオはスープをひとさじ口に運んでから、残念そうに話を続けた。「人間みたいだったけど、もっと大きくて怖いんだ。手なんかすごく大きくて、まるで……まるで……」眉根を寄せて、なんとかふさわしいたとえを探そうとしている。

「あなたの頭みたい？」リリーは助け舟を出した。「それとも三角帽？　羊の脚？　ダフォディル？」

名前を呼ばれると、犬は吠えながらうれしそうに小さく円を描いて走りまわった。

「びしょ濡れでした？　それとも全身緑色でした？」モードが尋ねる。

リリーはため息をつき、怪物の説明をしようとするインディオと、自分の知っている妖精やおばけや架空の生き物のどれに当てはまるか突き止めようとするモードを見つめた。モードは北イングランドで育ったので、恐ろしい昔話をたくさん知っているのだろう。リリー自身、子どもの頃にモードからそういった話を聞かされ、ときに怖くてたまらない夜を過ごしたものだ。インディオにまで同じような話を吹き込むのをやめさせたいと思っているが、なかなかうまくいかない。

リリーは昨日の午後に引っ越してきたばかりのみすぼらしい部屋を見まわした。黒焦げになった壁に小さな暖炉が作られ、別の壁際にはモードのベッドと物入れが据えられている。部屋の真ん中にテーブルと四脚の椅子があり、暖炉のそばに小さな書き物机といまにも壊れそうな濃い赤紫の長椅子が置かれていた。横にあるドアは狭い部屋につながっており、元は着替え室だったその部屋には、現在はリリーのベッドとインディオのベッドが置いてある。このふた部屋が、かつてハート家の庭園の大劇場だった建物のうち、唯一残った楽屋部分だった。劇場は——というか庭園全体が——昨年の秋に焼け落ちてしまったのだ。残骸のほとんどがすでに運び出されているにもかかわらず、まだ煙のにおいが幽霊のようにあたりをさまよっている。

リリーは身震いした。この場所の陰鬱さが、インディオに怪物を見たなどという想像をさせるのだろう。

インディオは口に頰張ったジャムつきパンをのみ込んだ。「髪はぼさぼさで、庭に住んでる。ダフも見たんだよ」

リリーとモードは小さなグレイハウンドをちらりと見た。ダフォディルはインディオの椅子の隣に座ってうしろ足を噛んでいたが、バランスを崩して背中から転がった。

「ダフォディルは何かおなかに合わないものを食べたのね」リリーは言った。「おなかが痛いものだから、怪物を見たような気になったのよ。わたしは庭園で怪物を見ていないし、モードも見ていないわ」

「大きな鼻をした怪しげな渡し守なら、昨日桟橋で見ましたけどね」モードはぼそぼそと言ったが、リリーの鋭い視線を見て、あわててつけ足した。「でも、本物の怪物は見たことありませんよ。大きな鼻の渡し守だけ」

インディオはそれについてじっくり考えた。「ぼくの怪物は大きな鼻をしてた」目を見開き、興奮した様子で言う。「かぎ爪もあったよ。きっとあれで子どもを八つ裂きにして食べちゃうんだ！」

「インディオ！」リリーは叫んだ。「もうたくさんよ」

「でも――」

「もうおしまい。魚の服の話をしない？　それとも、ダフォディルにお座りとおねだりをどうやって教えるか話しあう？」

「わかったよ、ママ」インディオは大きくため息をつき、いかにも意気消沈したようにがっくりと肩を落とした。この子はいつか、うまい役者になるに違いない。リリーは助けを求めてモードを見た。

だが、モードは首を横に振って何も言わずにスープをのみはじめた。

リリーは咳払《せきばら》いをした。「ダフォディルにはしつけをしたほうがいいわね」半ば絶望的になりながら言う。

「そうだね」インディオはスープの最後のひとすくいをのみ込むとパンをつかんだ。そして、大きな目でリリーを見つめた。「もう席を立っていい、ママ？」

「どうぞ」

あっという間に椅子からおり、インディオはドアに向かって走った。ダフォディルが吠えながらあとを追う。

「池に近づかないでね！」リリーは声をかけた。

庭園に続くドアが音をたてて閉じた。

その音に顔をしかめてから、リリーはモードを見た。「あまりうまいはぐらかし方じゃなかったわね」

モードは肩をすくめた。「もっとうまいやり方があったかもしれませんけど、あの子は敏感ですから。あなたもあの年の頃はそうでしたよ」

「わたしも？」

モードはリリーの子守だった。いや、実際はそれ以上の存在だ。迷信家ではあるものの、子育てに関しては全面的に信頼できる。女手ひとつでインディオを育てているリリーにとって、ありがたいことだった。「あとを追ったほうがいいかしら？」

「いまは意味がありませんよ。落ち着くまで放っておきましょう」モードはとがった顎でリリーのボウルを示した。「それをのんでしまったほうがいいですよ、ハニー」

愛情のこもった昔からの呼び名に、リリーは笑みを浮かべた。「住むのにもっといいところが見つかればよかったんだけど。どこかもっと……」そこで口ごもった。焼け落ちた庭園の雰囲気を言葉にするのはためらわれた。

「不気味じゃないところがね」モードのほうは少しも気にしていないらしく、あっさりと言った。「ここは木も建物も焼け落ちて、夜になれば数キロ先まで人っ子ひとりいない。あたしは毎晩、枕の下に小さなにんにくとセージを置いてるんです。あなたもそうしたほうがいいですよ」

「どうかしら」リリーはあいまいに応えた。にんにくとセージのにおいで目覚めたいとは思えない。「少なくとも、日中は作業の人たちがいるわ」

「むさくるしい連中ばかりですけどね。ミスター・ハートがどこからあの庭師たちを連れてきたのか、わかったもんじゃありませんよ。その辺で適当に集めてきたと言われても、あたしは驚きませんね。それどころか……」モードは身を乗り出し、かすれた声でささやいた。「アイルランドから来た船に乗っていた連中かもしれません」

「モード」リリーは静かにたしなめた。「なぜアイルランド人をそんなに毛嫌いするのかわからないわ。彼らだって、ほかの人たちと同じように仕事を探しているだけなのに」

モードは鼻を鳴らしながら、乱暴にパンにバターを塗った。

「それに――」リリーは急いで言った。「わたしたちがここにいるのは、ミスター・ハートがわたしにも役があるお芝居を新しく作ってくれるまでのことよ」

「そのお芝居はどこで上演するんです？」モードは焦げた梁《はり》を見あげた。「まずは新しい劇場が必要だし、その前に広がる庭園も必要です。どんなに短くても一年、いえ、それ以上かかりますよ」

リリーは顔をしかめて口を開きかけたが、モードに先を越された。彼女は手に持ったパンをリリーに向かって振り、パンくずをテーブルにまき散らしながら言った。

「あたしはあのミスター・ハートを信用したことありませんよ。魅力的すぎるし、愛想がよすぎます。あれは、小鳥を木から手のひらにおびき寄せて、そのままオーブンに入れるような人ですよ。あるいは――」バターを最後にもう一度パンに塗って続ける。「ロンドンじゅうがその足元にひれ伏すような女優を、自分の劇場に――自分の劇場だけに出演させるような人です」

「言っておくけれど、ミスター・ハートだって、あのときは自分の庭園と劇場が焼け落ちるなんて知らなかったのよ」

「そうですけど、ミスター・シャーウッドを怒らせることになるのは知ってたはずですよ」その言葉を強調するように、モードは音をたててパンをかじった。

リリーは鼻にしわを寄せて思い返した。キングス劇場の所有者であり、リリーの前の雇い主だったミスター・シャーウッドは、なかなか復讐心《ふくしゅうしん》の強い人物だった。自分が払っている報酬の倍の提示額でミスター・ハートに引き抜かれたリリーに、もしそちらへ行くならロンドンじゅうのほかの劇場にいっさい出演できないようにしてやると言った。

ハート家の庭園が焼けてしまうまではそれもたいした問題ではなかったが、火事のあと、リリーはミスター・シャーウッドが自分の言葉をしっかり守っていることを知った。ロンドンのほかの劇場はどこも、彼女を出演させることを断ったのだ。

こうして半年以上も仕事ができなかったため、わずかな貯金も底をつき、リリーたちはしゃれた貸家を出なければならなくなったのだ。

「でも、ミスター・ハートはただでここに住まわせてくれているわ」リリーは小さな声で言った。

ありがたいことにモードはちょうどスープをのんだところだったので、何も言わなかった。

「インディオを追いかけるわね」リリーは立ちあがった。

「昼食はどうするんです？」モードはのみかけのリリーのスープを示しながら尋ねた。

「あとで食べるわ」リリーは唇を嚙んだ。「あの子が動揺しているのが心配なの」

「甘やかしすぎですよ」モードは鼻で笑ったが、それ以上は反対しなかった。

リリーは笑みを隠した。インディオを甘やかしているのはモードのほうだ。

「すぐに戻るわ」

モードが手を振り、リリーは外に出るドアへ向かった。ドアは耳障りな音をたてた。ちょうつがいのひとつが火事の熱で壊れたため、ドアが傾いているのだ。外は曇っていた。濃い灰色の雲はこれから雨が強くなることを示しており、暗くなった地面には風が吹きつけている。リリーは身震いして、体に腕を巻きつけた。ショールを持ってくるべきだった。

「インディオ！」叫び声が風にかき消される。なすすべもなく周囲を見まわした。かつては洗練された美しい庭園だった場所が、火事と春の雨のせいで、すすけた泥の塊になってしまった。砂利道の両脇にあった生垣は、曲がりくねって遠くまで続いているものの、ほとんどが焼けている。左側にあるのは石造りの中庭と楽団席の残骸で、並んで立っている柱は壊れ、支える天井はなくなっていた。右側は雑木林で、木々のあいだから鏡のような水面が見える。観賞用の池の名残りだが、いまでは泥で詰まっていた。地面のところどころで灰色や黒の合間から緑が顔を出しているとはいえ、とりわけ今日のように曇って霧が低く立ちこめている日には、庭園は不気味で恐ろしく感じられる。

リリーは顔をしかめた。インディオをひとりで外に出すべきではなかった。でも、元気いっぱいの男の子を家の中に閉じ込めておくのは難しい。リリーは小道を進んだが、泥に足を滑らせ、泥道用の靴に履き替えてこなかったことを後悔した。すぐにインディオを見つけられなかったら、刺繍《ししゅう》の入った薄い室内履きをだめにしてしまう。

「インディオ！」

刈り込んだ木の茂みだったところをまわりながら叫んだ。焦げて黒くなった枝が風に音をたてる。「インディオ！」

茂みからうめき声が聞こえた。

はっとして、リリーは立ち止まった。

また聞こえた。激しく鼻を鳴らすような音。インディオにしては大きいし低い。まるで大きな動物がたてるような音だ。

すばやくあたりを見まわしたが、自分以外には誰もいなかった。建物まで戻って、モードを呼んできたほうがいいかしら？　でも、インディオが外にいるのよ！

ふたたびうめき声が聞こえた。さっきよりも大きい。そして、かさかさという音がした。

茂みの中で何かが荒い息をしている。

逃げなければならないときに備えてスカートをつかんでから、リリーはそっと前に進んだ。

ごろごろという、低いうめき声が聞こえた。

うなっているようだ。

リリーは息を詰め、焼けた木の幹の陰から音のするほうをのぞいた。

最初、泥に覆われた大きな塊が動いているように見えたが、その塊は縦に伸び、ひどく大きな背中と肩、そしてぼさぼさの髪が現れた。

彼女は思わず悲鳴に近い声をあげた。

塊が、その大きさには似つかわしくない速さで振り返った。すすで汚れた恐ろしい顔がリリーをにらみ、殴りかかろうとするかのように片方の手をあげた。

その手には湾曲した鋭いナイフが握られている。

彼女は息をのんだ。もし今日を生き延びることができたら、インディオに謝らなければならない。

庭園に怪物がいるというのは本当だったのだ。

今日は最初からついていなかった——キルボーン子爵アポロ・グリーブズはそう思った。大ざっぱに言って、庭園の木々の半分は死んでいる。残った半分の半分、つまり全体の四分の一も死んでいるかもしれない。観賞池の水源は火事の残骸で詰まってしまい、水はよどんでいる。エイサが雇った庭師たちは技術が未熟だ。そのうえ、春の雨がハート家の庭園の残骸を泥地に変えてしまったために、地面が乾くまでは草木を植えたり土を動かしたりすることができなくなった。

そしていま、わたしの庭に見たことのない女がいる。

アポロは相手の大きな緑色の目を見つめた。そこを縁取るまつげは豊かで色濃く、すすのように見える。女性……それとも若い娘と言ったほうがいいだろうか？　背はさほど高くないが、上半身をひと目見ただけで、成熟していることがわかった。体はほっそりしていて、緑のベルベット地に赤と金で派手な刺繍を施した奇妙なドレスを着ている。ボンネットはかぶっていない。うなじでまとめられた茶色の髪が乱れ、ほつれ毛がピンク色の頬の横で揺れている。おてんば娘のような美しさがあった。

だが、問題はそこではない。

いったいどこから現れたのだ？　アポロの知るかぎり、自分のほかにこの庭園にいるのは、いま池の向こうで生垣を整えているふたりの庭師だけのはずだった。アポロはひとりで、死んだ木の幹に欲求不満をぶつけながら、その根を手で引き抜こうとしていた。一頭しかいない駄馬はあとのふたりが使っているからだ。女性の声がしたかと思うと目の前に彼女が現れたのは、そんなときだった。

女性は目をぱちくりさせてから、振りあげたアポロの腕に視線を移した。

彼も自分の腕を見あげ、たじろいだ。相手のほうを向きながら反射的に手をあげていた。その手に持っている剪定《せんてい》ナイフに彼女はおびえたのだろう。

あわてて腕をおろした。繊細で美しい女性の前だと、泥で汚れたシャツとベストを着て汗くさい自分がでくのぼうみたいな気がする。

しかしアポロの動きで安心したらしく、彼女は背筋を伸ばして――それでも背は高くないが――言った。「あなたは誰？」

彼も同じことをききたかったが、〈ベドラム精神病院〉で最後に受けた暴力のせいで、それができなかった。

ようやく自分が単なる労働者のふりをしていることを思い出し、アポロはかしこまった様子で視線を落とした。その視線の先では、美しく刺繍が施された室内履きが泥だらけになっている。

この女性こそ誰なんだ？

「教えて」彼女が言った。そこそこ深い泥の中に立っているわりには尊大な言い方だ。「あなたは誰で、ここで何をしているの？」

アポロは相手の顔を見た。眉がアーチを描き、歯が薔薇色の豊かな下唇を軽く嚙んでいる。それだけ見て取ると、彼はふたたび視線を落とした。喉を軽く叩いて首を振ってみせる。これで言いたいことが伝わらないなら、この女性は相当鈍いということだ。

「ああ」彼女の室内履きを見つめるアポロの耳に声が届いた。「気づかなかったの」かすれた声は、彼がさらにうつむくとやさしくなった。「でも、関係ないわ。あなたはここにいてはいけないのよ。わかってちょうだい」

アポロはひそかにあきれ顔になった。何を言っているのだ？　わたしはこの庭園で働いている。彼女にだって、それがわかるはずだ。出ていけと命じるとは、いったい何さまのつもりだ？

「あなたは」耳が遠いと思っているのか、彼女ははっきりと言った。口がきけないから耳も聞こえないだろうと思われることはたまにある。アポロは自分が顔をしかめているのに気づいて表情を消した。「ここには、いられないの」しばらく間を置いてから、彼女はさらに言った。「ああ、困ったわね。わたしの話が伝わっているかどうかもわからない。信じられないわ、ミスター・ハートがこんな人を入れるなんて」

ついていない一日だとは思っていたが、これほど滑稽なことになるとは。この妙な格好をした女性は、わたしのことを知的障害者だと思っているらしい。

彼女の片足が泥の中で動いた。「わたしを見てちょうだい」

アポロは感情が顔に出ないように注意しながら、ゆっくりと視線をあげた。

彼女の大きな目の上で眉根が寄せられていた。厳しい表情を作っているつもりらしいが、むしろ愛らしく見える。まるで子猫をたしなめている少女のようだ。アポロは怒りを覚えた。この女性は崩れかけた庭園をひとりで歩くべきではない。もしわたしが〈ベドラム精神病院〉の経営者みたいな野蛮な男だったら、彼女の尊厳、それどころか命まで脅かされていたかもしれない。守ってくれる夫か兄弟、あるいは父親はいないのだろうか？　いったい誰が、こんなか細い女性を危険にさらしているのだ？

アポロが黙ったままでいるうちに、いつしか彼女の表情はやわらいでいた。

「口がきけないのね？」彼女がやさしく言った。

声を失って以来、アポロは哀れみの目で見られることが多い。ふだんなら怒りに燃え、絶望を覚える。九カ月経ってもまだ、ふたたび話せるようになるのかわからないからだ。だが、彼女の問いかけには怒りを感じなかった。女性というものが持つ魅力がそうさせるのか――もう長いこと、姉以外の女性から話しかけられていない――彼女自身がそうさせるのかはわからない。彼女の言葉には軽蔑ではなく思いやりがこもっていて、それがほかの人とは違うのだ。

アポロは相手を見つめながら、無表情のままうなずいた。

彼女はため息をついて自分の体に腕を巻きつけ、あたりを見まわした。

「どうすればいいのかしら？　インディオをひとりで外に出しておくわけにはいかないわ」

彼は驚きを顔に出すまいとした。インディオとはいったいなんだ？　人の名前だろうか？

「行ってちょうだい！」彼女が急に強い調子で言ったので、アポロは目をぱちくりさせた。人差し指が彼の背後を指している。

アポロは笑みをこらえた。この女性はあきらめる気がないようだ。彼女が指すほうをゆっくり振り返ってから、半ば口を開けて、さらにゆっくりとまた向き直った。

「ああ！」小さな両手で拳を握り、彼女が空を仰ぐ。「頭がどうかなってしまいそうだわ」

彼女はすばやく進み出ると、アポロの胸を両手で押した。

少しうしろによろめいたものの、彼はすぐに体勢を立て直した。彼女が動きを止めてアポロを見あげる。その背丈は彼の胸のあたりまでしかない。唇に彼女の息がかかるのがわかった。手のあたたかさが、ベストの粗い生地を通して燃えるように熱く感じる。近くで見ると、彼女の緑の瞳はとても大きく、瞳孔の周囲はところどころ金色に光っていた。

彼女の唇が開き、アポロはそちらに視線を移した。

「ママ！」

甲高い声に、ふたりははっとした。

アポロはそちらを向いた。小さな男の子が茂みの外の泥道に立っていた。黒い巻き毛は肩まであり、赤い上着を着ている。表情は険しい。かたわらに従えているのは小さな赤茶色のイタリアン・グレイハウンドで、犬の両耳は左に向かって垂れていた。細い首の上で頭をまっすぐにあげ、口の片端からピンクの舌をのぞかせている。その様子は、驚いていると表現するのがふさわしいだろう。

アポロが動くと、犬は一瞬凍りついたあと、くるりと向きを変えて一目散に走り去っていった。

犬に見捨てられた少年は顔をしかめたが、すぐに小さな肩をそびやかしてアポロをにらんだ。「ママから離れろ！」

ようやく彼女を守る人間が現れたというわけか。本当はもっと強そうな者が望ましいのだが。

「インディオ」女性が急いで一歩さがり、その拍子にスカートがアポロをかすめた。「そこにいたのね。あなたを呼んでいたのよ」

「ごめんなさい」少年はアポロから目を離さなかった。なかなか立派な態度だ。「ダフと一緒に探検してたんだ」

「次はもっと劇場に近いところを探検しなさい。誰か、その……」彼女はおそるおそるアポロを見てから言った。「危険な人に会わないように」

アポロは無害に見えるよう努めたが、残念ながらそれは不可能だった。一五歳のときに身長は一八〇センチを超え、その後の一四年でさらに一〇センチ近く伸びた。それに加えて広い肩に大きな手、いかつい顔をしていては、いくら無害に見せようとしても無理だ。

案の定、女性はさらにあとずさりして息子の手を取った。「さあ、ダフォディルがどこまで逃げていったか探しに行きましょう」

「でも、ママ」少年はアポロにも充分聞こえる声でささやいた。「怪物はどうするの?」

別に天才でなくても、〝怪物〟というのが誰を指しているかは容易にわかる。アポロはため息をつきかけた。

「心配しなくていいわ」女性がきっぱりと答えた。「できるだけ早くミスター・ハートに怪物のことを話すから。明日にはいなくなっているわよ」

最後にもう一度だけアポロを見ると、彼女は背を向けて少年と一緒に去っていった。

アポロは目を細め、その自信に満ちた華奢な背中を見つめた。庭園から放り出されるのがどちらなのかわかったら、彼女はさぞかし衝撃を受けることだろう。

2

王は大きな軍隊を持っており、それを従えて野山を行進し、行く先々で会った人々を服従させていきました。そして最後に、紺碧《こんぺき》の海に貝の中の真珠のように浮かぶ島に着きました。ここもすぐさま服従させると、あまりに美しい島だったので、女王を呼び、ふたりで住むための金色の城を建てました。でも、はじめてその城で寝た晩、王の夢に黒い雄牛が現れました……。

『ミノタウロス』

社交場となる庭園の持ち主だというのに、エイサ・メークピースは贅沢《ぜいたく》な暮らしをしていない。むしろ、貧しいと言ったほうがいい。

次の日の朝、アポロはいまにも崩れそうな階段を三階分のぼって、エイサが借りている部屋に向かった。エイサは、テムズ川の南岸にあたり、庭園からもそう遠くないサザークに住んでいる。階段をのぼりきると、左右にひとつずつドアがあった、

アポロは右のドアをノックしてから耳を当てた。布のこすれるかすかな音に続き、うめき

声が聞こえる。耳を離して、ふたたび木のドアを叩いた。

「静かにしてくれないか?」左のドアが勢いよく開き、しわだらけの老人が現れた。赤いベルベットの帽子をかぶっている。「朝は寝ていたい人間もいるんだ」

アポロは帽子の広いつばで顔を隠しながらそちらへ少し体を向け、すまないという印に手を振った。

老人が音をたててドアを閉めたのと同時に、エイサが自分の部屋のドアを開けた。「なんだ?」彼は戸口に立ち、風を受けているかのようにわずかに体を揺らした。「どうした?」黄褐色の髪はライオン――それも、ついさっきまでつむじ風の中にいたライオン――のたてがみのようで、シャツのボタンが外れているため、たくましく毛深い胸があらわになっている。

アポロは友人を押しのけて部屋に入ったが、それほど奥まで進みはしなかった。進むほどの空間はないからだ。部屋にはものがあふれ返っていた。高く積まれた本の山、テーブル、隅には四柱式のベッドもある。壁のひとつにはひげの男の等身大の肖像画が立てかけられ、隣にカラスの剝製《はくせい》が並んでいた。さらにその隣には、縁の欠けた汚れた皿が危なっかしく積みあげられている。その横にあるのは高さが一メートル以上ある船の模型だ。部屋の片隅にはさまざまな色の衣装が山を作っており、それらほぼすべての上に紙が散乱している。

エイサがドアを閉めると、その勢いで数枚の紙が床に落ちた。「いま何時だ?」

アポロはテーブルの本の山のてっぺんに置かれたピンクの時計を指さしたが、よく見ると時計は止まっていた。困ったものだ。そこでもっと直接的な方法を取ることにして、ひとつだけある窓に近づき、分厚いベルベットのカーテンを開いた。

カーテンにたまっていたほこりが、部屋に差し込む朝の光の中で盛大に舞った。

「おい！」エイサが声をあげた。よろよろとベッドに近づいて倒れ込む。「きみには情けというものがないのか？　まだ昼にもなってないじゃないか」

アポロはため息をついて友人のそばに行った。エイサの片脚を無造作に押しのけ、ベッドの端に腰かける。そして、常に携帯しているノートと短くなった鉛筆を取り出した。

〝庭園にいる女性は誰だ？〟そう書いて、エイサの目の前に突き出した。

エイサはしばらく寄り目になってから、ノートに焦点を合わせた。「女性だって？　頭がどうかしたのか？　庭園にいる女性といったら、エデンの園のイブぐらいなものだ。そうなるときみはアダムだな。きみが葉っぱで大事なところを隠している光景なら、金を払ってでも見たいが――」

相手がくだらないことを話しているあいだに、アポロは次の言葉をノートに書いた。そして話し続ける友人の前に出した。〝緑の目で妙な服装をした、きれいな女性だ。インディオという息子がいる〟

「ああ、彼女か」エイサはうろたえる様子もない。「リリー・スタンプだよ。当代きっての、いや、どの時代をとっても最高の喜劇女優だ。すばらしい演技力で、観客、特に男の客に魔法をかけてしまう。芸名はロビン・グッドフェロー。便利なものだな、本名以外の通り名があるというのは」

アポロは皮肉に満ちた目で友人を見た。エイサ・メークピースは通常、ミスター・ハートの名で通っている。もっとも、そのふたりが同一人物であることを知る人間はごくわずかだ。エイサは一〇年ほど前、ハート家の庭園を開設したと同時に偽名を使いはじめた。実家の家族は信仰が厚く、舞台や娯楽用の庭園といったものを認めようとしないことが関係しているらしい。一度それについて尋ねたことがあるが、うまくはぐらかされた。

アポロはふたたびノートに書いた。〝わたしの庭園から彼女を追い出してくれ〟

それを読んだとたん、エイサが眉をつりあげた。「あれはおれの庭園で――」

アポロは彼をにらんだ。

あわててエイサが両手をあげる。「もちろん、きみもかなりの出資をしているが」

アポロは鼻を鳴らした。かなりの出資――つまり、四年半前に自分が集められるだけ集めた資金だ。その後の年月のほとんどを〈ベドラム精神病院〉に閉じ込められて過ごしたため、それ以上の資金や収入を得ることはできなかった。ハート家の庭園への出資金が唯一のたくわえであり、ロンドンにとどまっている理由だった。庭園が再建されて収益をあげられるようになるまで、出資した金を取り戻すことはできないのだ。

庭園の整備を監督することにしたのもそのためだった。

エイサが両手をおろしてため息をついた。「だが、ミス・スタンプを追い出すことはできない」

アポロは今度はノートに書きもせず、眉をあげて頭を傾けてみせた。

「彼女にはほかに行くところがないんだ」不意に警戒心をのぞかせて、エイサがベッドからおりた。

アポロは辛抱強く待った。口がきけなくなってよかったことがひとつある。こちらが黙っていると、相手がしゃべってくれるのだ。

エイサは脇の下のにおいをかいで顔をしかめるとシャツを脱いだ。そして話しはじめた。

「おれは、まあ、言ってみれば彼女をキングス劇場のシャーウッドから奪ったんだ。ばかなシャーウッドがそれを恨んで、彼女がロンドンのほかの劇場に出られないようにした。だから先週、借りている家の家賃が払えないと彼女が言ってきたとき――」

アポロは眉根を寄せて乱暴に書いた。〝知らない人間が庭園の中を動きまわっていたら、わたしは身を隠していられなくなる〟

「おれたちが雇った庭師だっているじゃないか。あの連中に関しては、きみは何も言わない」

〝彼らはしかたない。庭師は必要だ。それに彼らはミセス・スタンプみたいに賢くない〟

「ミス・スタンプだ。おれの知るかぎり、夫はいない」

話をそらされ、アポロは目をしばたたいて首を傾けた。〝あの子は……〟

「彼女の息子だ」エイサは水差しを手に取り、縁の欠けた洗面器に水を注いだ。「芝居をやっている連中がどういうものかはきみだって知っているだろう？　世間知らずなことを言うな」

では、彼女はほかの男のものではないわけか。だからどうというわけではないが。彼女はわたしを文字どおり愚かな男だと思っているし、わたしのほうは〈ベドラム精神病院〉から脱出して以来、兵士に見つからないよう隠れている。

ため息をついて書いた。〝彼女に別の場所を探してやってくれ〟

エイサは差し出されたノートを読み、釣りあげられた鯉《こい》みたいに口を開けた。

「それはなんともいい思いつきじゃないか、アポロ！ ウェールズにおれの家族が持っている古い城にでも行かせようか？ だいぶ荒れてはいるが、使用人が七〇人ほどいるし、敷地も広大だから、多少の不便には目をつぶってもらえるかもしれない。それとも南フランスのシャトーのほうがお気に召すかな？ まったく、なぜ思いつかなかったんだろう？ 場所はいくらでも――」

アポロは友人の頭を洗面器の水の中に押し込んで、皮肉たっぷりの批判をさえぎった。

エイサがうなって頭を激しく振ったおかげで、アポロのほうもびしょ濡れになった。

そのとき控えめな咳払いが聞こえ、ふたりは振り返った。

入り口のドアのすぐ内側に立っている貴族は、背はさほど高くなかった。エイサより数センチ、アポロよりは頭ひとつ分低い。男は金と象牙でできた杖を物憂げに持ち、腰を少し曲げた気取った立ち方をしていた。明るい青や緑や金、それに黒で刺繍を施したピンクの上下を着ている。多くの人がかぶっている白いかつらはつけていない。金髪には髪粉も振っていないが、巻き毛にして黒いリボンで束ねてある。第七代モンゴメリー公爵バレンタイン・ネイピアとはじめて会ったとき――ハート家の庭園が焼け落ちたあの晩のことだ――アポロは彼にひそかに〝気取り屋〟というあだ名をつけた。あれから数カ月になるものの、そのあだ名を変える理由はまだ見つからない。ただ、少し言葉をつけ加えた。モンゴメリーは危険な気取り屋だ。

「やあ」公爵の上唇が愉快そうにゆがんだ。「お邪魔だったかな?」

彼が狡猾《こうかつ》な目でふたりを見比べ、アポロは体がこわばるのを感じた。

「朝の身支度をしていただけだ」エイサはあてこすりを無視して言うと、布をつかんで乱暴に頭を拭いた。「どうぞ出ていって、もっと都合のいい時間にまた来てくれ、閣下」

「やれやれ、忙しい男だな」モンゴメリーはつぶやくと、椅子の上に山積みになった書類の束を杖でつついた。書類が音をたてて、ほこりとともに床へ落ちる。公爵の顔に一瞬笑みが浮かび、アポロは少年時代に母が飼っていた灰色の猫を思い浮かべた。母の居間の炉棚を歩きながら、飾ってあるものを落とすのが好きな猫だった。落ちた品が割れるのをわれ関せずといった様子で見てから、次の標的に移るのだ。

「座ってくれ」エイサはそう告げると、物入れの引き出しを開けてシャツを取り出した。

「どうも」モンゴメリーは気まずさのかけらも見せずに応えた。座って脚を組み、シルクのブリーチについた糸くずをはじき落とす。「わたしの出資の件で来た」

アポロは眉をひそめた。モンゴメリーに金を出してもらうことには最初から反対だった。

だが、いつもの口のうまさでエイサに説得されてしまったのだ。どうしても悪魔と取引をしたという印象をぬぐえない。モンゴメリーは一〇年以上海外で過ごしたあと、突然ロンドン社交界に戻ってきた。その称号と家系は有名だが、彼自身のことも、国外にいた一〇年のあいだに何をしていたかも、よく知る者はいないようだ。

そんな不可解な男に対して、アポロは背中にむずがゆさを覚えていた。

「そうか」エイサが大きな声で言う。「何もかも順調だ。このスミスがきちんと監督して、造園を進めている」

「スーミス」モンゴメリーは、エイサがアポロにつけた偽名をわざと伸ばして発音した。アポロに顔を向け、愛想よく微笑みかける。「ミスター・メークピースの話だと、ファーストネームはたしかサミュエルだったね？」

「彼はサムと呼ばれるほうがいいんだ」エイサがうなるように言ってから、あわてて敬称をつけ加えた。「閣下」

「なるほど」モンゴメリーの笑みは消えない。まるで自分自身に向けて微笑んでいるかのようだ。「ミスター・サム・スミス。オックスフォードシャーのホレス・スミスの親戚か何かかな？」

アポロは首を横に振った。

「違うのか？　それは残念だ。オックスフォードシャーに知りあいがいるんでね。だが、たしかによくある名前だからな。それで、庭園はどんなふうに造るつもりなんだ？」

アポロはノートのうしろのページを開き、公爵に見せた。

モンゴメリーは身を乗り出し、唇をすぼめながら、アポロが描いたスケッチをじっくりと眺めた。

「見事なものだ」しばらくしてそう言うと、椅子の背にもたれた。「あとで現場を見に行こう」

アポロとエイサは顔を見あわせた。

「その必要はない」エイサがふたりを代表して言った。

「必要がないのはわかっている。単なる気まぐれだと思ってくれればいい。とにかく行くからな、ミスター・スミス」

アポロは苦い顔でうなずいた。なぜいやなのか自分でもはっきりとはわからないが、公爵が庭園をかぎまわると思うといい気がしなかった。

モンゴメリーは杖をくるくるまわし、金の柄が放つ光を目で追った。「庭園内の建物を設計して建て直すために、近いうちに建築家を探さなければならないな」

「サムはようやく庭園に手をつけはじめたところだ」エイサが言う。「やることが山積している。どんな状態かはあなたも見たはずだ。建築家を探す時間はまだまだあるさ」

「いや」モンゴメリーはきっぱりと言った。「時間はない。一年以内に庭園を再開するつもりだからな」

「一年以内だって?」エイサが声をあげる。

「ああ、そうだ」モンゴメリーは立ちあがってドアのほうに向かった。「言っていなかったかな？　わたしはきわめてせっかちな男でね。来年の四月までに庭園が再開して客を――そして彼らが落とす金を得られなければ、申し訳ないが出資した金を返してもらいたい」ドアの前でこちらを振り向くと、いかにも無邪気そうな笑みを見せた。「利子付きで」

そう言うと、公爵は静かに去っていった。

「いやなやつだ」エイサが言った。

アポロも同感だった。

「無駄遣い屋《WANTONISH》っていう言い方はする？」数日後、リリーはモードに尋ねた。

リリーは台所兼食堂のテーブルの前に座り、モードは暖炉の脇に洗濯物を干していた。

「無駄遣い屋《WANTONISH》」モードは考え込むように繰り返した。インディオのシャツを乾燥用の棚にかけながら首を横に振る。「無駄遣い《WANTON》なら言いますけど、無駄遣い屋《WANTONISH》というのは聞いたことがありませんね」

残念だわ！　リリーは口をとがらせて執筆中の脚本――『浪費家《WASTEREL》の改心』を見おろした。無駄遣い屋《WANTONISH》は言葉遊びとして面白いと思ったのに。ほかにWからはじまるもっといい言葉がないだろうか。「実際にある言葉じゃないとだめかしら？　ウィリアム・シェイクスピアだって、新しい言葉をたくさん作ったでしょう？」

モードはリリーを見た。「たしかにあなたは聡明ですが、シェイクスピアと肩を並べるのはおこがましいでしょうよ」

「そうね」リリーはふたたび脚本を見た。無駄遣い屋《WANTONISH》はいい表現だと思ったのに。茶目っ気があって思わせぶりな感じが、ヒロインにぴったりだ。辞書に載っていないからといって、使ってはいけないことにはならないはず。

リリーは羽根ペンをインク壺《つぼ》に浸し、先を書き進めた。〝浪費家《WASTEREL》は無駄遣い屋《WANTONISH》かもしれないが、蕩尽王《WASTEFULISH》というほどではない〟

彼女は頭を傾けて、インクが乾くのを見つめた。一行にふたつの造語。モードには黙っておいたほうがよさそうだ。

劇場のドアをノックする音がした。

リリーとモードは手を止めてドアを見つめた。こんなことははじめてだった。ここに住んでまだ一週間も経っていないので、はじめてだとしてもおかしくはないけれど、それにしても……。ここは通りすがりの人が立ち寄るような場所ではない。

リリーは眉をひそめた。「インディオはどこ？」

モードが肩をすくめる。「昼食のあと、すぐに外へ行きましたよ」

「遠くへは行かないように言ったんだけど」かすかに不安を覚えながら、リリーは言った。〝怪物〟に会った翌日、ミスター・ハートのもとへ行ったのだが、彼はあの大男を庭園から追い出すことをどうしても承知しなかった。どんなに理路整然と話しても、頑固なミスター・ハートを説得することはできず、結局リリーは大きな不満を抱えて帰ってきた。幸い、あの男性はその後、劇場に近づいてはこない。けれども心配なのは、インディオが彼に興味を覚えていることだ。母親の言いつけを守らなかったせいでおやつを食べられなくなった子どもたちの話で脅しても、インディオはダフォディルと一緒に庭園の中を探検するのをやめなかった。

リリーはため息をつきながら、立ちあがってドアに向かった。もう一度、インディオと怪物のことを話しあわなければならない——息子が無事に庭園から帰ってくればの話だが。

ドアを開けると、紫のスーツを着た男がこちらに背を向けて立ち、庭園を眺めていた。男が振り返り、リリーはその異様なまでの美しさに圧倒された。明るいブルーの瞳に長いまつげ、ガラスも切れそうなほど鋭い頬骨、そして柔らかそうな唇。何よりも目につくのは、見事にカールした完璧な金色の髪だった。

幼い頃、リリーは毎晩、わたしを金髪にしてくださいと神さまに祈ったものだ。

彼女は目をしばたたいた。「あの……なんでしょう?」

男が微笑んだ。魅力的な笑みだ。「わたしはいま、かの高名なロビン・グッドフェローと話をしているのかな?」

リリーは背筋を伸ばして顎をあげ、自分も笑みを浮かべた。他人に言わせると、とてつもなく魅力的だという笑みを。リリー・スタンプは、ときには姿勢が悪いこともあるかもしれないし、髪は金色ではなく、きちんとまとめていないこともあるかもしれない。それに夜の暗がりの中では、恐怖や不安に襲われることもあるかもしれない。けれど、ロビン・グッドフェローは違う。ロビンはロンドンじゅうから愛される人気女優なのだ。

本人もそれを自覚している。

だから彼女は適度な茶目っ気を含んだ笑みを、目の前の美しい男性に向けた。

「ええ、そのとおりですわ」ハスキーな声で言う。

男の青い瞳に賞賛の光がきらめいた。「それでは自己紹介をさせてください。わたしはモンゴメリー公爵バレンタイン・ネイピア。ミスター・ハートからあなたがここに住んでいると聞いたので、お近づきになろうと思いまして」

彼はレースの縁取りをした黒い三角帽を頭から取ると、杖を反対の手に持ち替えて深々とお辞儀をした。

リリーのうしろで大きな音がした。

だが、振り返ってモードが何を落としたのか確かめたりはしなかった。その代わり、媚《こ》びるように頭を傾けてお辞儀をした。「お会いできて大変うれしいですわ、閣下。お茶でもいかがですか？」

「喜んで」

リリーはくるりと振り返り、モードに目配せをした。こんなことになるとはふたりとも予想していなかったが、モードは劇場で長いこと働いてきたので、平然とした顔をするのはお手のものだった。「いいお天気だから、お茶は庭でいただくことにするわ、モード」

「かしこまりました」モードはすぐさま完璧な使用人の仮面をかぶって応じた。

リリーが顔を戻すと、公爵は疑わしげにこちらを見つめていた。「外でお茶を飲むには、いささか寒すぎるのでは？」

彼女は目を細めもしなかった。わたしがなぜ崩れかけた劇場に招き入れようとしないか、この人はよくわかっているはず。いまの自分の惨状を、相手の目にさらすつもりはない。

「そうかもしれませんけれど、わたしは新鮮な空気が好きなんです。もちろん、閣下が息苦しい室内のほうがいいとおっしゃるなら――」

「そんなことはありません」モンゴメリーの目がきらりと光る。こちらがその答えを誘導したのは承知のはずだが、彼は愛想よく切り返した。モードが二脚の椅子を急いで外へ運び出す。もちろん、そろいの二脚ではない。だが、リリーはそれについて言い訳をするほど愚かではなかった。彼のような男性に自分の弱みを見せるのは、ネズミが猫の前に飛び出すのと同じぐらい軽率な行動だ。

公爵が紳士らしく椅子を勧め、リリーは優雅に座りながら、彼も腰をおろすのを見つめた。上品でゆったりした動きとは裏腹に、危険な香りがする男性だ。

彼は荒れた庭園を見まわした。「不気味なところだ。そう思いませんか？」

「とんでもないですわ、閣下」リリーは嘘をついた。まさか、こんな見え透いた罠でわたしを手に入れようとしているわけではないだろう。「神秘的な雰囲気で、それが魅力的に思えるし、わたしの演技にもいい影響を与えると思うんです。女優は私生活でも舞台上でも輝いていられるように、常に心の栄養を必要としますから」

「それを聞いてうれしく思いますよ。というのも、ご存じのように、わたしはハート家の庭園の共同所有者になったのでね」かすかに身じろぎしたか、目を丸くしたか、とにかくリリーは驚きを表に出してしまったらしい。公爵が身を乗り出して続ける。「おや、ご存じなかったのですか」

不愉快な人だわ。リリーは努めて緊張をやわらげた。「庭園の経営に関する細かい取り決めについては聞かされていませんの」

「ああ、それはそうでしょう」そこへモードが小さな足のせ台《フットスツール》を持ってきた。彼女はそれをふたりのあいだに置くと、劇場へ戻っていった。公爵は片方の眉をあげながら、粗末な木の台を見た。「ですが、その経営に関する細かい取り決めによって――」咳払いをしてリリーを見る。「わたしはあなたの雇い主になったわけです」

そのときモードが紅茶のトレーを運んできたおかげで、リリーは不用意な返事をせずにすんだ。

トレーを置いて紅茶を注ぐモードに、リリーは微笑みかけた。モードが問いかけるような目でカップを渡す。その目を見つめながら小さく礼を言うことで、リリーは助けはいらないと伝えた。

モードは不機嫌そうに離れていった。

「実に忠実な使用人ですね」公爵が言う。

リリーは紅茶をひと口飲んだ。薄い――モードは少しだけ残っていた上等な茶葉を使ったのだろう——が、熱かった。「いい使用人というのは忠実なものじゃありません?」

モンゴメリーはじっくり考えるように首を傾けて答えた。「そうとはかぎりませんよ。主人に対して忠誠心を持っていなくても、まともな、いや、それどころか見事な仕事はできるものです」ちらりと笑みを見せて続ける。「もちろん、主人が彼らを適切に調教した場合ですがね」

リリーは体が震えるのを抑えた。調教? なんていやな言葉かしら。でも、貴族はふつうの人とは違うのだろう。彼らは一般の人々の生活を平気でもてあそぶ。インディオがアリの巣を棒でつつくのと同じで、自分が相手をひどい目に遭わせていることにまったく気づかないのだ。

「調教という考え方はどうでしょうか」

「だめですか?」公爵が言う。「では、馬が勝手に走りまわっても気にしないというんですか?」

「人は馬ではありません」

「ええ。だが、使用人は馬に近いですよ。どちらも主人に仕えるために生きている。少なくともそうあるべきです。そうでなければまったくの役立たずですから、安楽死させなければなりません」

リリーは相手が冗談を言っていることを示す仕草——目がきらめくとか、唇がわずかに動くとか——を期待して見つめた。

だが、モンゴメリーの顔はまじめそのものだった。

冗談でしょう？

彼はリリーを見つめながら悠々と紅茶を飲んだ。「そう思いませんか、ミス・グッドフェロー？」

「いいえ、閣下」愛想よく答える。「そうは思いません」

その言葉に、公爵の大きな口が微笑んだ。美しく邪悪な笑みだった。「あなたは正直で気持ちがいい。パトロンはいますか？」

ぞっとする。ヘビと寝るほうがまだましだ。これほど露骨に誘いをかけられるなんて。

彼女はふたたび微笑んだが、礼儀正しい表情を保つのが次第につらくなってくる。

「閣下はわたしに興味があるふりをして喜ばせてくださいますけれど、わたしはパトロンが欲しいとは思っていませんの」

「そうなんですか？」公爵はリリーが住んでいる崩れかけた劇場を眺めた。「だが、あなたの現状を一番よくわかっているのはあなた自身だ。それは間違いない」断言したわりには疑わしげな口調だ。「あなたのお気に召しそうな話があるのです。知りあいが数週間後にハウスパーティーを開いて、そのときに書きおろしの芝居を上演する予定なんです。劇団と契約を結んだのですが、そこの主演女優が出られないことになりまして」彼はわずかに顔をしかめた。「大きな声では言えない体調不良でね。おわかりでしょう？」

「わかります」リリーは冷ややかに答えつつ、妊娠に気づいたと同時に仕事を失ったことに気づいた女優に哀れみを感じた。その気の毒な女性に、気にかけてくれる人がいればいいのだけれど。リリー自身、インディオとの生活にモードがいなかったらどうなっていたかわからない。「でも、驚きましたわ、閣下」

「ハウスパーティーのお芝居のことなど、気にもなさらないかと思っていました」

モンゴメリーは頭を傾け、青い瞳を好奇心に輝かせた。「なぜです?」

「ああ」彼は悦に入ったように微笑んだ。「たまに人に親切にするのが好きなんですよ。そうすれば相手に貸しができますからね」

リリーは息をのんだ。わたしにも貸しができたつもりでいるのかしら? そうかもしれないけれど、そんなことはどうでもいい。とにかく仕事が必要なのだから。個人宅での芝居は人気が高いが製作にお金がかかるので、めったにあることではない。なんて運がいいのだろう。「喜んで演じさせていただきます」

「それはよかった。リハーサルがはじまるまで二週間ほどあるそうです。脚本がまだできあがっていないのでね。そのうち、こちらから連絡しますよ」

「ありがとうございます」

彼はゆっくりと微笑んだ。「あなたの演技はとても評判が高い。どんなものなのか楽しみにしています。パーティーも、そしてお芝居も」

まわりくどい言葉にどう応えるべきかリリーが考えているところに、焦げた木々のあいだから泥の塊が飛び出してきた。そのすぐうしろから、赤茶色の塊が転がってくる。

「ママ！　ママ！　ママには絶対に当てられないと思うけど……」

客の存在に気づいたとたん、インディオはあわてて足を止めて黙り込んだ。けれども悲しいことに、ダフォディルはそんなことは思いつかない。インディオの隣で止まると甲高い声で吠えた。その勢いで前足が地面から浮いた。

公爵がわずかに目を細めて犬を見た。その瞬間、リリーはダフォディルの身の安全に不安を覚えた。

モードが建物から出てきてダフォディルを抱きあげると、犬は愛情を示そうと決めたらしく、ピンク色の舌で彼女の顔をなめはじめた。

「もういいわ、やめなさい」モードが叱った。「いらっしゃい、インディオ」

彼女が手を差し伸べ、インディオはそちらに向かおうとした。

「待って」モンゴメリーがインディオの肩に手を置いて止めた。リリーを見て尋ねる。「あなたのお子さんですか？」

彼女は膝の上で拳を握りながらうなずいた。なぜ公爵がインディオに興味を持つのかわからないが、気に入らない。実に気に入らない。

モンゴメリーはインディオの顎の下に人差し指を当てて上を向かせると、じっと目を見つめた。

「興味深いな」公爵が言った。「左右で色が違う。こういう目はこれまで一度しか見たことがない」

そう言うと、彼はリリーを振り返って、美しいがヘビのように冷たい笑みを見せた。

あの少年がまたこちらを見ている。

翌日の午後遅い時間、太陽は灰色の厚い雲との戦いを放棄しようとしていた。アポロは観賞池を調べていた。この三日間、ほかの庭師たちとともに、池に水を送り込んでいる小川の底をさらって堆積物を取り除いた。これで池にはまたきれいな水がたまるはずだ。泥まみれになったが、すでに成果が現れ、池の水面があがっている。岸から中央の小さな島に向かってアーチ形の古い石橋がかかっており、アポロは両手で四角い枠を作って、その中に風景をとらえた。

インディオが動いた拍子に、近くの茂みがざわざわと音をたてた。少年はキツネから隠れている野ウサギのように凍りついた。

アポロは彼に気づいているそぶりを見せないよう注意した。

手で作った枠の中の風景を見つめる。最初は橋を壊すつもりだった。火事のせいでかなり傷んだからだ。だがこうして見てみると、周囲にうまく植栽すれば、ひなびた感じを演出できるかもしれないと思えてくる。こちらの岸には樫《かし》、島には葦《あし》をまとめて植えるか、花をつける木を一本植えるといいだろう。

アポロは息を吐いて両手をおろした。木のことは最優先で解決しなければならない問題だ。ほとんどが火事で死んでしまったし、木が成長するには長い年月が必要になる。すでに成長した木を移植する方法があると読んだことがあった。フランス人がやっているらしいが、アポロ自身はやってみたことがない。

だが、それについてはゆっくり考えよう。今日は地面から抜かなければならない死んだ木がもう一本ある。向きを変えた瞬間、右足が池の縁で滑り、鋭く息を吐いた。体勢を立て直し、顔をしかめてブーツを見おろす。岸の、かつて水中に隠れていたところにまだ緑色のへどろ状のものがへばりついていて、それがブーツを汚していた。

アポロが池に落ちそうになったためだろう、茂みの中から息をのむ音が聞こえた。あの子はいったい、わたしの何に興味があるんだ？　ほかの庭師と同じ仕事をしているだけなのに、インディオがのぞき見しているのはわたしだけだ。しかも日増しにこちらとの距離を縮め、今日はほんの数メートルしか離れていない。本当はわたしに気づいてほしいのではないだろうか？

アポロはかがんで、柄の長い手斧《ておの》を拾った。それを頭の上にあげてから、切り株の根元の柔らかい地面に振りおろす。重い斧は手ごたえのある音をたてた。うまい具合に主根をとらえたようだ。

シャツの袖で額をぬぐい、切り株から斧を持ちあげて、ふたたび振りおろした。

「ダフ」茂みから小さな声がした。

アポロは口元をゆるめた。あの子の密偵仲間は有能とは言えないようだ。若い主人がこちらに見つからないようにしていることを、あの犬が理解していないのは間違いない。いまも隠れ場所から出てきて、鼻をくんくん地面につけている。必死で自分の名を呼ぶインディオの声よりも、何かのにおいのほうが気になるらしい。

アポロはため息をついた。本当に、犬に気づかないふりをしたほうがいいのだろうか？ 口はきけないが目は見えるし、耳だって聞こえる。

ダフォディルはアポロの足元までやってきた。この一週間、偵察を続けてきたあいだに、彼に対する恐怖心が消えたようだ。あるいは、単にじっと座っていることに飽きたのかもしれない。とにかく犬は切り株と手斧のにおいをかいでから、その場に座って片方の耳を激しく掻《か》きはじめた。

アポロはダフォディルがにおいをかげるように片手を差し出したが、愚かな犬はうしろに飛びのいた。池の岸のすぐそばにいたため、うしろ足が泥の上で滑り、犬はそのまま池に転げ落ちて水中に姿を消した。

「ダフ！」インディオが恐怖に目を見開いて、隠れ場所から駆けだしてきた。

アポロは腕を伸ばして彼を止めた。

少年がその腕を押しのけようとする。「おぼれちゃうよ！」

インディオをつかんで持ちあげてから地面におろし、肩に手を置いて顔をのぞき込む。アポロは目を細めてうなった。いまほど声を失った自分にいらだったことはない。何をしようとしているか相手に伝えることもできず、ただ動物のようにうなるしかなかった。だが少年が愛犬を助けるためにおぼれることを考えたら、彼をおびえさせるほうがまだましだ。

インディオが息をのんだ。

アポロは彼を見つめたまま後退し、靴とベストとシャツを脱いだ。それから一瞬ためらって、少年を見つめた。

インディオがうなずいた。「お願い。お願いだからダフォディルを助けて」

アポロは向きを変えて池に入った。犬は水面に顔を出しているが、泳ぐことはできずにもがいている。

犬の首のうしろをつかみ、池から救いあげた。つりさげられたダフォディルは細いしっぽと垂れた耳から水をしたたらせて、なんとも哀れな様子だった。アポロはそのまま岸に向かった。

インディオはさっきの場所から動いていなかった。真剣な目でアポロを見つめている。

アポロは震えている犬を脱いだシャツでくるんでから彼に渡した。

少年はダフォディルをしっかりと胸に抱き、甘えた声を出して顎をなめる犬を涙で潤んだ目で見つめた。それからアポロを見て言った。「ありがとう」

犬が咳《せ》き込み、小さな口を開けて水を吐いたので、シャツはびしょ濡れになった。

アポロは顔をしかめた。

昼食を入れてきた、ぼろぼろの布のバッグを振り返る。幸い、いつものノートはその中にしまってあったので濡れずにすんだ。アポロは体の震えを抑えながらかがみ込むと、バッグの中を探った。昼食のポークパイの残りが布に包んである。彼がそれを持って立ちあがると、犬は主人の腕から身を乗り出して、物欲しげににおいをかいだ。布を開いてパイをひとかけら差し出してやる。ダフォディルはすぐさまそれをくわえてのみ込んだ。

アポロは笑いそうになった。

「パイの皮が好きなんだ」インディオが恥ずかしそうに言う。

うなずいたアポロはもうひと口、犬に食べさせた。

「それから、パンとソーセージとチキンと豆とりんごとチーズも好きなんだよ」インディオがさらに言った。そんなに恥ずかしがり屋でもないようだ。「レーズンを食べさせたこともあるけど、それは好きじゃなかった。それ、あなたの夕食?」

アポロは答えず、最後のひと口をダフォディルにやった。それをのみ込むと、犬はパイ皮のくずを探して彼の手を掻きはじめた。水に落ちたことなど、もう忘れてしまったらしい。

「パイをくれて、どうもありがとう」ダフォディルの頭を撫でながら、インディオが言う。

「犬が好きなの?」

アポロはインディオを見た。少年は期待に満ちた目で見あげている。その目が左右で色が違うことに、彼ははじめて気づいた。右が青で、左が緑だ。アポロは少年に背を向けて、布をバッグに戻した。

「エドウィンおじさんがダフォディルをくれたんだ。おじさんはトランプの勝負で勝って、この犬を手に入れたんだよ。ママは子犬を賭けるなんておかしいって言ったけどね。ダフはイタリアン・グレイハウンドだけど、イタリアで生まれたわけじゃない。イタリア人は細くて小さな犬が好きなんだって、ママが言ってた。ラッパ水仙《ダフォディル》っていう名前をつけたのは、ぼくが好きな花だから。一番きれいだよね。ダフは気にしていないけど」インディオは悲しげに言った。

ダフォディルがもがいたので、インディオはそっと地面におろしてやった。犬はシャツから這い出ると、体を振ってからうずくまり、地面を——そしてシャツの端を——濡らした。

アポロはため息をついた。

インディオもため息をついた。「ちゃんとお座りをして〝ちょうだい〟をするように、それに何より、呼んだらすぐ来るようにしつけなきゃだめだってママは言うんだけど——」そこで大きく息を吐く。「どうやればいいのかわからなくて」

アポロは唇を噛んで笑みを隠した。パイのくずを少し残しておいてしつけの見本を見せてやればよかった。彼は少年を見た。

少年はまっすぐこちらを見ていた。「ぼく、インディオっていうんだ。あの古い劇場に住んでる」腕を伸ばして劇場を指し示す。「ママとモードも一緒だよ。有名な女優なんだ。ママのことだけど。モードは家政婦だよ」彼は下唇を噛んだ。「口、きける？」

アポロはゆっくりと首を横に振った。

「そうだと思った」インディオは顔をしかめて見おろしながら、片方のブーツのつま先で泥を掘った。「名前はなんていうの？」

答えようにも答えられない。それにどのみち仕事に戻る時間だ。アポロは少年がおびえて逃げ出すのを半ば期待して、斧に手を伸ばした。

だがインディオは黙って道を空け、興味津々で見守るだけだった。少し離れたところをうろついていたダフォディルは、いまは猛烈な勢いで泥を掘り返している。

アポロはびしょ濡れで寒かった。だが、作業をはじめればすぐにあたたかくなるだろう。ふたたび音をたてて、切り株に斧を打ち込んだ。

「あなたのこと、キャリバンって呼ぶことにするよ」斧を持ちあげる彼に向かって、インディオが言った。

アポロは振り向いて少年を見つめた。

インディオがためらいがちに微笑む。「お芝居の登場人物なんだ。荒れた島に住んでる魔法使いの話でね、キャリバンはそこに住んでる。口はきけるけど。でも、あなたみたいに大きいから、キャリバンがいいと思って」

説明のあいだ、アポロはなすすべもなく少年を見つめていた。ダフォディルは掘るのを中断して、くしゃみをしてからふたりを見た。その鼻には泥がこびりついている。

インディオを拒絶する理由はいくらでもある。わたしは身を隠している。恐ろしい犯罪者として、この首には懸賞金がかかっているのだ。この子の母親にはすでに、息子に近づくなとはっきり言われている。それに口がきけず、仕事が多く、逃亡中のわたしが、この子に何をしてやれるというのだ？

けれどもインディオの色の違う目と、風を受けて赤くなった頬でこちらに微笑みかけている。その期待に満ちた顔を見たら、拒絶することなどできない。気がつくと意思に反してうなずいていた。

キャリバンか。『テンペスト』に登場する教養のない怪物。上等だ。『夏の夜の夢』に出てくるロバの化け物、ボトムの名をつけられたって、おかしくはないのだから。

黒い雄牛は全身真っ黒で、美しく、同時に恐ろしくもありました。牛は口を開き、人間の言葉で言いました。「おまえはわたしの島を滅ぼした。だが、おまえが償いをするというのなら受け入れよう」

目覚めたとき、王は妙な夢を見たとあきれましたが、それきり夢のことは忘れてしまいました……。


『ミノタウロス』

3

「インディオ！」

一時間後、リリーは足を止めて黒く焦げた庭園を見まわした。インディオを古い劇場に閉じ込めたくはないけれど、こんなふうにどこかへ行ってしまうことが続くなら、閉じ込めないわけにいかなくなる。じきに太陽が沈むだろう。庭園は、小さな子どもにとってさまざまな危険をはらんでいる。昨日の午後、モンゴメリー公爵がインディオに興味を示して、危険はさらに増した。リリーは、インディオの目について公爵が言ったことが気になってしかたがなかった。

いても立ってもいられなくなり、両手をラッパのように口に当てて叫んだ。

「インディオ！」

どうかあの子が無事でいますように。泥だらけで、笑いながら上機嫌で帰ってきますように。

リリーは池に向かった。おかしな話だが、突然母親になったときから、ふたたび祈るようになった。それまでは長いあいだ、神のことなど忘れていたのに。インディオが来てからのほんの数年間に、何度ひそかに祈ったことだろう。

〝熱がさがりますように〟〝高いところから落ちたのが取り返しのつかないことになりませんように〟〝馬にあの子をよけさせてくださって、本当にありがとうございます〟〝どうか、どうか天然痘ではありませんように〟〝ああ、神さま、あの子がいなくなりませんように〟〝わたしの勇敢な息子、インディオがいなくなりませんように〟

次第に歩みが速くなり、しまいには焦げた茨《いばら》や枝のあいだをほとんど走っていた。インディオを見つけたら、二度と外には出さないようにしよう。見つけたら、ひざまずいて抱きしめよう。お尻を叩いて、夕食抜きでベッドに送り込もう。

息を切らして進むうちに道が広くなり、池のほとりに着いた。もう一度インディオを呼ぼうと口を開けた。

だが、そのまま言葉に詰まった。

彼がいた――インディオの怪物が。池の中で、こちらに背を向けている。全裸だった。

リリーはその場に凍りついて目をしばたたいた。太陽が別れを告げようとする中、庭園が不気味なほど静まり返った気がした。広い肩は大きく盛りあがり、水中の何かを見ているのか、顔は下を向いている。水面に映る自らの姿に見入っているのだろう。水の下にいる男を自分だとわかっているのかしら？　それともおびえているの？　リリーは哀れみを覚えた。あの大きな体は――そして脳の不具合も――本人にはどうしようもないことだ。彼に声をかけなくては。声をかけて、わたしがいることを知らせなければ……。

そのとき彼が不意に水の中に潜り、リリーの頭からあらゆる思いが吹き飛んだ。

夕日が雲から顔を出し、池を金色に染めた。彼の動きで立ったさざなみに光が反射する。彼が水中から出てきた。いまはこちらを向いている。肩まである髪をうしろに撫でつけると、腕の筋肉が盛りあがった。水面の上に渦巻く琥珀《こはく》色の靄《もや》で、肌がいっそう輝いて見える。まるでこの荒廃した庭園に属する神のようだ。先ほど哀れみを感じたのは間違いだった、とリリーは気づいた。

彼は……。

リリーはつばをのみ込んだ。

彼は見事だった。

胸を流れ落ちる水は、ひし形に生えている胸毛から完璧な形をしたへそを通り、黒い線を描く濡れた毛に向かっているが、その毛は残念ながら水中に消えている。

彼女は瞬《まばた》きをしてから目をあげた。巨大な怪物はまっすぐこちらを見つめていた。

本当なら、決まり悪く思うところだろう。相手は知的障害者で、わたしはその彼を、まるでこちらの感情が読める相手であるかのようにじっと見ているのだから。でも、いまの彼の表情からは、知的な遅れがあるようには見えない。わたしが凝視しているのを面白がっているようにすら見える。

障害があるとはとても思えない。

そして、恐ろしくも腹立たしいことが起こった。リリーは自分が高ぶっていることに気づいたのだ。

昨日、これまで見たこともないほど美しい男性とお茶を飲んだばかりだ。モンゴメリー公爵は、いかにも貴族らしい頬骨とサファイアのような青い瞳と輝く金髪の持ち主だったが、彼女はまったく心を動かされなかった。

それなのに、この目の前の野獣――茶色いぼさぼさの髪にいかつい肩、大きな鼻、ゆがんだ口に太い眉の持ち主――には惹かれている。

どうやらわたしは新しい恋人を探したほうがいいみたい。それもすぐに。

彼はぼんやりとした表情に戻り、岸へ向かった。先ほどその顔に知性の片鱗《へんりん》を見たと思ったのは、気のせいだったのかしら？

彼が近づいてくると、リリーは思わず甲高い声をあげたものの、背中を向けはしなかった。

わたしには道徳心が欠如しているらしい。なんとも恥ずべき欠点だ。彼から目をそらすことができない。リリーの目は、こちらに向かってくる彼の脚のあいだの濃い茂みを見つめていた。筋肉質の太腿を水が流れ落ちている。茂みの下の、男らしいものが垣間《かいま》見え……。

「ママ！」

リリーは飛びあがり、胸を押さえて振り返った。哀れな心臓は一瞬止まったに違いない。

「インディオ！」彼女はあえぐように言った。よりによって、この瞬間を選んで低木のあいだから姿を現すなんて。インディオは、ついさっきリリーが通ってきた小道に立っていた。黒い巻き毛に葉っぱが一枚くっついている。いつも以上に汚れたダフォディルがリリーにじゃれついてきて、足をスカートにかけた。

「ママ、キャリバンを夕食に呼んでもいい？」色違いの目は大きく見開かれ、無邪気そのものだ。

「ええと……なんですって？」リリーは弱々しくきき返した。

「キャリバンだよ」インディオが彼女のうしろを指し示す。

リリーは振り返り、安堵《あんど》と失望を同時に覚えた。怪物はくたびれたブリーチのボタンを留めているところだった。太陽が濡れた肩の輪郭を照らし出し、太い指はボタンと格闘している。彼の目をよぎったかに見えた知性は消えていた。きっと最初からそんなものはなかったのだろう。

彼女はインディオに視線を戻し、眉をひそめた。「キャリバン？　あれがキャリバンなの？」

インディオがうなずく。「今日、決めたんだ」

「インディオ……」リリーは頭を振った。この子に会話を先導させると、こんがらがったクモの巣みたいになって、七歳以上の人間には理解できなくなる。「さあ、夕食の時間よ。モードが待っているわ。行きましょう」

「お願い」インディオは彼女の手を引っ張って身をかがませると、耳元でささやいた。「キャリバンは食べるものが何もないんだ。ぼくの友だちなんだよ」

「それは……」リリーは途方に暮れて、男性のほうを振り返った。

彼はすでにシャツを着ており、口を開けてこちらを見ていた。リリーの目の前だというのに、大事な部分を手で掻いている。

彼女は目を細めた。ほんの一分前の彼は、知的障害があるようにはまったく見えなかった。でも、それはきっとわたしの気のせいだろう。自分のいやらしい衝動に、ありもしない理由をつけたかっただけだ。

わたしったら、こだわりすぎだわ。

懇願するような顔のインディオを振り返り、心を決めた。かがんでいた体を起こして大きな声で言う。「もちろんよ、インディオ。お友だちを夕食に招きましょう」

喉を詰まらせたような音が背後から聞こえたが、リリーが振り返ったときには、キャリバンの顔にはなんの表情も現れていなかった。彼は鼻を鳴らし、咳払いをしてから、池につばを吐いた。それから手で口を拭いた。

彼女は微笑んだ。「キャリバン、一緒に食事をしない？　わかる、食事よ？」食べ物を口に運んで嚙むまねをしてみせる。「食べるの。わたしたちと一緒に」うしろの小道を指さした。「劇場で。おいしい料理があるのよ！」

大げさな身振りはばかげているし、もし彼が知的障害者でないのなら、侮辱しているみたいだ。相手の表情が変わって健常者であることが明らかになるのではないかと思い、リリーはじっと見つめた。

だが、彼はただぼんやりと見つめ返すだけだった。

どうやらまたしても見誤ってしまったらしい。リリーはため息をつき、わたしは落胆していないと自分に言い聞かせながら、もと来た道のほうを向きかけた。

インディオが前に出て、母親の手を取るときと同じように、自然にキャリバンの手を取った。

「行こう！　モードがローストチキンを作ってるんだ。グレイビーソースもゆでだんご《ダンプリング》もあるよ」

キャリバンはインディオを見てからリリーを見た。

彼女は眉をあげた。わたしはすでに言うべきことを言った。また繰り返すつもりはない。理解できない人に言ってもしかたがない。

あの茶色の瞳の奥に何かがある気がする。どこか挑発するような輝き？　リリーにはわからなかったし、どのみち自分の判断力に自信が持てなかった。

でも、そんなことは関係ない。キャリバンがゆっくりとうなずいた。

リリーは小道を戻りはじめた。ダフォディルが前を走っていく。彼女の気まぐれな心臓は激しく鳴っていた。

きっと楽しい時間になるわ。


なんと愚かなことをしているのだ。

アポロは左右に揺れるスカートを見つめながら、リリー・スタンプのあとを歩いた。彼女の背中はまっすぐに伸びてこわばっているが、うなじは無防備で柔らかそうだ。頭の高いところでまとめたシニヨンから、茶色の髪がいく筋か落ちてカールしている。あのうなじに歯を当てて柔らかさを試し、汗で塩辛くなった肌を味わってみたい――彼はそんな動物的な衝動を覚えた。

つばをのみ込み、気まずさを消してくれる夕方の涼しい空気に感謝する。食事の誘いを受け入れたことに理由はなかった。庭園で働いているあいだ寝泊まりしている音楽堂跡には、ポークパイがまだひと切れ残っている。疲れているし、体が痛かった。それに一日の汗と泥を洗い流したばかりで、まだ湿っていた。洗ったばかりのシャツが肩に張りついて気持ちが悪い。

誰かに正体を知られたら、わたしのこれまでの努力はすべて――文字どおりすべて――無駄になってしまう。

それでもアポロは少年と手をつなぎ、その母親のあとを歩いていた。たぶんわたしは寂しいのだろう。あるいはさっき池から出て彼女に気づいたとき、相手の目に浮かんでいた表情に惹かれたのかもしれない。女性からあんな目で見られたのは実に久しぶりだ。まるで好きなものを見るような目だった。

アポロは四年間〈ベドラム精神病院〉で過ごし、その大半は異臭のする小部屋に鎖でつながれていた。去年の夏にそこから脱出したが、以来ずっと隠れている。好意を寄せてくれる女性を探すような状況ではない。それにもちろん、最後に受けたあの暴力のこともある。あれで声が出なくなったのだ。病院の番人がわたしのズボンの前に手を伸ばし……。

いや、いまはあのことは考えたくない。

アポロは息を吸い込み、羞恥心と怒りのまじった黒い塊を追いやった。

インディオが見あげた。「キャリバン？」

つないでいた手に力が入ってしまったようだ。アポロはそっと手と肩の力を抜いた。わたしみたいな大男がおびえるなんてばかげている。もう〈ベドラム精神病院〉にいるわけではないのだ。あの番人には、二度と誰かを危険な目に遭わせることができないようにしてやった。

わたしは自由だ。

自由なのだ。

顔を上に向けて、空を炎のような赤に染めている太陽が、荒廃した庭園に沈もうとしているのを見た。劇場の向こうの焼け焦げた木々のあいだに光って見えるのはテムズ川だ。

かつて、ここは美しい庭園だった。わたしの仕事が完成したら、前よりもさらに美しくなるだろう。

劇場はもうすぐ目の前だった。

アポロはふだんほかの庭師たちに見せているうつろな表情を作ったが、危うく間に合わなくなるところだった。突然ドアが開いて、両手を腰に当てた白髪の小柄な女性が現れたのだ。

「なんですか、これは？」彼女は噛みつくように言った。

「夕食にお客さまを呼んだの」ミス・スタンプがそう答えて、アポロをちらりと見た。その目にいたずらっぽい光がよぎる。「インディオの怪物のお客さまよ。いまではキャリバンと呼んでいるけれど」

「キャリバンですって？」女性は目を細め、首をかしげてアポロを観察した。「ああ、なるほど。それはわかりました。でもあたしが知りたいのは、一緒にいて安全なのかということですよ」

アポロの手が引っ張られた。見おろしたアポロにインディオがささやいた。

「モードはやさしいんだ。本当だよ」

「心配しないで、モード」ミス・スタンプが言った。

「ぼくの友だちなんだ」インディオも真剣に言う。「ダフに自分の夕食を全部くれたの」

名前を呼ばれた犬は駆け寄ってきて、激しく吠えながら、アポロのぼろぼろのブリーチの裾を嚙んで引っ張った。

「そうですか」モードは淡々とした声で言った。「それなら、みんな中に入ったほうがいいですよ」

インディオがダフォディルを抱きあげてアポロのブリーチを救い、犬はすぐに少年の顔をなめはじめた。インディオは笑いながらモードの脇を走り抜けた。彼の母親は何を考えているのかわからない目でアポロを見てから、先に入るよう身振りで促した。アポロは居心地の悪さを押し殺し、首をすくめて劇場に入った。演技を見破られている様子はない。

前回この建物に入ったのは、庭園が火事に遭った晩だった。エイサ・メークピースは古い友人で、アポロの居場所を口外しないと信じられる唯一の人物だった。アポロは火事の前日に庭園に身を隠したばかりだった。あの晩ここは火がくすぶり、煙と崩壊のにおいがしていた。

いまも焦げくささはかすかに残っているが、ほかは変わっていた。ミス・スタンプがこの場所を心地よく整えようとしたのは明らかだ。部屋の中央にテーブルと椅子が置かれ、壁には鮮やかなドレスを着たレディたちの絵がかかっている。暖炉では音をたてて火が燃えており、そのそばには服を乾かすための棚があった。暖炉脇のフットスツールには、誰かが編み物をしていたらしく、途中まで編んだソックスと二本の編み棒がグレーの毛糸玉と一緒に置かれている。小さなサイドテーブルには乱雑に積まれた紙の束とコルクのふたをしたインク壺、それに割れたマグカップに何本かの羽根ペンをさしたものがのっていた。炉棚に置いてあるのは不格好な黒と緑の琺瑯《ほうろう》の時計で、エイサのとは違ってちゃんと動いている。暖炉の前の驚くほど簡素な赤紫の長椅子は、片方を脚代わりのれんがで支えてあった。

ものが少なくて、アポロがロンドンへ来たばかりの若い頃に見た家のような贅沢さはないが、家庭的だった。それが何より大事なことではないか。

「さあ」モードがテーブルの前の椅子を指さした。「座ってください、閣下」

一瞬、アポロは息が止まった。けれども次の瞬間には、彼女は皮肉をこめて〝閣下〟と言っただけだと気づいた。驚きが顔に出なかったことを祈りながら、椅子を引き出して座る。

モードはまだにらんでいた。「どうしたんです？　この人はしゃべれないんですか？」

「うん」インディオの簡単な返事のおかげで、アポロは身振りで説明する必要がなくなった。

「まあ」モードが驚いて目をしばたたく。「舌を切られたんですか？」

「モード！」ミス・スタンプが叫んだ。「なんて恐ろしいことを。舌はあるわよ」そう言いながらも不安になったのか、眉根を寄せてアポロの顔を見た。「そうでしょう？」

アポロは舌を突き出してみせた。

インディオが笑い、ダフォディルがふたたび吠えだした。おそらくこの犬は、何が起きてもまずは吠えるのだろう。

ミス・スタンプにじっと見つめられて、アポロは体が熱くなった。舌を戻して口を閉じ、何もわかっていないという顔を作った。

彼女は鼻を鳴らし、自分の席についた。

「不思議に思うのは当たり前でしょう?」モードが言い訳をする。「舌があるなら、なんでしゃべれないのか教えてくださいよ」

「なんでしゃべれないのか、ぼくも知らない」インディオがアポロの隣の椅子に座りながら言った。「でも今日キャリバンは、ダフがおぼれているのを助けてくれたんだ」

「なんですって?」ミス・スタンプがローストチキンの皿に伸ばしかけていた手を止めた。「池に近づいちゃいけないって言ったわよね?」

「ぼくは近づいてないよ」インディオが子どもらしい理屈をこねた。「ダフだけだ。キャリバンが池に入ってダフを助けて、自分のシャツにくるんでくれた。そうしたら、ダフがシャツにげろを吐いちゃったんだ」

ふたりの女性は同時に振り返り、アポロのシャツを疑わしげに見た。

彼は、腕をあげてシャツがまだにおうか確かめたいのを我慢した。

ミス・スタンプが瞬きをした。「げろというのはいい言葉じゃないわ。前にも言ったでしょう?」

「じゃあ、なんて言えばいいの?」インディオが言う。そうききたくなるのも当然だとアポロは思った。「チキンを食べてもいい?」

「もちろんよ」ミス・スタンプはローストチキンを取り分けはじめた。皮が香ばしく焼けていて、肉は柔らかく肉汁がたっぷりだ。「本当は、食事の席ではそういう話をしないほうがいいのよ」

「絶対に？」インディオがとまどった顔で言う。

「絶対に」彼の母親はきっぱりと答えた。

「だけど、もしダフが先週みたいにミミズを食べたら――」

「それで、ダフォディルが池に落ちたとき、どうしてキャリバンがそばにいたの？」ミス・スタンプが大きな声で言った。

「キャリバンはおかしな形の斧で木の幹を切っていたんだ」アポロは手斧だと教えたかったが、その代わりにローストチキンを食べた。「ぼくとダフは歩いてた。でも、池に向かってたんじゃないよ。池のそばじゃないところを歩いていたんだ」

ふたりの女性をちらりと見て、アポロはひるんだ。どちらも納得していないようだ。

「彼は庭師だから」ミス・スタンプがワイングラスを手に取り、危険なほどの興味を示してアポロを見つめた。

「ただの庭師じゃないよ」インディオが言う。「どうすればいいかを、ほかの庭師に教えるんだ」

アポロは肉を喉に詰まらせそうになった。咳き込むと、ミス・スタンプが背中を強く叩いてくれた。

「本当に？」彼女は鋭くこちらを見てきいた。

なぜこの子はそんなことを知っているんだ？　ほかの庭師たちでさえ、わたしが庭園を設計したことは知らない。賢くはないが几帳面《きちょうめん》な責任者のヘリングに書面で指示を残す際も、わざわざ複雑な方法を使って、雇い主が目の前で働いていることが彼らにばれないようにしている。

「どうしてそう思うんです？」モードが興味深げに尋ねた。

アポロは手首を払って、皿を床に落とした。おいしいローストチキンを無駄にするのは残念だが、しかたがない。皿は割れ、かけらが焦げた木の床に散らばって、グレイビーソースと肉があちこちに飛んだ。ダフォディルが駆けてきてチキンを食べようとするのを、インディオとモードが食い止めた。間違って皿のかけらを食べるといけないからだ。

騒ぎの中でアポロが視線をあげると、ミス・スタンプと目が合った。細められた緑の目が疑わしげにアポロを見ている。彼の体の奥を何かが駆け抜けた。

それは単なる恐怖かもしれないが、アポロにはもっと危険なものに思えた。

モードとインディオは叫びながらダフォディルを押さえつけ、床の惨状と戦っているが、リリーは凍りついたまま茶色の瞳を見つめていた。コーヒーやチョコレート、もう彼女には買えないような赤い小袋に入った中国茶の茶色ではない。キャリバンの目は、そんなうっとりする飲み物の色ではなかった。ただの茶色だ。動物のような、くすんだぱっとしない茶色。

でも……。

その目を囲むまつげは、男性では見たこともないほど豊かだった。色濃くて短く、個性的だが美しい。どうしてこれまで気づかなかったのだろう？

だがそれよりもリリーを動揺させるのは、茶色い瞳の奥にある輝きだった。鋭い知性の輝き。それが彼女は怖かった。もしインディオの言うとおり、キャリバンがほかの庭師に指示を与える立場にあるなら、わたしが思っていたような人ではないということだ。不意に彼の大きさが、そして男らしさが気になりだした。そんな大男がわたしの家に、幼い息子と老いた家政婦のいる家にいるのに、身を守るすべが何もない。

大柄な男性がどれだけ破壊的にふるまえるかは、身にしみて知っている。

リリーが震える息を吸うあいだに、インディオはふたたび彼女とキャリバンのあいだの椅子に戻った。

キャリバンに顔を寄せてささやく。「ぼくのを少しあげる」

不安を覚えて、リリーは息をのんだ。たぶんインディオは自分が見たものを誤解したのだろう。口のきけない人が庭師をまとめることなど、できるはずがない。キャリバンはわたしがはじめて庭園で会ったときに持った印象どおりの人間に違いない。

「大丈夫よ、インディオ」彼女は冷静な声で告げた。「彼の分はモードがまたよそってくれるわ」

モードはリリーをすばやく見たが、何も言わずに一枚だけ残っている皿を取って料理を盛りつけた。

「インディオ」リリーはワイングラスに触れながら慎重に言った。食欲は完全に失せている。

が滑ったの」

「ダフォディルが池に落ちたときのことを聞かせて」

インディオが鼻にしわを寄せた。「ええと、ぼくとダフは歩いてたんだ。そうしたらダフ

リリーは待ったが、インディオは無邪気な顔で彼女を見つめている。

「インディオ」リリーが口を開くと、彼は先を促されたと思ったらしい。

「すごく速かったよ、キャリバンのことだけど。ダフォディルを池から、ええと……濡れネズミみたいに引っ張りあげたんだ。ごめんよ、ダフ」

インディオは申し訳なさそうに犬を見た。だが、そんな必要はなかった。ダフォディルは主人のことなど眼中になく、キャリバンの椅子のほぼ真下に座った。その小さな脳みそで、キャリバンを〝食べ物を落としてくれる神さま〟と判断したのだろう。

「もう二度とそんなことは起きないわよね?」リリーは言った。

「うん、ママ」インディオが首をすくめる。

「インディオ」

彼は顔をあげて、美しい目で懇願するようにリリーを見た。

彼女は心を鬼にして続けた。「真剣に言っているのよ。二度と池に近づかないでちょうだい。ダフォディルと一緒だろうと、そうでなかろうと」息を吸って口調をやわらげる。「キャリバンがダフォディルを助けてくれなかったらどうなっていたか、考えてごらんなさい」

キャリバンの腿に片足をかけている犬を見て、インディオはつばをのみ込んだ。

「わかったよ、ママ。もう絶対に行かない」

「そうしてね」リリーは息を吐いた。次に池へ行きたくなったとき、インディオが約束を思い出すかどうかはなんとも言えないが、そう願うしかない。彼女は明るい調子で言った。

「今日はほかに何をしたの？　昼食のあと、ずっと姿を見なかったけど」

「お茶のときにダフと一緒に戻ってきたよ。忘れたの？」インディオは脚を椅子の上に引きあげて正座していた。あの癖はいつか絶対にやめさせなければ。「ママは脚本を……」

インディオが不意に口をつぐみ、うしろめたい顔になって隣の大男を盗み見た。幸い、キャリバンはモードの作った絶品のダンプリングを食べていて、こちらの会話は聞いていないようだ。

リリーはインディオの言葉にかぶせるように言った。「それで、何をしたの？」

「音楽堂に行った」彼女の顔が険しくなるのを見て、あわててつけ加える。「でも、中には入ってないよ。それからダフがヒキガエルを見つけたんだ」

リリーはぎょっとして犬を見た。ダフォディルはいまや両足をキャリバンの腿にかけ、物欲しげに彼を見つめている。なんて意地汚いのかしら。「つかまえはしなかったんでしょう？」

ダフォディルはいつも決まって最悪の食べ物を見つけるのだ。

「うん」インディオが悲しげに言った。「逃げられた。でも、コオロギはつかまえたよ。かごに入れてペットにするつもりだったのに、先にダフォディルが食べちゃったんだ。なんでだろう？　おいしそうに見えたとは思えないんだけど」

モードが鼻を鳴らす。「げろはそのせいね」

「げろはやめて」リリーは小声で言った。

モードは目を上に向けた。「へどのほうがいいですか？」

「食事中にその話はしないでほしいのに、みんなわたしの言うことを無視するんだから」リリーはふたたびインディオを見た。「食べ終わったようね。お風呂に入る時間よ」

「でも、ママ」清潔にしろと言われた男の子が誰でもそうするように、インディオが面倒くさそうな声をあげた。「キャリバンがまだ食べ終わってないよ」

リリーはかたい笑みを浮かべた。「モードがお相手をするから大丈夫よ」

「ママだって終わってないのに」

「残りはあとで食べるわ」

椅子から立って、小さな暖炉へ向かう。夕食の前からかけてあるケトルから、静かに湯気が立っていた。リリーは布きれをつかんで取っ手にかけようとしたが、もっと大きな手が先に取っ手をつかんだ。

彼女は小さく飛びあがり、キャリバンが熱いケトルを枝でもつまむみたいに持ちあげるのを目を丸くして見つめた。少なくとも、布で熱さから手を守るだけの知恵はあるようだ。

彼はぼんやりした表情で立ったまま、リリーがわれに返るのを待った。

「こっちよ」彼女は相手の大きな体を用心深くよけて、狭い寝室に案内した。ベッドの隣に、古い布の上に置いた腰湯用の錫《すず》のたらいが用意してあった。すでに水が半分入っている。

「ここに入れてちょうだい」

キャリバンはシャツの裾を持ってケトルの底を支えた。腹部がちらりとのぞく。

頬が熱くなり、リリーはあわてて目をそらした。

「ママ？」インディオがドアのところに立っていた。

「こっちにいらっしゃい」息子を呼んでから、キャリバンに告げた。「手伝ってくれてありがとう。もうテーブルに戻っていいわ」

彼は何も言わずに部屋を出て、ドアを閉めた。

インディオが湯に指を入れてかきまわした。「なんでキャリバンにあんな話し方をするの？」

ダフォディルが走ってきて、前足をたらいの縁にかけてのぞき込んだ。

「あんな話し方って？」うわの空で尋ねる。袖をまくり、湯かげんを肘で確かめた。たらいは浅く、中で立ってもしゃがんでも使えるけれど、売ってしまった大きな銅の半身浴用の浴槽が懐かしかった。

「キャリバンが何もわからないみたいな話し方だよ」インディオが言った。

「服を脱ぎなさい」

インディオは大きくため息をついた。「キャリバンはわかってるよ」

リリーは腰に手を当てて眉をあげた。

「キャリバンは頭がいいんだ」シャツを頭から脱ぎながら、くぐもった声でインディオは言った。シャツが脱げると、髪を逆立てたままリリーを見つめる。

彼女は唇を噛んだ。「どうしてわかるの？」

インディオは肩をすくめ、床に座って靴下を脱ぎはじめた。「ただ、わかるんだ」

リリーは眉をひそめて考えた。はじめて会ったとき、キャリバンは知的障害者のようにふるまった。あれはわたしをだますためだったのかしら？　だとしたら、いったいどうして？

「ママってば」インディオが七歳の子どもらしい、いらだちを見せて言った。リリーが物思いにふけっているあいだに、彼は下着だけになっていた。

「はいはい」

「もうひとりで入れるよ」

それにには異論があった。インディオは足などのわかりやすいところはきちんと洗えても、それ以外のところ——首、顔、膝、肘など——を忘れてしまうからだ。

だが、リリーはため息をついて彼の頬にキスをした。「じゃあ、しばらくしたら見に来るようにしましょうか？」

「うん、そうして」インディオは下着を脱ぎながら言った。

彼がたらいに入ったとたんに、ダフォディルが脱ぎ捨てられた下着に向かっていった。

リリーはドアを開けた。「モード、ちょっと——」

そこで言葉を切った。モードは見当たらず、キャリバンが暖炉の火明かりに向けてリリーの脚本を持っていた。彼の目は真剣で、額にはかすかにしわが寄っていた。間違いなく脚本を読んでいる。

彼女は静かにドアを閉め、早鐘を打つ心臓の前あたりで腕組みをした。

それから、片方の眉をあげて口を開いた。「あなたは何者なの？」

九カ月後、女王が王の第一子を産みました。ところが、赤ん坊は恐ろしい外見をしていました。頭と肩としっぽは雄牛、それ以外のところは人間で、全身真っ黒だったのです。自分が産んだ怪物を見たとたん、女王は正気を失い、そのまま二度と元に戻ることはありませんでした……。

『ミノタウロス』

4

アポロはゆっくりと振り返り、無表情でミス・スタンプを見つめた。彼女が書いたと思われる機知に富んだ脚本に夢中になるあまり、ドアが開く音に気づくのが遅れてしまった。だが彼女の言葉に反応を示さずにいれば、きっと……。

ミス・スタンプが鋭く息を吐いた。「わたしはばかじゃないのよ。それを読んでいるということは――」そう言いながら、まだアポロの手の中にある脚本を顎で指し示す。「あなたは知的障害者ではない。いったい何者なの？　どうして何もわからず口をきくこともできないふりをしているの？」

試みは失敗だったようだ。アポロは脚本をサイドテーブルに置き、自分も腕も組んで彼女を見つめ返した。どう思われようと、口がきけないのは本当だ。

ミス・スタンプは、小さな体のわりには怖い顔で眉をひそめた。「話してちょうだい。債権者か何かから逃げているの？　名前はなんていうの？」

危険なほど真実に近づいている。彼女の想像が暴走する前に気をそらさなければならない。アポロはため息をついて腕をほどき、ノートを取り出した。そしてまっさらなページをめくって書いた。〝わたしは口がきけない〟

ノートをミス・スタンプに渡した。

彼女がそれを読んで鼻を鳴らす。「本当に？」

アポロはうなずき、手を差し出した。

ミス・スタンプはその手にノートを返した。「じゃあ、せめて名前を教えて」

ふたたび書いて彼女に渡す。〝キャリバンでいい〟

彼女が眉根を寄せた。「本当に話せないの？」そう言って目をあげる。声音はさっきよりもやさしく、好奇心に満ちていた。ミス・スタンプはノートを返した。

アポロはうなずきながら書いた。〝きみと家族に危害を加えるつもりはない〟

視線をあげると彼女がじっと見つめていて、アポロは一瞬動きを止めた。緑の目にろうそくの火が映り、瞳の奥で揺れている。彼女の美しさに心を打たれた。柔らかな頬にふっくらした唇といった一般的な美しさではないが、小さくてとがった顎と、明るい緑の瞳から伝わってくる知性が魅力的だ。

これが別の人生だったら、爵位と気のきいたおしゃべりで彼女を感心させられるのに。

アポロは瞬きをして、手の中のノートを見おろした。指に力が入っていたらしく、ページにしわが寄っている。わたしは身を隠している。この状況では爵位など意味がないし、わたしは話すことができない。

ミス・スタンプはノートを読むために顔を伏せていて、彼の物思いには気づいていないようだ。いま、彼女はアポロのすぐそばにいた。

彼女の髪のにおいを吸い込む。オレンジとクローブの香りがした。

ミス・スタンプが顔をあげ、不意に警戒するように一歩さがった。「ここにいる理由をまだ聞いていないわ」

アポロはため息をついた。〝インディオの言うとおり、わたしは庭師だ〟

彼女はノートを受け取って読んだあと、アポロが止める前にページの前のほうをめくった。

「ただの庭師じゃないんでしょう?」ミス・スタンプは古い長椅子に座った。長椅子が不安定に揺れるのは気にならないようだ。

いまにも壊れそうなこの椅子に、自分の体重をかける気にはなれない。アポロは中央のテーブルの前から椅子を運んできた。ミス・スタンプは橋を背景にして描かれている池のスケッチを見ている。アポロは彼女の向かいに椅子を置いて腰をおろした。

ミス・スタンプはゆっくりとページをめくり、次のスケッチを指でなぞった。観賞用の滝の絵だった。「すてきだわ。完成したら本当にこうなるの？」

彼女がこちらを見るまで待ってから、アポロはうなずいた。

さらにページをめくり、ミス・スタンプが眉をひそめた。今度の絵は橋のふもとの大きな樫の木を描いたものだ。「わからないわ。ミスター・ハートはどこであなたを見つけたの？ロンドンにあなたほどの才能を持つ言語障害の庭師がいたら、わたしも知っていそうなものだけれど」

素性を明らかにしないかぎり、答えようがない。彼女はしばらく待ってから、またページをめくった。そこに描かれた絵に目を奪われたらしく、ノートを回転させてじっくりと観察した。「これは何？」

ページの見開きを使って、平行線がたくさん引かれていた。交わっているものもあれば、どこまでも交わらないものもある。波打っているものもあった。線のあいだのそこかしこに、円や四角が描いてある。

アポロは顔を寄せ、オレンジとクローブの香りをかぎながらスケッチの脇に書いた。

〝迷路だ〟

「ああ！　なるほどね」ミス・スタンプは頭を傾けて絵を見つめた。「でも、これは？」四角を、次いで円を指さして尋ねる。

〝恋人たちが座れるベンチや、滝みたいな装飾物だ。見て楽しめるものだよ〟

「これは？」波状の線のことだ。

アポロはすばやく息を吸った。彼女が興味を示していることがうれしく、口で説明できないのがもどかしかった。

腕を伸ばして、ミス・スタンプの手にあるノートのページをめくった。何も書いていないページを見つけて破ると、ふたたび迷路のページを開く。そしてところどころ鉛筆を紙に突き刺しながら、膝の上で手早く書いた。〝波線は焼け残った生垣だ。まだ生きている〟

彼はミス・スタンプが眉根を寄せて読むのを待った。やがて彼女が顔をあげると、何か言われる前に紙をひったくった。

〝直線は新しく植えるところだ。迷路は新しい庭園の目玉になる。迷路は池と劇場のあいだに作るから、劇場から迷路を隔てて池を望むことができる。劇場に展望台ができれば、客はそこから迷路と中にいる人を一望できる〟

そこで鉛筆が紙を突き破った。アポロはいらだって拳を握った。言葉が行き場を失う。

細くひんやりした指が、元気づけるように彼の拳を包んだ。

アポロは目をあげた。

「きれい」ミス・スタンプが言った。「きっときれいになるわ」

彼は息が止まった気がした。ミス・スタンプの大きな目は真剣で、アポロが描いたつたない絵のとりこになっている。彼の計画に興味を持つ人はほとんどおらず、エイサでさえ、アポロが庭園の説明をしようとしてもまじめに聞こうとしない。

それなのに、この女性は魔法使いを見るような目でわたしを見ている。

関心を持ってくれることがどれだけうれしいか、彼女はわかっているのだろうか？　感情をあらわにしすぎたことに気づいたのか、ミス・スタンプが瞬きをして体を引いた。「すごいわね。そしてすばらしいわ。あなたの迷路を歩くのが楽しみよ。絶対に抜けられないと思うけれど。パズルは苦手なの。たぶん案内役がいないと無理ね。できれば――」

そのとき入り口のドアが開き、彼女はあわてて立ちあがった。「モード、どこに行っていたの？」

「船着き場ですよ。渡し守からウナギをもらう約束だったんでね」モードはウナギが入っているらしいかごをテーブルに置いた。「寂しかったですか？」アポロがミス・スタンプから取り返したノートを見て眉をあげる。「なんです、それは？」

ミス・スタンプが皮肉っぽい目を彼に向けた。「キャリバンは愚かなふりをしていたけれど、本当はそうじゃないのよ」

「じゃあ、口をきけるんですか？」

ふたりの女性に見つめられて、アポロは首のあたりが熱くなった。

「いいえ、口はきけないの」ミス・スタンプは咳払いをした。「インディオがお風呂に入っているから、ちゃんと耳を洗っているか見てくるわ。また床を水びたしにしていないかも心配だし」

彼女は急いで奥の部屋に向かった。

モードがウナギをかごから出しはじめた。「川から皿洗い用に水をくんできたの。運んでくれる気があるなら、ドアの横に置いてあるわ」

アポロはノートをポケットにしまうと水を取りに行った。知っていれば、川までくみに行ったのに。

あたためるために暖炉の脇にバケツを置きながら、モードに見られているのを意識した。振り向くと、彼女の鋭い視線に動けなくなった。「あなたは舌があるし、リリーの話だと愚かではないらしいから、どうして話せないのか教えてちょうだい」

アポロは口を開いた。九カ月が経っても、まだ反射的にそうしてしまう。それまでの二八年間、当たり前のように口を開いてしゃべっていたのだから無理もない。簡単なことだ。話すというごく平凡な動作が、人を動物と区別する。

わたしはそれを失った。おそらく一生このままだろう。

口を開いたものの、どうすればいいかわからない。何日も何週間も努力してきたが、声は出ず、喉が痛くなるだけだった。あの日、喉に押しつけられたブーツのこと、脅すように好色な目で見おろした病院の番人のことを思い出すと喉が詰まり、希望も人間らしさも話す力も奪われたのを実感する。

「モード!」いつの間にかミス・スタンプが戻っていた。アポロの表情に何を見たのかわからないが、ひどく苦い顔をしている――家政婦に対して。「彼を困らせるのはやめて。口がきけないのよ。その理由はどうでもいいんじゃないかしら」

まるでアポロが弱者のように聞こえるが、救われた気分だ。臆病な自分がふがいない。男たるもの――たとえ話すことができなくても――女性のスカートの陰に隠れるなんて恥ずべきことだ。アポロは首をすくめ、ふたりの女性の視線を避けてドアに向かった。間違いだったのだ。はじめからわかっていた。ここに来たいという誘惑に負けてはいけなかった。いまもふつうの男であるかのように他人と交わろうとしたのが間違いだった。

ドアに向かうアポロの手を、湿った小さな手がつかんだ。動揺していた彼は不意を突かれて手を引っこめかけた。

だが、すんでのところで気がついた。

インディオが見あげていた。濡れた巻き毛から寝間着にぽたぽたとしずくが落ちている。眉根を寄せているが、険しい顔の裏に傷ついた表情がうかがえた。「帰るの？」

アポロはうなずいた。

「そう」少年は彼の手を放して唇を噛んだ。「また来る？　ダフが、また来てほしがってるよ」

ダフォディルは暖炉の前で寝ているので、それはありえない。

なんと答えればいいかわからず、アポロは顔をしかめた。もう来てはいけない。わたしにとって危険なことだ。素性が知れてしまうからというだけではない。

「また来てちょうだい」ミス・スタンプの声は穏やかだったが、断固とした表情だった。

彼女の目をしばらく見つめてから、アポロはインディオに視線を戻してうなずいた。

すぐに大きな反応が返ってきた。少年はにっこりすると、抱きつこうとするように体を近づけた。だが途中でわれに返り、代わりに手を差し出した。

アポロはその手を握った。湿った布にくるまった裸足の七歳の子どもではなく、ベルベットをまとった公爵にするように握手をする。

何か言えればと思ったが、結局はもう一度うなずいただけで外に出た。

ドアの外からでも、老いた家政婦がミス・スタンプに言うのが聞こえた。

「あなたはどうかしてますよ」


機知に富んだせりふを書くのが難しいのは、書いている本人が機知に富んでいなければならないからだ。翌日の午後、リリーは苦々しい思いを嚙みしめた。

自分には、ハエを追いかけているダフォディル程度の機知しかない気がする。リリーが見守る中、犬は長椅子の上で飛びあがってハエを叩こうとしてまたしても失敗し、椅子の背から転げ落ちそうになった。

彼女はうめき、曲げた腕に顔をうずめた。ダフォディルほどの知性しかないと自覚するのは実につらいことだ。

「エドウィンおじさん！」ドアの向こうから、今日は劇場から離れずにいたインディオのうれしそうな叫び声が聞こえてきた。

リリーは急いでテーブルの上の紙をまっすぐに置き直し、床に落ちていた羽根ペンを拾った。

次の瞬間、入り口のドアが開き、紙包みを抱えたエドウィン・スタンプが身をかがめて入ってきた。かがんだのは背が高いからではなく――リリーより数センチ高い程度だ――甥を肩車していたからだ。

モードが洗濯物の入ったかごを持ってあとに続いた。彼女は不機嫌な顔でエドウィンをにらんだ。

「ほら！」エドウィンはインディオを長椅子におろし、その隣に紙包みを置いた。ダフォディルがすかさずインディオの上に飛びのって、笑っている彼の顔をなめる。エドウィンはリリーを振り返りながら、大げさに腰を押さえてみせた。「インディオはこの前会ったときより、五キロ以上は重くなったんじゃないか？」

「もっとしょっちゅう来てくれればいいんじゃないかしら」リリーは立ちあがりながら言った。兄に近づいて抱きしめ、体を離して顔を見つめる。

エドウィン・スタンプはリリーより八歳上で、妹とは似ても似つかない。父親が違うせいだろう。エドウィンを身ごもった頃、母のリジーは主演女優として絶頂期にあった。伯爵家の下の息子との幸せな関係の末に生まれたのがエドウィンだった。その八年後、ジンと偶然の出来事がリジー・スタンプに打撃を与えた。その頃にはすでに酒と失望感で美貌は衰え、伯爵の息子はとっくに離れており、彼女は主役を張るどころか、脇役すら務められなくなっていた。そしてある晩、身分の低い運搬人と酒を飲んだあとにリリーを身ごもった。感情が高ぶると、母はよくその話を持ち出したものだ。

エドウィンは細長い色白の顔にアーチ状の黒い眉が印象的で、その眉が彼の気分を表す標識の役目を果たしている。陽気な笑みはいたずらっぽく、人々の視線を釘づけにする。黒い瞳はうれしいときには躍り、悪意を感じているときにはにらみをきかせる。それも急に変化するのだ。モードが彼のことを人間ではなく悪魔の子だとこっそりつぶやくのを、リリーは何度か耳にしている。そんなばかげた話を信じるなら、リリー自身も兄のことは不思議な生き物だと思っていた。

それでも子どもの頃、酔った母に放置されたときによく助けてくれたのはエドウィンだった。

「紅茶はいかが？」リリーは尋ねた。

「もっと強いものはあるか？」エドウィンはダフォディルとインディオの横に座った。長椅子が不吉な揺れ方をして、彼女は不安になった。「ワインがあるわ」気が進まなかったが、そう言った。エドウィンは顎ひげを剃っておらず、白いかつらと無精ひげの黒が対照的だ。

「じゃあ、一杯注いでくれ」兄は陽気に微笑んだ。

リリーはモードの舌打ちを無視して、ワインのボトルが置いてある炉棚に近づいた。

「ありがとう」エドウィンはグラスを受け取ると、ひと口飲んで顔をしかめた。「なんだこれは？　まるで――」

リリーは目でインディオを指し示した。

「ぬかるみみたいだ」エドウィンは言葉を選んで言った。

「ほんと？」インディオが興味津々で言う。「飲んでみていい？」

エドウィンは甥の鼻を叩いた。「少なくとも、あと一年はだめだ」

リリーは咳払いをした。

兄はインディオに向けて目を見開いた。「いや、二年だな」

「ちえっ」インディオが言い、彼女はその悪態に驚いて息が詰まりそうになった。

「インディオ！」

だがエドウィンは大笑いをして、その拍子にワインをこぼした。ダフォディルは大喜びで、長椅子にこぼれたワインをなめた。

「さて」ありがたいことにモードが割って入った。「インディオ、ダフォディルと一緒に外に出ましょう」

「いやだよ」

「そういえば……」エドウィンが芝居がかった様子で部屋を見まわした。「ああ、そうだ！」長椅子の横に置いた紙包みを手に取る。「これはきみのものかもしれないぞ、インディオ」

インディオは嬉々《きき》として包みを開いた。中には、帆までついた木製の船が入っていた。

色違いの目を輝かせて、インディオは見あげた。「ありがとう、エドウィンおじさん」

リリーの兄はゆっくりと手を振った。「どういたしまして。あの池に浮かべてみたいだろう？」

「モードと一緒のときだけね」リリーはあわてて言った。

「キャリバンでもいいでしょう？」インディオが尋ねる。

彼女はためらったが、昨夜のキャリバンはインディオにとりわけやさしかった。

「そうね」

「やったあ！」インディオは外に飛び出していき、ダフォディルが吠えながらついていった。

モードはあとで話そうというようにリリーを見てから、彼らのあとを追った。

リリーはため息をつくと、テーブルの前の椅子に座った。「あの子にそんなにお金を使わないで」

兄は無造作に肩をすくめた。「たいした金額じゃないさ」

でも、服や食べ物に使ったほうがいいお金だわ。そう思ったが、その考えを押しやった。エドウィンは決して金を惜しまないし、男の子にだって、たまには服や食べ物以外の楽しみがあってもいい。

そんなリリーの心の動きを読んだように兄が笑った。「キャリバンというのは誰だ？　想像上の友だちか？」

「いいえ、現実にいる人よ」

「じゃあ、本当にキャリバンという名前なんだな？」エドウィンが好奇心もあらわに言う。

「それは……違うと思うけど。ここにいる庭師なの。インディオがあとをついてまわっているのよ」

だが、キャリバンはそれだけではない。リリーは指先でスカートのひだをつまみながら思った。彼の大きな手が器用に鉛筆を動かして字を書くところが頭によみがえる。ノートに描かれた美しいスケッチも。最初は知的障害者だと思ったなんて、笑ってしまいそうだ。彼の告白からまだ一日しか経っていないのに、いまでは賢い人にしか思えない。とても賢い人にしか。

どういうわけか、あの大柄でやさしい庭師のことを、ときおり悪魔のようになる兄には話したくなかった。リリーはエドウィンを見あげた。「夕食を一緒に食べていける?」

彼はいぶかしげな顔をしたが、リリーが急に話題を変えたことはすんなり受け入れた。

「悪いがだめなんだ」エドウィンは立ちあがり、ワインのお代わりを注いだ。「今夜は外せない約束があってね」ひと口飲んでから、お得意の魅惑的な笑みを浮かべる。「脚本の進み具合をきくために来たんだが」

「全然進んでいないの」リリーはうめくように言い、椅子の背にもたれた。「いままでどうやってせりふを書いていたのかも思い出せないわ。ひどいものよ。燃やして一から書き直したほうがいいかもしれない」

いつものエドウィンなら、ここでからかって彼女の不安を払拭してくれるのだが、今日は押し黙ったままだ。

リリーは背筋を伸ばして兄を見た。

彼は難しい顔でワイングラスをのぞき込んでいる。「そのことだが……」

エドウィンは肩をすくめた。「なんでもない。ただ、来週には完成すると約束してしまったんだよ。ハウスパーティーでの芝居に使いたいという客がいてね」

「なんですって？」リリーは胸が苦しくなって息をのんだ。そのハウスパーティーというのは、わたしが出演することになっているのと同じものかしら？　だがその思いも、さらに大きな動揺にのみ込まれた。どうやって一週間で脚本を完成させろというの？

「何？」

兄は顔をしかめ、よく動く口を妙な形にゆがませた。「最近、カードゲームでつきに見放されることが多くてね。脚本料のおれの取り分が早く欲しいんだ。客は最初ミムスフォードに書かせるつもりだったらしいが、あの男、債権者から逃れるためにロンドンから姿を消したんだよ」

数年前、リリーが脚本を書きはじめたときに、彼女とエドウィンは取り決めをした。エドウィンが脚本を受け取って自分の名義で売る。彼は男だし、リリーよりはるかに売り込みがうまいからだ。エドウィンは貴族社会の周辺で生きる――リリーは絶対にごめんだが――すべを知っているため、知りあいも大勢いる。これまで、ふたりの取り決めはうまくいっていた。かなりの金額も稼いできた。でも生活が苦しくなったいま、彼女は自分で脚本を売ったほうがいいのではないかと思いはじめている。エドウィンにとっては公平とは言えないけれど……。

リリーは頭を振った。「誰にお金を借りているの？」

「おれにそんな口を叩くな」エドウィンが急に立ちあがり、グラスに残っていたワインを飲み干した。「失礼だぞ」意地悪な目でこちらを見る。「それに愛する母さんを思い出す」

それを聞くと、罪悪感が寒気となってリリーの背筋を駆け抜けた。「でも――」

エドウィンが早足で近づいてきて彼女の前にひざまずき、手を取った。

「心配するようなことじゃないんだ、本当に。とにかく書き終えてくれ。できるだけ早く」

リリーの手を握りしめ、頬にキスをする。「おまえは最高のものを書く。ミムスフォードよりもずっと上だ。そのミムスフォードだって、王立劇場で立て続けに二作も大成功をおさめている」

「だけど――」リリーは不安げに言った。「一週間で書けなかったらどうするの？」

彼は目を伏せた。「ほかを当たるしかないだろうな。インディオの父親なら――」

「やめて」今度は彼女が兄の手を握りしめる番だった。恐怖のあまり心臓が早鐘を打つ。

「あの人に近づかないと約束して、エドウィン」

「だが、彼は金持ちで――」

「約束して」

「わかったよ」エドウィンは不満げな顔になった。「だが、なんとかして借金を返さなければならないんだ」

「最後まで書くわ」兄の手を放して言う。

エドウィンはまつげのあいだからリリーを見あげた。長いまつげだ――彼女はぼんやりとそう思った。おかげで純粋な人に見える。

本当は違うけれど。

「来週までだ」兄の声は明るいが、こわばっていた。

「来週までね」

「すばらしい！」エドウィンはもう一度彼女の両頬にキスすると、立ちあがって踊るようにドアへ向かった。機嫌が直ったらしい。「ありがとう、リリー。心が軽くなったよ。おれはもう行かなきゃならない。来週、原稿をもらいに来る。いいな？」

そしてリリーが何か言う前に、兄はドアから出ていった。

彼女は呆然《ぼうぜん》としてドアを見つめた。どうやって一週間で脚本を書き終えろというの？

「なぜわたしたちは崩れた音楽堂に隠れているの？」ウェークフィールド公爵夫人アーティミス・バッテンは言った。

アポロは愛情をこめて双子の姉に微笑んだ。結婚してまだ五カ月だが、アーティミスはまるで公爵夫人となるべく生まれてきたかのようだ。深緑のドレスは袖に幅広のレースがあしらわれ、アポロの目にもかなり高価なのがわかる。濃い茶色の髪はうなじできっちりまとめてあり、グレーの瞳は穏やかで幸せそうだった。アポロに会いに〈ベドラム精神病院〉へ通っていた四年間と比べると、なんと大きな前進だろう。

あの頃のアーティミスの目には絶望が浮かんでいた。

アポロはノートを出して書いた。〝ほかの庭師やインディオに姉上を見られたくない〟

彼女は眉をひそめると、持ってきた籐《とう》製のかごから新しいシャツと靴下と帽子、それに食べ物が入った布の包みを取り出した。

〈ベドラム精神病院〉を経験したいま、食べ物があるのを当たり前だと思うことは二度とないだろう。

「インディオって？」りんごをかじるアポロにアーティミスがきいた。

姉が顔をしかめるのもおかまいなしに、彼はりんごをくわえたまま書いた。〝犬と家政婦と好奇心旺盛な母親と一緒にいる、詮索好きな男の子だ〟

アポロはりんごを食べ、アーティミスは眉をあげた。「ここに住んでいるの？」

彼はうなずいた。

「庭園に？」音楽堂の崩れかけた壁を見ながら、アーティミスは尋ねた。正面には通路の天井を支えていた大理石の柱が並んでいる。屋根は火事で崩落し、柱だけが残っていた。この柱も活用するつもりだ。少し磨いて木づちであちこちを叩けば、立派な遺跡になるだろう。けれどもいまは、空を背景に黒い不気味な指のようにしか見えない。

アポロは音楽堂の奥の部屋のひとつで寝泊まりしている。かつては楽団や踊り子や役者たちの楽屋だった部屋だ。その片隅に雨風よけの支柱を作って大きな防水布をかぶせ、わらのマットレスと椅子を二脚運んできた。質素だがノミもシラミもいないこの寝床は、あの精神病院と比べれば天国だった。

アポロはノートを受け取ってさらに書いた。〝劇場に住んでいる。彼女は女優のロビン・グッドフェローだ。一時的にここに住むことをハートが許可した〟

「ロビン・グッドフェローを知っているの？」アーティミスの堂々とした態度が消え、安い菓子をもらった小さな女の子のようにそわそわした様子になった。

ミス・スタンプの芸歴についてもっと知りたい。アポロはそう思い、用心深くうなずいた。

アーティミスは早くも落ち着きを取り戻していた。「たしかロビン・グッドフェローはとても若くて、三〇歳になっていないはずよ」

アポロはさりげなさを装って肩をすくめたが、姉は長年彼を見てきている。

興味をそそられたらしく、アーティミスは身を乗り出した。「それに頭もいいはずだわ。あれほど上手に男役を演じるのは――」

男役だって？　男役といえば、きわどい役であることが多いだろう。アポロは眉をひそめたが、姉は話し続けた。

「去年の春、ここでピネロピと一緒に彼女のお芝居を見たわ。なんという演目だったかしら？」しばらく考えてから首を横に振った。「どうでもいいことね。彼女と話したの？」

そんなことができないのは、わかっているだろうとばかりに、アポロは当てつけがましくノートに目をやった。

「わたしの言いたいことはわかるでしょう？」

彼は真実を避けて書いた。〝いまの自分の境遇で社交上の訪問などできるわけがない〟

アーティミスが口をすぼめた。「ばかなことを言わないで。いつまでも隠れているわけには――」

アポロは抵抗の意味で目を見開いてみせた。

「隠れているわけにはいかないわよ」アーティミスが言い張る。「自分の人生を生きる方法を見つけないと。それがロンドンを、あるいはイングランドを出ることなら、そうすればいい。これは――」彼女は防水布と椅子とわらのマットレスを示した。「本当の意味での生活ではないわ」

アポロはノートをつかみ、怒りにまかせて書いた。〝どうしろというんだ？　わたしには庭園に投資した金が必要なんだ〟

「マキシマスから借りればいいのよ」

アポロは顔をそむけ、あざけるように笑った。義兄に借金をするのだけはどうしてもいやだった。

アーティミスは頑固に言い募った。「彼は喜んで必要なお金を貸してくれるわ。ここを出なさい。大陸にでも植民地にでも行けばいい。名前を変えれば、兵士たちだってそこまで追ってはこないでしょう」

彼は姉を見つめ返してから乱暴に書いた。〝名前を捨てろというのか？〟

「必要とあらばね」なんと勇敢で決然としているのだろう、わたしの姉は。「言いたくなかったんだけれど、誰かがわたしをつけている気がするの」

アポロは驚いてアーティミスを見た。〝今日もここまでつけられたのか？〟

「いいえ」彼女はかぶりを振った。「でも一度か二度、あなたに会いに来るときにつけられたことがあるわ」顔をしかめて続ける。「だけど同じ人ではないから、勘違いかもしれない」

彼は眉をひそめて姉を見た。

「そんな顔で見ないで。確信が持てなかったのよ……いまも持てないわ。でも、わからない？　もしわたしが本当につけられていたら、誰かがあなたの居場所を突き止めようとしているのなら、ここにいてはだめよ。庭園を出なくては。イングランドを出るのよ。身の安全のために」

アポロは目をしばたたいてノートを見おろした。手で文字がこすれ、紙が黒ずんでいる。彼は慎重に書いた。〝そんなことはできない。わたしはやっていないんだ、アーティミス〟

「わかっているわ」彼女はささやいた。「わかってる。でも、それを証明する方法がないでしょう？」

アポロは答えなかった。それで充分、答えになっているはずだ。

アーティミスが彼の腕に手をかけた。「そうやって国外へ逃げるのを頑固に拒否しているとと命取りになるか、もっとひどいことになるわよ」彼女は顔を寄せた。「お願い。あなたはやさしくて頭がよくて、それに……すばらしい男性よ。精神病院になど入れられるべきではなかったし、こんな半分死んでいるような生活をするべきでもない。お願いだから――」

彼はそっぽを向いたが、興奮しているときの姉はそんなことでは止められない。

「アポロ。お願いだから、強迫観念や復讐心に取りつかれたりしないで。名前は大事よ。それはわかるわ。でも、あなた自身ほど大事ではない。わたしに弟を失わせないで」

その言葉に、アポロは姉の顔を見た。目に涙が光っている。耐えきれずに姉の手を取った。懐かしく、心が落ち着く感触だった。

アーティミスは息を吸った。「人生をあきらめないと約束してちょうだい」

アポロは唇をかたく閉じたが、しっかりとうなずいた。

彼女が弱々しく微笑む。「ところでそのロビン・グッドフェローだけれど、興味を引かれるんじゃない？　彼女、とてもきれいでしょう？」

きれいというのはふさわしい言葉ではない。男まさりで狡猾で魅惑的……そこまで考えてはっとし、一瞬、胸の内が顔に出てしまったのではないかと思った。無表情を装う練習をしていたのは好都合だ。アポロは姉に向かってそれをやってみせたが、彼女は意味ありげに笑い、りんごを放ってよこした。

それを受け止めてから、アポロは書いた。〝くそ公爵閣下は元気か？〟

予想どおり、アーティミスはしかめっ面になった。「そんなふうに呼ぶのは本当にやめて。あの病院から助け出してくれたのは彼なんだから」

アポロは鼻を鳴らした。〝そしてわたしを薄気味悪い地下室に鎖でつないだ。姉上が助けてくれなかったら、いまもそこにいただろう〟

彼女は笑った。「薄気味悪くなんてないわ。特にいまは、地下室のほとんどをワインの貯蔵に使っているんですもの。マキシマスは元気よ。きいてくれてありがとう。あなたによろしくと言っていたわ」

アポロは姉を見た。

「本当よ!」アーティミスはもっともらしく言ったが、彼はただ首を横に振った。姉の説得がなかったら——そしてウェークフィールド公爵マキシマス・バッテンが彼女に好意を抱いていなかったら——わたしはいまもまだ〈ベドラム精神病院〉で悲惨な生活をしていただろう。ウェークフィールドがわたしを救い出したのは、わたしが正気だと思ったからではない。そして無実だとも思っていない。

アーティミスが大きくため息をついた。「マキシマスはあなたが思っているほどひどい人じゃないわ。それにわたしは彼を愛している。わたしのためと思って、もっと夫に寛容になってちょうだい」

ウェークフィールドには、弟にやさしくしてやってほしいと頼んでいるに違いない。アポロはそう思ったが、とにかくうなずいた。こんなことで姉と議論する必要はない。

アーティミスは弟がこれほど簡単に引きさがるわけがないとばかりにしばらく目を細めていたが、やがてうなずき返した。「よかった。いつか友人同士になってほしいわ」アポロが眉をつりあげてみせると、あわててつけ加えた。「あるいは、せめてお互いに礼儀正しく接してほしいの」

それには応えず、彼は食べ物の包みを探った。パンの大きな塊を出して、切るために木材の上に置く。

「もうひとつ話したいことがあるのよ」アーティミスがためらいがちに言った。

アポロは姉を見た。

彼女は手の上でりんごを転がしている。「マキシマスが誰かから聞いたの。たぶんクレイブンね。従者にしては、あらゆる人のあらゆることを知っているから。もちろんただの噂だけれど、あなたに話しておこうと思って」

アポロはパンを切るのをやめ、アーティミスの顎を指であげて自分の顔を見させた。

問いかけるように首を傾ける。

「伯爵のことよ」彼女はアポロの目を見つめて言った。

一瞬、なんのことだかわからなかった。どの伯爵だ？　そして気がついた。裾の広がった黒いかつらをつけた、にこりともしない老人が一度――たった一度だけ――アポロのもとに来たことがあった。おまえは自分の跡継ぎだから学校へ行くように、と告げに来たのだ。酢とラベンダーのにおいがするその老人はアポロと同じ目をしていた。

ひと目見た瞬間から、アポロはその男が嫌いだった。

彼は姉の目を見つめ――ありがたいことに、こちらは母と同じグレーだ――先を待った。

アーティミスはアポロの手を取って励ますようにしながら告げた。「亡くなりそうらしいの」

妻が産んだ怪物を見て、王はそれを殺そうと腕を振りあげましたが、司祭が押しとどめました。「噂によると、かつてこの島の人々は大きな黒い雄牛の形をした神を崇拝していたということです。古代の神を怒らせるような危険を冒すぐらいなら、このものを生かしておいたほうがいいでしょう」……。

『ミノタウロス』

5

ジョナサン・トレビロン大尉は、椅子の隣のテーブルにのった真鍮《しんちゅう》製の時計を見た。四時一五分。仕事に戻る時間だ。不格好なクロスステッチを施したしおりを、読みかけの『トマス・ペローの長い奴隷生活と冒険の話』のページにはさんだ。そして、二丁の拳銃を胸を交差する革の弾帯ベルトにつけたホルスターにしまうと、杖に手を伸ばした。

いまいましい杖に。

かたい木でできた簡素な杖で、大きな握りがついている。トレビロンは杖に体重を預け、不自由な右脚を支えるようにして立ちあがった。脚を駆け抜ける痛みを無視して、体勢を整えるためにしばらくそのまま動きを止めた。痛みは骨の髄までしみたが、折れたのがその脚の骨だと思えば当然のことだ。折ったのは一度ではなく二度、それも二度目は重症だった。その二度目の骨折で、竜騎兵連隊での経歴を捨てざるをえなくなった。ウェークフィールド公爵が代わりの仕事を世話してくれたが、それを喜ぶべきかどうかはいまだに判断がつかない。

脚の痛みが消えるのを待ちながら、窓の外を見た。裏庭で数人の庭師が木箱を囲んでいる。やがて木箱のふたが開けられ、わらの中に棒状のものがずらりと並んでいるのが見えた。

トレビロンは眉をあげた。

そろそろと向きを変え、脚を引きずりながら、ドアからウェークフィールドのロンドンの屋敷の廊下に出た。トレビロンの部屋は屋敷の裏手の、廊下の突き当たりにある。使用人用の部屋ではないが、かといって客用の部屋でもない。

トレビロンの口がゆがんだ。わたしは使用人と客のあいだの存在なのだ。

階段を一階分おりるのに五分かかった。公爵が生活環境に配慮してくれたのはありがたいことだ。

ここウェークフィールド邸では、使用人たちは一番上の五階を使っている。

苦労してアキレスの大広間へ向かうトレビロンの耳に、女性の笑い声が聞こえてきた。彼はピンクに塗られた背の高いドアを静かに押した。部屋の中では三人の女性が座っていた。その前の低いテーブルに、飲み終えたあとのティーセットが置かれている。

トレビロンが脚を引きずりながら近づこうとすると、いち早く気づいた一番若い娘が振り返った。ふっくらとして美しく、髪は茶色い。

自分の存在にいつも真っ先に気づくのがレディ・フィービー・バッテンだということが、トレビロンには驚きだった。何しろ彼女はほとんど目が見えないのだから。

「わたしのお目付け役が来たわ」彼女が明るく言った。

「フィービー」レディ・ヘロ・リーディングが小声でたしなめた。ウェークフィールド家の三人きょうだいの真ん中——公爵の妹であり、レディ・フィービーの姉——なのに、レディ・フィービーとはまったく似ていない。レディ・ヘロは妹より背が高く、ほっそりしていて、火のような赤毛の持ち主だ。自分の小声がトレビロンに聞こえていないと思っているらしいが、残念ながらしっかり聞こえている。とはいえ、気にはならなかった。レディ・フィービーが自分とその任務をどう思っているか、彼は充分に承知している。

「座ったらいかが?」三人目の女性が親切に言った。ウェークフィールド公爵夫人アーティミス・バッテンは、美しいグレーの瞳を除けば見た目は平凡だが、公爵夫人らしい威厳を備えている。彼女の過去を知らなければ、公爵と結婚するまでは貧しくて、遠い親戚の付き添い女性《コンパニオン》を務めていたことなど想像もできないだろう。

恐るべき女性だ。

「ありがとうございます、奥さま」トレビロンはうなずくと、三人から適度に離れた椅子に腰をおろした。いくらレディ・フィービーがいやがっても、彼女を監視して守るのがトレビロンの仕事だった。彼女が姉や義理の姉と一緒にいるときは――というか、ウェークフィールド邸の中にいるときは――もちろんトレビロンの出番はないけれど、お茶のあとに外出したいというなら、お供をしなければならない。

彼女がどう思おうとも。

レディ・ヘロが立ちあがった。「セバスチャンが心配だからそろそろ帰らないと。いまごろお昼寝から目を覚ましているはずよ」

「もう？」レディ・フィービーは口をとがらせたが、すぐに機嫌を直した。「来週はお姉さまのところでお茶をいただきましょう。子ども部屋がいいわ」

レディ・ヘロがやさしく笑った。「赤ちゃんと幼児がいるところでのお茶なんて、大変なことになるわよ」

「大変だろうとなんだろうと、フィービーもわたしも甥たちに会うのが楽しみでしかたないのよ」公爵夫人が言った。

「じゃあ、どうぞいらして」レディ・ヘロは浮かない顔で微笑んだ。「でも髪に豆をつけて帰るときに、わたしが警告しなかったなんて言わないでね」

「かわいいウィリアムとセバスチャンと過ごすためなら、そんなこと我慢できるわ」公爵夫人が言う。「さあ、玄関まで送るわね。わたしもじきに出かけるの」

「そうなの？」レディ・フィービーが眉根を寄せた。「でも、今朝もこっそり出かけたじゃない。今度はどこへ行くの？」

小さな変化だったが、トレビロンは見逃さなかった。公爵夫人のまなざしが一瞬揺らいだのだ。だが、すぐにもとの彼女に戻った。「ミセス・メークピースに会いに孤児院へ行くのよ。長くはかからないわ。もしマキシマスが書斎から出てきて、わたしがどこに行ったか尋ねるようなことがあったら、夕食までには帰ると伝えてちょうだい」

「書斎にこもりすぎよね。お兄さまが一日あそこを離れたからって、議会が破綻してしまうわけでもないのに」レディ・ヘロは腰をかがめて妹の頰にキスをした。「じゃあ、来週ね。それともオンブリッジの夜会で会えるのかしら?」

レディ・フィービーは憂鬱そうなため息をついた。「マキシマスに止められたの。人が多すぎるからでしょうね」

レディ・ヘロはフィービーのうしろに立っている公爵夫人をちらりと見た。公爵夫人は口をかたく結んで肩をすくめた。

「恐ろしく退屈だと思うわ」レディ・ヘロは陽気に言った。「あんなパーティーに行っても、きっとあなたは楽しめないわよ」

トレビロンはいらだって目をそらしながら、自分も口を引き結んだ。レディ・ヘロは妹の衝撃をやわらげようとしているのだろうが、このやり方はまずい。レディ・フィービーの護衛を務めてまだ数カ月だが——はじめたのはクリスマスの少し前だ——その間に彼女が社交的な集まりを好むのがわかってきた。歌劇や舞踏会、午後のお茶会など、とにかく人と過ごすのが好きなのだ。そういう集まりに出ると明るくなる。だが、彼女の兄のウェークフィールド公爵マキシマス・バッテンは、そのような外出は妹には危険だと決めつけている。そのため彼女が家族以外の集まりに出られる機会はごくわずかで、それも慎重に吟味される。

トレビロンは体を動かし、その拍子に杖が床をこすった。レディ・フィービーがこちらに顔を向けた。

彼は咳払いをした。「お嬢さま、注文なさった薔薇の枝が届いたようです。庭師たちが箱を開けているのを見ました。お嬢さまが監督なさる必要もないでしょうが、植える場所について何かご意見がおありなら――」

「まあ、どうしてすぐに言ってくれなかったの?」レディ・フィービーはすでに動きはじめていた。指先で椅子の背に触れながら歩く。ドアの前で立ち止まると半ば振り返ったが、彼女の顔が向いているのはトレビロンのほうではなかった。「一緒に来てちょうだい、トレビロン大尉」

「かしこまりました」彼はできるだけすばやく立ちあがり、ドアへと向かった。

「ではまたね、フィーービー」レディ・ヘロは妹の肩に触れ、彼女の脇を抜けてドアから出た。

「あわてないで」

レディ・フィービーは何も言わずに目をぐるりとまわしてみせた。

公爵夫人が笑みを隠すように顎を引く。「薔薇を楽しんでね」

ふたりは行ってしまい、トレビロンはレディ・フィービーとふたりで取り残された。

彼女は頭を傾け、トレビロンが近づく音に耳を澄ました。「薔薇は裏庭にあるの?　どんな状態だった？」

「窓越しに見たので、状態はよくわかりません」

「そう」彼女は向きを変え、指で壁をたどりながら階段へ向かった。

レディ・フィービーが階段に近づくと、トレビロンはいつも恐怖を覚える。階段は広くてカーブを描いており、よく磨かれた大理石でできているのだ。だが、この仕事をはじめた最初の頃に何度か言い争いをした結果、彼女は人の手を借りずに階段をおりたいのだと学んだ。実際トレビロンの心配をよそに、レディ・フィービーは彼の前ではよろめいたことすらない。

それでも彼女が階段をおりはじめると、トレビロンは注意深く見守り、何かあったらすぐに腕をつかめるようにした。

「すぐそばをついてくるのね」彼女が振り向かずに言った。

「それがわたしの仕事ですから」

「それはどうかしら？」

「そうなんです」そっけなく答える。

「ふうん」ふたりは一階に着いた。レディ・フィービーは屋敷の裏口に向かった。

最後の一段で悪いほうの足を強く床についてしまい、トレビロンは顔をしかめた。

レディ・フィービーは振り返らなかったものの、少し歩調をゆるめたのがわかった。

脚を引きずりつつ、彼女のあとを追う。

屋敷の裏は端から端まで、小石を敷きつめたテラスになっている。その向こうは整えられた庭になっているが、この時期、花壇の大部分は何も植えられていない。庭師がふたりと手伝いの少年ひとりが作業をしていた。三人はレディ・フィーピーが現れると直立不動の姿勢を取った。

「お嬢さま」一番年長の大柄で頑丈そうな庭師が、自分たちの居場所を知らせるために声をかけた。

「ギブンズ」レディ・フィーピーは呼びかけた。「まさかわたしがいないうちに、植えつけをはじめているんじゃないでしょうね？」

「とんでもありません」もうひとりの庭師が答える。ギブンズより二〇歳は若いが、双子と言ってもいいほどよく似ていた。ふたりのあいだには血縁関係があるに違いない。どのような関係かあとで突き止めることにしよう、とトレビロンは決めた。

「わしらはただ、枝を見ていたんです」ギブンズが言う。

「それで、どんな状態？」レディ・フィーピーは前に進みはじめた。薔薇の枝は花壇と花壇のあいだの芝生に並べてあった。

トレビロンはひそかに悪態をつき、杖を敷石に突きながら大股で追いかけた。そして彼女が庭園におりる低い階段に近づいたところで追いついた。

「お嬢さま、よろしければ」返事も待たずにレディ・フィーピーの腕を取る。

「よろしくなかったら？」彼女がささやいた。

それに答える必要はなさそうなので、トレビロンは言った。「ここから芝生になります」

レディ・フィービーはうなずくと、顔をあげたまま彼に導かれて庭師のほうに向かった。

「アーティミスがうちにいて手を貸してくれないのが残念だわ」

「そうですね」トレビロンは目を細めて彼女を見た。「公爵夫人が今朝どこに行かれたか、あなたがご存じないとはおかしいですね」

彼女が眉をひそめた。「どういう意味？」

「わかりませんか？」穏やかに言う。「公爵夫人はよくどこかへ用を足しに行かれます」

「何を言おうとしているのかわからないけれど、やめてほしいわ」

トレビロンは静かに息を吐いた。庭師のもとに着き、レディ・フィービーの注意は庭師と薔薇の枝に移った。

トレビロンは杖に寄りかかりながら見守った。本当に見当がつかないのだろうか？　レディ・フィービーは義理の姉と仲がいい。義姉にキルボーン子爵アポロ・グリーブズという双子の弟がいて、その弟が最近〈ベドラム精神病院〉から脱走し、いまも逃亡中なのは知っているはずだ。

だが、キルボーン子爵があの精神病院に収容されていた理由も知っているだろうか？　三人の男が殺された血生ぐさい事件を――子爵が病院に入れられたのと同時に人の口にのぼらなくなった出来事を知っているのか？　おそらく事件の話は聞いたこともないだろう。レディ・フィービーは箱入り娘なのだから。あるいは知っているが、四年に及ぶ醜聞を忘れることにしたのかもしれない。

トレビロンは忘れられなかった。四年前、キルボーン子爵を逮捕したのが自分だからだ。そのとき、キルボーンは自分の友人たちの血にまみれていた。

身に覚えのない殺人罪で指名手配されているかぎり、爵位を継ぐことはできない。

翌日、アポロは小さな木を剪定ナイフで乱暴に切っていた。筋肉が痛むが、それも心地よかった。関係ないではないか。爵位を重要だと思ったことはない。強いて言うならば、そのせいで少年時代に姉と――家族と――引き離された。アポロは鼻で笑った。伯爵は自分の息子の家族に食べ物や衣服が足りているか気にもかけなかったのに、息子の跡継ぎ、つまり自分の跡継ぎに高い教育を受けさせることにはこだわった。

手を止めて額の汗をぬぐう。爵位を気にする理由などない。ただひとつ……。

ただひとつ、それもまた殺人事件のせいで自分から奪われたものであるという事実を除けば。

アポロはうなり、ふたたび木を切ろうと腕をあげた。そのとき、何かつぶやくようなしわがれ声が聞こえてきた。

顔をあげてあたりを見まわす。ここは池のほとりの、庭園の外れに近い側だった。ほかの庭師たちは、音楽堂のそばの枯れ木を切り落としている。今日はインディオとダフォディルが自分を見つけるのではないかと半ば予想していたが、いまのところ彼らは姿を現していない。

そして聞こえてきた声は、インディオのものとは似ても似つかなかった。

アポロは好奇心に駆られ、ナイフを腰のベルトにしまって、切っていた木をそっとまわり込んだ。池と劇場にはさまれた部分の作業はいくらか進んでいるものの、池のこちら側はまだ混乱状態だ。生垣の残骸が延びる中、あちこちに焦げた木が立っている。彼は声のするほうに近づいていった。どうやら、まだ生きている数少ない生垣の向こう側から聞こえてくるようだ。

用心しながら近づいて、大きな木の陰からのぞいた。

「……そうでなければ、あんたは悪党だ、閣下」ミス・スタンプがわざと低い声でつぶやいている。彼女は倒れた木の上に板をのせたものの前を歩いていた。板の上には紙と小さなインク壺、それに羽根ペンがのっている。間に合わせで作った机らしい。

「だめだわ」彼女はふつうの声で言った。「悪党。悪党、悪党。絶対にこの言葉ではだめよ」紙の上にかがみ込み、ものすごい勢いで何か書いてから立ちあがった。とたんに彼女の顔つきが変わった。肩をそびやかし、足を開いて立ち、腰に拳を当て、リリー・スタンプは肩幅の広い男になった。「紳士なら自分で落とし前をつけてもらおう、ウェイストレル」

「まさか！」今度も低い声だが、異様な響きが加わっている。彼女は媚びるように首をかしげた。「紳士かどうかを前のもの《ペニス》で判断するのか？」

アポロは不意に気づいた。彼女は男のふりをしている女性を演じているのだ。演技力の高さで知られているのも当然だろう。かつらも衣装もつけていなければ舞台化粧もしていないのに、テーブル代わりの木のまわりをふんぞり返って歩く彼女を見れば、どの役を演じているのかすぐにわかる。

そのとき、アポロは何か音をたててしまったらしい。ミス・スタンプがくるりと振り返り、目を丸くしてこちらを見つめた。「そこにいるのは誰？」

彼女を驚かせるつもりはなかったのに。アポロは木の陰から出た。

「あら」ミス・スタンプは眉根を寄せてあたりを見まわした。「ここで仕事をしているの？だったらどこかに移動するわ。あなたの仕事の邪魔はしたくないから……」

相手が話している途中から、アポロは首を横に振っていた。ようやくそれに気づいたらしく、ミス・スタンプが口をつぐんだ。荒れ果てた庭園で、ふたりはしばらくじっと見つめあった。そよ風が木の細い枝を鳴らし、彼女の茶色の髪を口の前になびかせる。彼女は唇のあいだに張りついた髪を耳のうしろにかけたが、そのあいだもふたりの視線は絡みあったままだった。

ここにいてほしい。不意にアポロはそう思った。いままで話をした相手といえば、アーティミスとエイサのふたりだけだ。ほかにはいない。ミス・スタンプを除いては。彼女はわたしの秘密を知った。わたしが知性も魂もない、ただの口のきけない大男ではないことを知った。それだけではない。彼女はわたしの奥深くにある何かをかきたてる。〈ベドラム精神病院〉で失われたと思っていた何かを。

アポロは注意深く一歩さがり、彼女に場所を譲っていることが伝わるのを祈った。

「いいえ！」

彼女の大声にふたりとも驚いた。

ミス・スタンプは咳払いをすると、低い声で続けた。「つまり……あなたがここで仕事を続けたかったら、わたしは気にしないからどうぞと言いたかったの」

アポロはうなずいて背中を向けた。

「待って！」彼女が背後から呼んだが、行動で示すほうが簡単なときに言葉で説明しようとする必要はない。

さっき切っていた木まで走ると、シャベルとかばんを持って、彼女のところにふたたび戻った。

ミス・スタンプはまた紙の上にかがみ込んでいた。アポロは彼女を驚かさずにすむよう、わざと音をたてた。

「ああ」彼女が体を起こす。「戻ってきたのね」

その声にこめられているのは安堵だろうか？

アポロは皮肉な笑みを浮かべた。ミス・スタンプは賞賛されている女優だ。生き生きとして、頭の回転が速く、美しい。一方のわたしは口がきけたときでさえ、女性が惹かれるような男ではない。その逆だ。

なのに、わたしが戻ってきてミス・スタンプはうれしそうだ。それだけで胸の中に喜びが広がる。

かばんをおろしてシャベルを手に取ると、枯れた茂みの根元の地面に突き刺して根に当てた。シャベルの刃は半分までしか地面に入らなかったので、両足でのって、跳ねるようにしてさらに深く差し込んだ。刃が根を切断するのが感じられ、アポロは満足げになった。このためにゆうべ時間をかけて、シャベルの刃を研いでおいたのだ。彼は用心深く柄を押しさげ、てこの原理を利用しようとした。強く押しすぎると柄が折れたり、もっとひどい場合は鉄の刃自体が欠けてしまう。すでにこの春、二本のシャベルをだめにしてしまった。

「こっちを続けてもいい？」ミス・スタンプの声がした。「急いで書きあげなければならないのよ」

アポロは興味を引かれて目をあげ、原稿を読む彼女の眉間に刻まれたしわに目を留めた。エイサの話だと、いま彼女は役者の仕事ができないという。おそらく脚本を書く以外に稼ぐ方法がないのだろう。

アポロはうなずいた。

「まだ三幕目なの」ミス・スタンプはうわの空で言った。「女主人公は賭け事で兄のお金を全部失ってしまったのよ。兄に変装していたから」

彼女は顔をあげ、アポロが眉をあげるのを見た。

「『ウェイストレルの改心』という喜劇なの」ミス・スタンプは肩をすくめた。「込み入った喜劇よ。それというのも、いまのところ誰もほかの人の正体を知らないから。ウェイストレルという双子の男女がいてね、兄が妹のセシリーに、自分に変装することを承知させるの。

そうすれば自分はレディ・パメラのメイドを口説くことができるから。彼は彼女と——メイドじゃなくてレディ・パメラと婚約しているのよ」

そこでミス・スタンプが息をつき、アポロはゆっくりと微笑んだ。予想に反して、いまの彼女の話をすべて理解できたからだ。

ミス・スタンプも微笑んだ。「ばかばかしいのはわかっているけれど、喜劇ってそういうものよ。次から次へとばかばかしいことが起きるの」自分の脚本に目を落とし、ページに指を走らせる。「そして兄のアダムに扮《ふん》したセシリーは、カードゲームでピンバリー卿に手ひどく負けてしまうの。ああ、ピンバリーっていうのはメイドのファニーの父親で、レディ・パメラに求愛しているけれど軽くあしらわれているのよ。もちろん、彼がファニーの父親であることは誰も知らないわ。そうでなければファニーがメイドをしているはずがないでしょう?」

アポロはシャベルに体重をかけ、問いかけるように片方の眉をあげた。

「生まれたときに誘拐されたの」ミス・スタンプが答えた。「でも、運よく特徴的な痣《あざ》があるのよ。ここに」そう言って、自分の右の胸のふくらみを叩く。

その部分に目を向けない男などいるはずがない。四角い襟元からのぞく、薄いスカーフに覆われたふくらみは美しかった。

「そうなのよ」かすれた声にアポロは視線をあげた。ミス・スタンプの頬がピンクに染まっているのは、風のせいかもしれない。「とにかく、いまはセシリーとピンバリー卿の場面を書いているの。ピンバリーがお金を要求していて、セシリーは持っていない。そして同時に、ピンバリーは自分が彼女に惹かれていることに気づきはじめるの」

そこで彼女は咳払いをした。

アポロはうなずき、仕事を続けているふりをしてシャベルを少しだけ動かした。実を言うと、刃が根から抜けないのではないかと心配になってきた。

ミス・スタンプは原稿に目をやってから、ふたたび登場人物になった。いまではアポロにも、それが兄の変装をしたセシリーだとわかる。「紳士かどうかを前《ペニス》のもので判断するのか?」

彼女は向きを変え、また拳を腰に当てると、足を開いて立った。「おいおい、わたしは〝落とし前〟と言ったんだ。責任を取れってことだよ」

ミス・スタンプはふたたび原稿に向き直り、両手をおろした。「前のものがちゃんとついているかどうか、つまり、男気を見せろってことだろう?」横目でアポロを見る。「違うか?」

彼は口をゆがめ、ためらいながらもうなずいた。

「これよ!」ミス・スタンプは小さく叫ぶと、紙に何か書いてから考え込むように手を止めた。

アポロは働いているふりをするのもやめていた。

彼女は息をのんでから、原稿にかがみ込んで一気に書いた。そして体を起こした。その目は勝ち誇っている。

ミス・スタンプは頭をあげてセシリーを演じた。「なるほど、男気を見せれば納得するんだな？」

当惑したピンバリーになる。「当然じゃないか」

「本当か？」彼女は肩越しに振り返り、媚びを売るように上目遣いで想像上のピンバリーを見た。「疑わしいな」

「なんだと？」

「そこまで言うなら、ちゃんと前のものがついているかどうか確かめてもらおうじゃないか」

そこで彼女は目をしばたたいた。

下品な言葉と無邪気な表情を並べているのがおかしくて引き込まれる。アポロはこらえきれずにのけぞって笑い声をあげた。

その声に、リリーはセシリーのこともピンバリーのことも忘れた。脚本も、そのほかのことをすべて忘れて、ただ見つめた。

キャリバンが笑っている。

低い男らしい声で、目尻にしわを寄せて真っ白な歯を輝かせ、キャリバンが笑っている。

白いシャツの上に着た茶色のベストはボタンがふたつ取れていた。袖は肘の下までまくりあげられ、日焼けした太い腕があらわになっている。ブリーチは色あせた黒で、くたびれた靴の上には染みのついた揉《も》み革のゲートルをつけていた。首には赤いスカーフをゆるく巻き、腰には剪定ナイフをさすための太い革のベルトをしている。リリーはこれまで大勢の労働者を見てきたが、きちんと見たことはなかった。いま、こうしてまじまじとキャリバンを見て、なんて魅力的なのだろうと思った。力強い体をしているばかりか、わたしの脚本を批評することもでき、ユーモアもある。ただの労働者ではない。

だが、すぐに次の思いが浮かんだ。笑えるのに、なぜしゃべれないのかしら？　笑っている彼の喉に筋が浮くのを見て、衝撃を覚えた。彼は笑うのに声帯を使っている。それなのにどうして？

キャリバンが目を開けて彼女の目を見つめ、笑うのをやめた。リリーはいつの間にか、彼に近づいていた。まるで磁石に引き寄せられるように、彼の肌や体温、その男らしさに触れられそうなところまで近づいていた。キャリバンが頭をさげて彼女を見つめる。その顔には、まだ楽しそうな表情が残っていた。リリーは思わず手を伸ばし、引きしまった頬に軽く指を走らせた。かすかに伸びた無精ひげに指が引っかかる。なんてあたたかく、活力に満ちているのだろう。リリーはつま先立ちになり、もつれた茶色い髪の下のうなじに手をかけて、キャリバンの顔を引き寄せた。彼をじっと見て、その生命力をとらえ、見た目どおりに鋭い味がするのか確かめたかった。

キャリバンに気を取られるあまり、背後から男性の声が聞こえてきたときは飛びあがりそうになった。

「おまえを連れ戻しに来た」

リリーは振り返ってエデンの園の侵入者を見ようとしたが、キャリバンのほうがすばやかった。

彼はリリーを乱暴に押しのけると侵入者に向かっていった。顔を伏せ、大きな肩で風を切っていくさまはまるで雄牛のようだ。相手の胴にぶつかり、その勢いで男もろとも地面に転がった。キャリバンはうめきながら男に拳を叩きつけようとした。だが男はすばやく頭を横に動かして、決定的な一撃をかわした。

男は全身黒ずくめで、黒い髪をうしろで三つ編みにしている。頭からは三角帽が落ちていたが、さらに杖も転がっていることにリリーは気づいた。

「やめて!」という彼女の叫び声を、男たちはどちらも聞いていなかった。「やめて!」

侵入者は片脚をキャリバンの脚に巻きつけて押さえ込んでいた。だが、体重はキャリバンのほうが一〇キロ以上重そうだ。キャリバンは男の脇腹を何度も殴り、そのたびに相手はうめき声をあげた。

ふたりのあいだで金属が光り、キャリバンが何かをつかもうとして体を引いた。なんてこと、あの男は拳銃を持っている! ふたりとも、その拳銃に手をかけていた。互いに相手の顔に銃身を向けようとしている。男の拳がキャリバンの顎を殴った。その衝撃でキャリバンの頭は横に傾いたが、それでも拳銃を放さなかった。リリーは恐怖のあまり、近づくことも離れることもできなかった。手を貸したくても、どうすればいいのかわからない。侵入者を叩こうとしてもキャリバンの邪魔になるだけだろうし、彼が少しでもこちらに気を取られたらやられてしまう。

何かが光り、鈍い音がした。

リリーは悲鳴をあげ、思わず中腰になって耳をふさいだ。

そして前に走りだそうとした。血を見るのではないか、キャリバンの顔に死相が浮かぶのを見るのではないかと怖かったが、男たちはまだ取っ組みあいを続けていた。どうやら銃弾はどちらにも当たらなかったようだ。

「ママ?」

インディオのおびえた声がした。彼の目は地面で格闘しているふたりの男に釘づけになっている。リリーは心臓が飛び出しそうになった。息子に駆け寄り、何年ぶりかで抱きあげた。そのまま振り返ると、ちょうど男が二丁目の拳銃を取り出すところだった。キャリバンは相手の手首をつかみ、リリーを探すかのように目をあげた。

彼女と視線が合った。キャリバンがそこに何を見たかはわからないが、彼の顔がゆがみ、残忍な表情が浮かんだ。

人を殺せる男の顔だ、とリリーは思った。恐れなければならない種類の男。

キャリバンがすばやく顎を動かした。伝えようとしていることは明らかだった。リリーとインディオにどこかへ行けと言っているのだ。

やさしい女性なら、ここに残るのだろう。彼に反論するか、なんとかして助けようとするに違いない。でも、わたしはそういう女ではない。

リリーは背中を向けて逃げた。インディオを抱き、よろめき、泣きながら走った。

そのとき、二発目の銃声が聞こえた。

6

そこで王は、島の中央にある決して出られない迷宮に赤ん坊を閉じ込めました。怪物はその中で、誰の目にも触れずに成長しました。ときおり悲しげな、牛の鳴き声のような声が聞こえる晩があり、そんなとき、島の人々は身震いして窓を閉めるのでした……。

『ミノタウロス』

トレビロンはキルボーンの血まみれの顔を見あげながら、自分は思いあがりのせいで死ぬだろうと思った。

最初の銃弾は完全に外れた。二発目はキルボーンの頭を血で染めたが、動きを鈍くすることはできなかった。おそらく何をもってしても無理だろう。キルボーンは愚かな野獣のごとく激しい怒りに駆られていて、なんの痛みも感じないのかもしれない。

脚の不自由な男が、なんの障害も抱えていない男――それもキルボーンのように大柄で筋肉質の男――と戦おうなんて、とんでもない思いあがりだ。先に相手の動きを封じることもせずに、こちらの存在を知らせるのも。

自分が以前と変わっていないと思うのも。

拳銃は二丁とも発砲してしまったが、それでも取っ組みあいを続けた。悪いほうの脚は悲鳴をあげているし、キルボーンに力で勝てるとはとうてい思えない。わたしは誇り高きろくでなしかもしれないが、頑固でもある。これで命を終えるとしても、戦いながら終えよう。

キルボーンの腕に喉を圧迫され、肺から空気が逃げ出していく。彼のもう一方の手には、おぞましい曲線を描くナイフが握られている。その刃が自分の頭に突き立てられるのを、トレビロンは覚悟した。

目の前に黒い点が浮かんだ。キルボーンに声をかける前に、拳銃を二丁とも取り出しておけばよかった。それなら少なくとも相手が飛びかかってくる前に撃つことができただろう。だがトレビロンは、そこにいた女性に弾が当たってしまうのを恐れたのだ。

脚の痛みが消えた。まずい状況だ。

闇が近づき、視野が狭くなった。

そのとき突然、明かりと空気と脚の痛みがよみがえってきた。

トレビロンは横に転がり、激しく咳き込みながら息を吸った。脚がけいれんする。手を伸ばし、武器になるものを探した。拳銃はすでに発砲してしまったが、せめて杖に手が届けば、キルボーンの頭に打ちつけられるだろう。

トレビロンは目をあげた。

すぐそばで、キルボーンが膝のあいだに両手をおろしてしゃがんでいた。片方の手にナイフをぶらさげている。顔の左側が血に染まり、野蛮人そのものに見えた。

しかし、目だけは違った。キルボーンはトレビロンの奮闘をただ見つめている。まだ警戒はしているものの、決して脅すような目ではない。

トレビロンは目を細めてあたりを見まわした。「加勢が来るのを待っているんだな」

キルボーンは瞬きをしたが、やがて無表情だった顔に皮肉めいた笑みが浮かんだ。彼はかぶりを振った。

「じゃあ、なんだ?」上体を持ちあげて地面に両肘をつくことはできたけれど、脚の痛みの激しさからいって、あと三〇分は立ちあがれそうにない。「何を待っているんだ?」

死までの時間を長引かせて、わたしを苦しめようとしているのだろうか?

キルボーンは肩をすくめ、ナイフをベルトに押し込んでから、何かを取ろうとするように脇に手を伸ばした。トレビロンは身をこわばらせた。

キルボーンが杖を差し出した。

信じられない思いで杖と殺人者を見比べてから、トレビロンは杖をひったくった。

「なぜ答えない? 口がきけないのか?」

相手はまたしても皮肉めいた笑みを浮かべ、うなずいた。

トレビロンはキルボーンを見つめた。横たわり、杖以外の武器を持たない無力なわたしに対して、彼はなんの危害も加えてこない。

それどころか助けてくれた。

トレビロンは首を傾けた。ある考えが頭に浮かんだ。単純だが間違いなく真実だと思える考えが。「おまえは殺していない、そうなんだな?」

頭の痛みを無視して、アポロは地面で倒れている男を見つめた。誰なのかは見た瞬間にわかった。ジョナサン・トレビロン大尉。その名前を知ったのは〈ベドラム精神病院〉に入れられたあとで、逮捕された朝のアポロにとっては、彼は赤い上着をまとった一竜騎兵にすぎなかった。彼はアポロの転落を伝える使者だった。

いまのトレビロンは地味な黒い服を着て太いベルトを胸に交差させており、そのホルスターには何も入っていない。拳銃は地面に転がっている。哀れなものだ。握りに銀の打ち出し模様がついた、上等な銃だというのに。

この男はわたしを逮捕しようとしている。〈ベドラム精神病院〉という地獄へ連れ戻そうとしている。彼を殺すか、せめて二度とわたしを追えないようにしてやるべきだ。そういうことをしても平気な顔でいる男たちを、これまで何人も見てきた。

だが幸か不幸か、わたしはそんな男たちとは違う。暴力は、あの病院でいやというほど受けてきた。もっと文明的な方法で問題を解決したい。

かばんからノートを出して書いた。〝わたしは彼らを殺していない〟

トレビロンはうつ伏せの状態から首をあげてそれを読むと、息を吐き出した。

「あの朝はいかにも殺したように見えた。全身血まみれでナイフを握り、正気を失っていたからな」

責めるような言葉だが、その口調には好奇心がまじっている。

アポロの胸にかすかな期待が芽生えた。小さく肩をすくめてから書いた。〝酔っていたんだ〟

右脚が痛むらしく、トレビロンはふくらはぎを揉んだ。「ひと晩飲み明かした男たちなら、わたしは大勢見てきた。その大半は正気を失いつつも、どこか理性が残っていた。だが、おまえは完全にどうかしていた」

アポロはため息をついた。銃弾の傷で頭が痛み、そこから流れた血がシャツに染み込みはじめている。しかしそれより困るのが、ミス・スタンプのひんやりした指の感触がまだ頰に残っていることだ。とても親密な瞬間だった。目の前の男は、その繊細な時間を台なしにしたのだ。インディオを連れて立ち去るようにわたしが警告したとき、彼女はひどくおびえていた。彼女を見つけて、無事でいること、怖い思いをしていないことを確かめたい。

ミス・スタンプがおびえたのは恐ろしい光景を見たせいであり、わたしのせいではないことを確かめたい。

トレビロンを泥の中に転がしたまま彼女を探しに行こうとしたが、考え直した。彼はわたしを知っており、居場所を見つけた。このまま放っておくわけにはいかない。

それに、あの朝の出来事に関してわたしの話をちゃんと聞いてくれたのは、長い年月の中で彼がはじめてだ。

そこでアポロはノートに書いた。〝友人たちと座ったのは覚えている。一本目のワインを飲んだのも。だが、そのあとのことは何も覚えていない〟

トレビロンがそれを読んでいるあいだ、アポロはベストとシャツを脱ぎ、流血している頭にターバンのようにシャツを巻きつけた。

トレビロンが顔をあげる。「薬をのまされたのか？」

〝たぶん〟と伝えるために、頭を傾けて肩をすくめた。〈ベドラム精神病院〉ではたっぷり時間があったので、それについて考えをめぐらせた。後悔と推測の日々だった。あとになって、ワインに薬が入っていたに違いないと思った。

立ちあがり、トレビロンに手を差し伸べる。

彼は長いことその手を見つめていた。反応がないので、アポロは手を引っこめかけた。

トレビロンがしぶい顔で言った。「おまえにその気があるなら、いまごろとっくにわたしを殺していたはずだな」

その言葉にアポロは眉をあげたが、相手が手をつかんだので引っ張りあげた。トレビロンの体はこわばっていた。ひと言も発しないものの、痛みを覚えているのは明らかだ。

トレビロンは杖に寄りかかったが、アポロは彼の肩にまわした腕をそのままにした。文句を言わないところを見ると、トレビロンは助けを必要としているらしい。アポロはミス・スタンプが机代わりにしていた木まで、彼を連れていった。トレビロンは顔をしかめながら、右脚をまっすぐ前に伸ばしたまま、そっと腰をおろした。

アポロがその前にしゃがむと、彼は言った。「なぜ話せないんだ？」

ノートにひと言書いた。〝ベドラム〟

トレビロンは眉をひそめ、ノートをつかむ指に力をこめた。鋭い目をアポロに向ける。

「おまえではないなら、ほかの誰かが彼らを殺したことになる。自分の罪を償っていない誰かが。わたしは間違った人間を逮捕してしまった。間違った人間に罪を負わせてしまった」

アポロは笑みを抑えて、ただトレビロンを見つめた。四年。誰かがわたしの友人たちを殺したせいで、わたしは飢えと暴力と退屈の中で四年間を過ごした。いくら後悔されても、もう遅い。

突然、頭の奥底でドアが開き、彼らが入ってきた。

ヒュー・モーブリー。ジョセフ・テート。ウィリアム・スミザース。

彼らとは特に親しかったわけではない。モーブリーとテートは学生時代の友人で、スミザースはテートの遠い親戚だった。陽気な連中で、一緒に飲むのは楽しかった。目が覚めて悪夢を目の当たりにするまでは。

アポロは瞬きをしてそのときの光景といまわしい記憶を心の奥に追いやってから、トレビロンを見た。

彼は見つめ返してきた。背筋はまっすぐに伸び、表情は厳しく、決然としている。

「この間違いは正さなければならない。わたしの手で。真の殺人者を探す手助けをしよう」

アポロは微笑んだ。だが、それは喜びの笑みではなかった。鉛筆を持ち、ところどころで紙に穴を開けながら、怒りの言葉を書き連ねた。〝どうやって？　あの病院に四年も入れられていたあいだ、誰もわたしの有罪を疑問に思わなかった。あんただって、いま襲いかかってきたとき、わたしが犯人だと思っていた。どこで真犯人が見つかるというんだ？〟

それを読むと、トレビロンは冷ややかに言った。「襲ってきたのはおまえのほうだ」

その言葉をアポロは鼻であしらった。〝それに仕事以外のことに時間をかけたら、上官に文句を言われるんじゃないか？〟

トレビロンの顔から表情が消えた。「わたしはもう竜騎兵じゃない」

アポロは相手を見つめた。いくら地味な黒い服を着ていようと、どこから見ても竜騎兵連隊長そのものだ。ちらりと脚を見た。いつけがをしたのだろう？　あの朝のあいまいな記憶をたどっても、彼が脚を引きずっていたことは思い出せない。とはいえトレビロンは、それについてあれこれ詮索されたくはないだろう。

アポロは書いた。〝ききたいことはまだある。こんなに時間が経っているのに、どうやって真犯人を見つけるんだ？〟

元兵士がアポロを見た。「誰が友人たちを殺したか、心当たりがあるだろう？」

彼は目を細めた。これに関しては何時間も、いや、何日も考えた。それを用心深く言葉にする。

〝われわれの財布が盗まれていた〟

「大金か？」

アポロは口をゆがめた。〝わたしは違う。すでに部屋とワインの代金を払っていたから。ほかの三人は一ギニーか二ギニーくらい持っていたんじゃないかと思う。テートは亡くなった父親のものだという、高級な金の時計をしていた。それも盗まれていた〟

「三人を殺すほどの価値はないな」トレビロンが静かに言う。

〝もっと少ない金のために殺される人間は大勢いる〟

「たしかにそうだ。だが、ふつうはあんなに入念な殺され方はしない」トレビロンはしばらくぼんやりとふくらはぎをさすっていたが、急に鋭い目になった。「殺されたのは誰だ？ 当時教えてもらったが、忘れてしまった」

アポロは三人の名を書いた。

トレビロンは唇をすぼめて読んだ。「彼らのことはどのぐらい知っていた？」

〝彼らのことは好きだったし、飲み仲間だったが、その中の誰かと特に親しかったわけじゃない。スミザースとは、あの晩が初対面だった〟

それなのに、彼の少年っぽい顔はいつまでも脳裏に焼きついている。

「彼らは裕福だったか？ 敵はいたか？」

アポロは肩をすくめた。〝モーブリーは男爵の三男で、聖職者になる予定だった。テートはたしかおじの財産を継ぐことになっていて、かなりの額になると学校では噂になっていた。本当か嘘かは知らない。スミザースは金は持っていないようだったが、上等な服を着ていた。敵がいたかどうかはわからない〟

トレビロンはじっくり読むと、真剣な目をあげた。「おまえには敵はいたか？」

皮肉な笑みを浮かべて書く。〝あの晩より前なら、ノーと答えただろう〟

それをちらりと見て、トレビロンはうなずいた。「そうか。調べてみよう。来られるときはここに来て、情報を交換する」

彼は立ちあがろうとした。アポロはすぐに近づいて手を貸そうとしたが、鋭い目でにらまれたので思いとどまった。

ようやくまっすぐ立ったときには、トレビロンの顔は真っ赤で汗が光っていた。

「用心するんだ、閣下」元兵士は、はじめてアポロの爵位に対して礼儀を示した。「わたしがあなたを見つけられたということは、ほかの連中も見つけられるということだからな」

アポロは彼をにらんだ。〝どうやってわたしを見つけた？〟

「姉君のあとを追った」トレビロンが淡々と言う。「公爵夫人は目立たないよう慎重に行動していたが、わたしは彼女が定期的に出かけることに気づいた。どこへ行っているかは、ウェークフィールド邸の者は誰も知らない――少なくとも知っているとは認めない。わたしはこっそりあとをつけることにした。とはいえ、仕事の合間にその機会を得るにはしばらくかかったが。今日は仕事が休みなのだ」

アポロは眉をひそめた。この元兵士は、ウェークフィールド邸とその住人のことにずいぶん詳しい。急いで書いた。〝どんな仕事だ？〟

「レディ・フィービーの護衛だ」

トレビロンは身をかがめると拳銃を一丁ずつ拾い、胸のホルスターにしまった。これほど軍人らしいふるまいをしなかったら、この男は海賊に見えるかもしれない、とアポロは思った。

「ではこれで、閣下」トレビロンが頭をさげた。「わたしの警告を忘れないでくれ。わたしがあなたの無実を証明する前に兵士に見つかったら、どうなるかはよくわかっているはずだ」

ああ、わかっている。死か、あるいはもっと運が悪ければ〈ベドラム精神病院〉が待っている。

アポロは身をこわばらせてうなずいた。

トレビロンがゆっくりとテムズ川のほうへ小道を歩いていくのを見送ってから、かばんを拾ってノートをしまい、反対の方向に向かった。

頭の傷のせいだろう、吐き気とめまいを感じたが、ミス・スタンプの無事を確認せずにはいられない。

足を速め、小走りになって道を進んだ。その動きのせいで頭痛がひどくなったものの、気にしないことにした。ミス・スタンプは前に、わたしのことを特別な人間を見るような感嘆の目で見た。惹かれていると言ってもいい目だった。これまであんなふうにわたしを見た者は、特に女性ではひとりもいない。

ようやく劇場に飛び込んだとき、最初に目に入ったのは、インディオを上からのぞき込むようにしているミス・スタンプとモードだった。インディオはジャムのついたビスケットを頬張っていて、元気そうだ。

次に目に入ったのは、こちらを振り返ったミス・スタンプの表情だった。

そこには恐怖が浮かんでいた。

キャリバンが劇場のドアから飛び込んできたとき、リリーは安堵した。よかった――少なくとも彼は生きていた。だが、それはすぐに狼狽《ろうばい》へと代わった。彼の顔は血だらけで、頭には血染めの布が巻いてあったからだ。それに、けがをしているという事実と比べればささいなことだが、彼はまたしてもシャツをなくしたらしい。筋肉質の胸があらわになっていて、リリーの注意はそちらに引きつけられた。

「キティのことを忘れないで」モードが悲しみのコーラスのようにささやき、リリーは愛する子守の頬をひっぱたいてやりたくなった。

「お湯を沸かして」叩く代わりに、そう言いつけた。

モードはぶつぶつ言いながらも暖炉へ向かった。

「どうしたの？」インディオが言った。「キャリバンはなんで血だらけなの？　あの人を殺したの？」

おびえているというよりは喜んでいるようなその声に、リリーはぎょっとして息子を見据えた。

キャリバンが――血まみれの頭、リリーの注意を引きつける胸が――近づいてきて、インディオの足元にひざまずいた。そして首を横に振り、かばんからノートを出した。〝友だちとのあいだで誤解があっただけだ〟

リリーはそれを声に出して読んでから、疑いの目でキャリバンを見た。そんな説明には、ダフォディルだってだまされないだろう。

ひざまずいたキャリバンの体がぐらりと揺れ、リリーはあわてて彼の腕を――とてもかたい上腕を――つかんで椅子に座らせた。床で気を失ったら、そのまま寝かせておかなければならなくなる。リリーとモードでは、彼を持ちあげることはできないだろうから。

「彼はいなくなったの？」リリーは急いで尋ねた。「さっきの男のことよ」

キャリバンが疲れたようにうなずく。

リリーは彼の耳元でささやいた。「死んだの？」

彼は皮肉めいた笑みを浮かべたが、ゆっくりとかぶりを振った。まぶたがさがりはじめ、いつもは金色の肌が灰色になってきた。

リリーは炉棚に急ぐと、まずいワインのボトルをつかんだ。いまの彼なら、ワインの品質など気にしないだろう。それにいまは薬代わりに飲ませるのだ。

グラスいっぱいにワインを注ぎ、キャリバンの手に押しつけた。「これを飲んで」振り返って言う。「モード、お湯は？」

「これ以上早く沸かせるのは神さまだけですよ」モードが苦々しげに答える。

「キャリバンはけがをしているのよ」リリーは彼女をたしなめ、立ちあがった。「動かないで」厳しい口調で告げる。キャリバンなら無理にでも立ちあがりそうだ。

急いで自分の部屋に入った。しまってあった古いシュミーズを抱えて居間へ戻る。

インディオは椅子からおりてキャリバンの顔をのぞき込み、ダフォディルはインディオのべとついた指をなめていた。

「インディオ、そんなに近寄らないで」リリーはやさしく言うと、キャリバンの頭の布を外しはじめた。

そのために上体を近づけなければならず、彼の体温と男らしいにおいが伝わってきた。腕が肩に触れ、そのわずかな接触でリリーは身震いした。

キャリバンはおとなしく座り、彼女のなすがままになっていた。頭を覆っていた布はシャツで、もう使い物にならない。替えは持っているのだろうか？　上半身裸の上にベストだけの姿で、庭仕事をしなければならないかもしれない。気をそそる光景になりそうだ。シャベルやナイフを使うたびにたくましい腕が動く。女性たちを招き、一シリングで、お茶を飲みながら彼が働くところを見せるのはどうかしら？　ずいぶんばかげた思いつきだわ。

暴走する空想を抑え込み、シャツを最後まで外した。血が乾きはじめているせいで、布が髪や頭皮に張りついている。新たな血が髪を染め、リリーは顔をしかめた。

「お湯を持ってきましたよ」モードがケトルを持ってきて、床の布の上に置いた。リリーが髪にこびりついた血をそっと拭きはじめると、モードも身をかがめてのぞき込んだ。頭頂部の中心からわずかに右寄りに一〇センチほどの長さの傷があり、そこから血がにじんでいた。

モードはうめいて体を起こした。「銃弾ですね」

彼女は自分のかばんが置いてある部屋の隅に行った。

リリーは眉をひそめて傷を調べた。「縫わないとだめかしら?」モードに声をかける。

「いいえ、ハニー。傷は浅いから必要ありませんよ」モードはぼろ布を持って戻ってきた。

「これにワインをかけて、傷口を押さえてごらんなさい」

リリーは疑わしげに眉をあげたが、言われたとおりにした。

布が触れたとたん、キャリバンは目を見開いて痛みにうめいた。

「痛がってるわ!」思わず布を離した。

「ええ、でも、ワインが傷の治りを助けるんですよ」モードはリリーの手を包み、布をふたたび傷に当てた。「押さえていてください」キャリバンがひるむのもおかまいなしに、さらにワインを彼の頭にそっと注ぐ。

横からじっと見ていたインディオが笑った。「おかしな頭。赤と茶色と黒になった」

キャリバンの口が弱々しく微笑んだ。

リリーは心配になった。「どうしてこんなことを知っているの、モード?」

「ずいぶん長いこと芝居の人たちと一緒にいましたからね。けんか好きが集まっているんですよ。議論に熱が入りすぎた若い人たちの傷を何度手当てしたことか」

その話にインディオは興味をそそられたようだ。「エドウィンおじさんも頭を撃たれたことあるの?」

「ありませんよ。エドウィンおじさんはそういうことから逃げるのが得意ですからね。傷を負いたくないんでしょう」モードはリリーの手を叩いて布をあげさせると、まだ血がにじんでいる傷を調べた。うなずきながら言う。「あなたの古いシュミーズを巻きましょう」

ふたりはシュミーズを切り裂き、たたんだ布をリリーが傷に当てているあいだに、モードがそれを固定するために切り裂いた布を頭に巻いた。それが終わるとキャリバンはミイラのような風貌になり、インディオは笑いが止まらなくなった。

「歯が痛いおじいさんみたい!」

ダフォディルが吠えながら飛び跳ね、笑っている主人を軽く噛んだ。モードでさえ、控えめに微笑んでいる。

だが、彼女はすぐにその笑みを消した。「インディオ、あなたがいま見たのは最高の看護ですよ」

「わかったよ、モード」インディオがまじめな顔で言う。「キャリバンは元気になる?」

「もちろん」モードは力強く請けあった。「でも、リリーのベッドに寝かせたほうがいいですね。この人にはゆっくり寝るのが一番ですから」声がわずかにやわらぐ。「どこで休んでいるか知りませんけど、ふだんまともなベッドでなんか寝ていないんでしょう。いらっしゃい、一緒に夕食の支度をしましょう」

それを聞いて、インディオはすぐに立ちあがった。大人の仕事を手伝いたくてしかたがないのだ。ふたりは暖炉に向かい、そのあとを好奇心に駆られたダフォディルがついていった。リリーはキャリバンの顔を見つめた。彼は目を閉じて椅子に寄りかかっている。

「ベッドまで歩ける?」

彼がうなずいて目を開けた。リリーが見慣れた目よりも鈍い色になっている。キャリバンを知的障害者だと思っていた頃のことを思い出し、彼女は落ち着かなくなった。なんておかしなことを考えたのだろうと、いまになって思う。

「立てる?」やさしく尋ねた。

返事の代わりに、キャリバンは酔った巨人のように立ちあがった。リリーはあわてて腕の下から肩で支えた。体が大きいので完全に支えられるわけではないけれど、リリーの小さな寝室までよろよろと歩く彼を導いた。

部屋には狭くて粗末なベッドがある。リリーはキャリバンをそこに寝かせて、上掛けを胸までかけた。まるで子ども用ベッドに寝ているみたいだ。足ははみ出しているし、片腕はマットレスの脇から垂れて、床につきそうだった。

それでもくつろげるらしく、彼は早くも目を閉じている。もう寝たのかしら? リリーは顔を近づけてささやいた。「キャリバン」

彼が目を開けた。その目はいつもどおりの茶色だが、いまではリリーにとって恋しいものになっていた。

「あの人は誰なの? なぜあなたを襲ったの?」

キャリバンはかぶりを振って、ふたたび目を閉じた。寝たふりをしているのだとしたら、リリーが知っている俳優たちと比べても抜群の演技力だ。

いらだちを覚えながら息を吐くと、彼女はベッドの足側にまわった。キャリバンのゲートルと靴は泥だらけで、リリーは鼻にしわを寄せたが、それでも果敢に脱がせにかかった。ゲートルのひもをほどき、靴の留め具を外す。その大きさに驚きながら、靴をベッドの下にそろえて置いた。そしてもう一枚毛布を持ってくると、彼の上半身にかけた。もともとベッドの上にあったものだけでは、肩の下までしか届かなかったのだ。

最後にもう一度振り返ってから寝室のドアを閉め、居間に戻った。

暖炉の横で、ぶくぶくと泡立つ鍋に何か入れているインディオと、それを見守るモードがいた。

リリーが入っていくと、モードが振り返った。「テーブルにお茶がありますよ、ハニー。座って飲んでください。でも、その前に手を洗わないとだめです」

リリーはうなずき、外に出るドアへ向かった。モードに指図されると妙にほっとする。子どもの頃は、よくあれこれ指図された。いま、リリーがインディオにしているように。

外では空が灰色に変わりはじめていて、リリーはもうそんな時間なのかと驚いた。インディオのことを心配し、そのあとはキャリバンの世話をしていたので気づかなかったのだ。

ドアの横に置いてある樽《たる》のふたを取り、水をすくって手の血と泥を洗い流した。ピンク色に染まった水が足元の土に小さな川となって流れるのを見て、前にも手についた血を流したときのことを思い出した。キティの愛らしい顔が、目も開けられないほど腫れあがり、口は血にまみれた塊にしか見えなかった。

すべては、あの暴力的な大男のせいだ。

最後の水が流れるのを見つめながら、リリーはモードの言葉を思い返した。〝キティのことを忘れないで〟わたしはとても愚かな、そして危険な間違いを犯そうとしているのかしら？

王は金色の城の中で座ってじっくり考えました。王にはそれ以上子どもはできず、年をとるにつれて、ほかの人々にはかわいらしい子どもができるのに、島の支配者である自分は怪物の父親にしかなれなかったことに怒りを覚えるようになりました。そこで王は、とんでもないことを命じたのです。毎年、島でもっとも美しい若者ともっとも美しい乙女を迷宮に送り込み、怪物へのいけにえにすること。それが決まりでした……。

『ミノタウロス』

7

翌朝、アポロは暗がりの中で目覚めたとたん、ふたつのことに気づいた。ひとつ目は、〈ベドラム精神病院〉に入れられる前以来はじめて、本物のベッドに寝ていること。そしてふたつ目は、庭師たちに向けて今日の作業の指示を書いておかなかったことだ。後者のほうを思いながら静かにうめいた。エイサが雇った庭師たちは腕はたしかだが、指示がないとろくな仕事もせずに終わってしまう。

だが、ベッド――愛しくてたまらないベッド――のおかげで、なかなか動く気になれない。

大きくはないけれど、わらを詰め込んだものではないマットレスは、柔らかくて清潔で心地よかった。また眠りに戻りたくてたまらない。

けれどもそのとき、自分が寝ているのがミス・スタンプのベッドであることに気づいた。あわてて起きあがったものの、その拍子に頭をぶつけてしまい、たちまち激痛に襲われた。窓のない部屋は暗かったが、子どもの頃から備わっている体内時計のおかげで、朝の六時か七時ぐらいだろうと見当がついた。

ミス・スタンプはどこだ？

床にそっと足をおろしたとき、靴とゲートルがないことに気がついた。アポロは眉をあげた。あの上品なミス・スタンプが脱がせてくれたのだろうか？　しばらく探すうちにベッドの下に靴を見つけ、それを履いた。

手探りで入り口まで行き、ドアを開ける。

そのとたん、家の中で唯一起きていたらしいダフォディルが飛んできた。アポロの足元をまわり、興奮したように吠えた。

ほかの者を起こさないよう、アポロは犬を抱きあげた。

見まわすと、インディオが床の毛布の上に座っていた。彼と母親は一緒に床に寝て、モードは簡易ベッドを使っているようだ。女性ふたりはまだ眠っている。

アポロがミス・スタンプの茶色い髪が絹糸のように枕に広がっているのをちらりと見たところで、インディオがあくびをして立ちあがった。「ダフォディルが外に出たいって。ぼくもそうなんだ」

　自分の腕の中でもがいている犬を、アポロは警戒の目で見た。

　シャツを着たまま寝ていたインディオが、ブリーチをはいて駆け寄ってくる。

　アポロは外に出るドアを開けた。

　晴れて美しい朝だった。

　インディオが劇場の裏に向かったので、アポロもあとについていった。少年は大きな樫の木の前で止まると、ブリーチのボタンを外しはじめた。

　アポロが隣に立つと、インディオは顔をあげてにやりとした。「あそこに当てたいんだ」地面から一メートルほどの高さにある、木のこぶを示して言う。

　アポロは笑い返し、自分もボタンを外しはじめた。

　ふたりの小水がこぶに当たると、朝の冷気で冷えた幹から湯気が立った。アポロのほうが少し長く続いた。

「わあ！」インディオが声をあげた。「上手だね。ぼくは当てられるようになるまで何日もかかったよ」

　その褒め言葉にうぬぼれないよう、アポロは自分に言い聞かせた。小水を目当ての場所に命中させることは、社会ではまったく認められない特技だ。

「インディオ！」

　ミス・スタンプの声が庭園に響いた。

インディオの目が丸くなった。「ママだ。朝食の時間なんだよ」

アポロは少年のあとから劇場の入り口に戻った。ミス・スタンプが腕を組んで立っている。彼女はアポロの姿を見ると、まとめていない髪に手をやった。「ああ、キャリバン。もう起きていたのね。おはよう」

彼はうなずき、ミス・スタンプが髪を耳にかけるのを見つめた。病院にいた哀れな女たちはたいてい髪をおろしていたが、身なりをかまうような精神状態ではないため、その髪はもつれて汚かった。

ミス・スタンプが髪をおろした姿には、恋人や夫にしか見せないような親密さが漂っている。腰まである豊かでまっすぐな髪は輝いていた。その髪を指にはさんで重さを確かめ、絹のような手触りを感じたいという衝動をアポロは抑えた。

だが、思いが顔に出てしまったのかもしれない。彼女はちらりとアポロを見て、一歩うしろにさがった。「体を洗った、インディオ?」

「ううん」少年がしぶしぶ答える。

アポロは彼の肩を叩いて水の樽を顎で示した。自分も洗いたかった。

ミス・スタンプは姿を消したが、やがて何枚かの布を持って戻ってきた。インディオはシャツを脱ぎ、朝の寒さに身震いして、やせた胸の前で腕を交差させた。

アポロは微笑み、樽のふたを開けて布を水に浸した。それをインディオに渡してから、自分の布も濡らす。ふだんならひしゃくですくった水を頭からかぶるところだが、せっかく傷に巻いてもらった布を取るのはためらわれた。

　顔と首を簡単に拭き、布にまた水をかけて、腕と脇の下と胸をぬぐう。そうしながら向きを変えると、ミス・スタンプが劇場の入り口に立ってこちらを見ていた。

　目が合ってはじめて、自分が彼女の前で半裸のまま不作法なまねをしているのに気づいた。〈ベドラム精神病院〉はアポロから慎《つつ》ましさを奪ってしまった。あそこでは個室のドアが完全に閉められることはないので、ひとりになることはできない。もっとも基本的な人間の営みが、ほかの収容者や無神経な番人の目にさらされるのもたびたびだ。まるで廏舎《きゅうしゃ》の馬のようだが、たいていの馬のほうが、あの病院の収容者よりもいい扱いを受けているだろう。

　だが、ミス・スタンプはわたしを動物を見るような目で見ない。まるでわたしが魅力的な男であるかのような目で見る。

　魅力的なだけでなく、官能的な男であるかのような目で。

　彼女は目を細め、頬を赤らめて、ピンク色の舌でゆっくりと下唇をなぞっている。

　不意にアポロは、自分の下腹部に熱い血が流れ込んでいることに気づいた。

「ぼく、きれいになった、ママ？」インディオの高い声が背後から聞こえた。

「えっ？」ミス・スタンプが目をしばたたいた。「ああ！　ええ、とてもきれいになったわ。風邪を引かないうちに中に入りなさい」

　インディオはシャツをつかんでアポロの脇を走り抜けた。あたりをうろついて草木のにおいをかいでいたダフォディルも、吠えながらうれしそうにあとを追った。

アポロはミス・スタンプを見つめながら、ゆっくりと彼らに続いた。彼女は部屋の中をせわしなく歩きまわり、息子をテーブルにつかせたり、モードに指示を出したりしたあと、ゆうべアポロが使った寝室に消えた。

戻ってきたときには、残念ながら髪はまとめられていて、手には薄い毛布を持っていた。

「キャリバン、着替えを取りに行けるまでこれを使う?」毛布を差し出して眉をひそめる。

「ほかにもシャツは持っているのよね?」

アポロは皮肉をこめた目で彼女を一瞥《いちべつ》し、赤面させてからうなずいた。

「紅茶が好きだといいんだけど。コーヒーを切らしちゃってね」モードがそう言いながら、ティーポットを音をたてててテーブルに置いた。

席につけという合図なのは明らかだったので、アポロはそれに従った。

テーブルにはバターを塗ったパンと冷たい薄切り肉の皿がのっている。どれも量は少なめで、アポロはエイサの言葉を思い出した。ミス・スタンプは仕事にあぶれているのだ。パンは一枚にして、肉も少しだけ取った。食べ物がないというのはどういうものか、アポロ自身もよく知っている。〈ベドラム精神病院〉にいる頃、アーティミスが勇敢にも食べ物を運んできてくれたが、それでも空腹のせいで衰弱してしまうことがしょっちゅうあった。空腹は暴力よりもつらかった。次はいつ食べられるのかということしか考えられなくなる。人間を飢えた犬にしてしまうのだ。

空腹のあまり頭がどうかなって、飢えた犬以下に堕《お》ちたこともあった。

そのため、いまは紳士らしく、少しずつゆっくり食べるように注意した。何しろアポロはまぎれもなく紳士なのだから。

紅茶は薄いが熱かった。二杯飲みながら、アポロはパンを食べるミス・スタンプを見た。その視線に気づいて、彼女が笑みを押し殺すように唇を嚙む。そのあいだ、インディオは昨日スズメを見つけたことから、先週ダフォディルがカタツムリを食べようとしたことまで、さまざまなことをしゃべり続けた。

楽しい時間だったが、じきにアポロは仕事に取りかからなければならないことを思い出した。そのためには、あと一枚だけ残っているシャツを音楽堂から取ってこなければならない。ノートを取り出し、新しいページを開けて書いた。〝朝食と傷の手当てとベッドをありがとう。もう仕事に行かないと〟

それを読んで、ミス・スタンプは頰を赤らめた。そしてノートを返した。

「お役に立ててよかったわ」

ふたりのやりとりを見つめていたインディオが、がっくりとうなだれた。

「キャリバンは行かなきゃならないの？　新しい船を見せたかったのに」

「彼は大人だから、仕事をしなければならないのよ。でも――」彼女は咳払いをして、上目遣いにアポロを見た。「昼食をキャリバンのところに持っていって、一緒に食べるのはどうかしら？」

「そうする！」インディオは興奮して椅子の上に膝立ちになり、アポロのほうを向いた。

「いいって言って。お願いだから」

アポロは微笑んでうなずいた。

「わあい！」インディオが叫んだ。ダフォディルが飛びあがってくるくるまわる。「やったあ！」

「紅茶をこぼす前にお座りなさい」モードがぶっきらぼうに言ったが、そんな彼女も微笑んでいた。

アポロは庭園に出た。頭痛が残っているにもかかわらず、ここ数カ月なかったほど、いい気分だ。庭園のどこかから木を切る音が聞こえた。とにかくなんらかの作業は行われているらしい。それが正しい作業かどうかは別として。アポロは音楽堂に急いだ。

血の染みがついたうえに、ひと晩地面に落ちていたため湿ってしまったベストのボタンを留めているとき、怒り狂ったエイサの声が聞こえてきた。

急いでざっと身支度を終え、声がするほうに走った。近づくにつれて、会話の内容もはっきり聞こえてきた。

「おれが頭でっかちのひよっこ建築家にこの庭園の設計と再建をまかせると思ったら大間違いだ。しかもあんたはそいつとスウェーデンで――」

「スイスだ」聞き慣れた不愉快そうな声が言った。

「スイスで知りあったばかりだというんだろう？　この庭園はロンドン一、つまりは世界一の立派な庭園にするんだ。そのためには、経験があって、ちゃんと働く建築家が必要だ。間抜けな貴族の坊ちゃんがブロックを積みあげて作るおもちゃとはわけが違うんだぞ」

エイサの怒りの言葉が終わるのと同時にアポロは角を曲がり、友人の姿を認めた。

彼は船着き場に通じる崩れた小道の真ん中に立ち、髪を逆立て、手を腰に当ててモンゴメリー公爵をにらんでいた。公爵のほうは、自分がどんな危機に直面しているかわかっていないようだ。

実際、アポロがふたりの横で足を止めると、公爵は宝石付きのかぎ煙草入れを開いて微笑んだ。「キルボーン子爵の親友だというのに、わたしが見つけてきた建築家の家柄に文句をつけるとは驚きだ」

アポロは凍りついた。モンゴメリーの前で本名や爵位を口にしたことはない。彼は去年の夏まで長いこと国外にいたはずだ。いったいどうやってわたしの素性を知ったのだろう？

エイサと目が合い、彼もまた驚いているのがわかった。

モンゴメリーはレースの縁がついたハンカチに向かってくしゃみをした。「さて」かぎ煙草入れとハンカチをポケットにしまって言う。「この件について、もっと友好的に話そうじゃないか」

「何が望みだ、モンゴメリー？」エイサが低い声で言った。

公爵は上品に肩をすくめた。「さっき言ったとおりだ。劇場と音楽堂、そのほかわたしが庭園に造りたいと思っている建造物の設計と建築を、わたしの選んだ建築家にやらせたい。もちろん彼への支払いはわたしが個人的に持つ。きみにはどうしようもないだろう？」

そう指摘されて、エイサはうめいた。

「ふむ」モンゴメリーは頭を傾け、怒りに燃えるエイサを見つめた。アポロには不思議だった。この男は自衛本能というものを持ちあわせていないのだろうか？「それは承諾と思っていいね」

公爵は背中を向けると、のんびりとふたりから離れていった。

「あの男は信用できない」エイサがうなるように言った。「もともと信用ならなかったが、いまではきみの名前を知っているからな」

アポロも同感だった。

「彼はただの庭師ですよ」キャリバンに持っていく昼食を迷いながら詰めているリリーに、モードが言った。「少なくとも自分ではそう言ってます」

「ローストチキンとゆで卵、どっちが好きだと思う？」午前中は必死に脚本を書き続けたので、午後は数時間休むつもりだった。そのためには数分で昼食をかごに詰めなければならない。「それから、彼はただの庭師じゃないわ。責任者よ。わたしの知っているかぎりでは、庭園全体を設計しているの」

「ハニー、あれだけの大男が一日じゅう激しい労働をしているんですから、あなたが目の前に置いたものはなんでも平らげますよ」モードが言う。「もし彼が庭師の責任者なんていう重要な人物なら、なぜ庭園で不便な暮らしをして、みすぼらしい服を着てるんです？」

「知らないわ」リリーは卵とローストチキンの残りを両方ともかごに入れた。ふだんはモードの編み物に使っているかごで、リリーが中に入っていたものを全部テーブルに放り出すと、モードは不満そうだった。「きっとつきに見放されたのよ。あるいは自分が手がけている庭園に寝泊まりするのが好きなのかもしれない。それとも……」だが、それ以上は思い浮かばなかった。キャリバンの風変わりな習慣は説明がつかない。

「本名を教えようとしないところとか、はじめてあなたと会ったときに障害者と思わせておいたことなんかは？　説明できますか？」

できなかった。リリーは黙ったまま顔を伏せて、半斤のパンをしっかり包んだ。

「男性ならいくらでもいるでしょう」モードは続けた。「従者から宝石をつけた貴族に至るまで大勢の男性が、舞台の上や下で堂々と歩くあなたに熱いまなざしを向けているのを、わたしはこの目で見ましたよ。どうしてその中からひとり選ばないんです？」

「宝石をつけていようといまいと、貴族には興味がないの」リリーは軽い調子で答えた。

「そうかもしれませんけど、ほかにも男性はたくさんいます。なぜ相手のことを何も知らないのに、あの動物みたいな大男に昼食を持っていくんですか？」

なぜかしら？　手を止めて、自分とモードに説明しようとした。「たしかに大きいけれど、やさしいわ」

「昨日、知らない男と争っていたんですよ！」

「知ってるわよ！」リリーは息を吸ってから静かに言い直した。「知っているわ」かつての子守と目が合う。「キャリバンがどうしてあの男性と争っていたかはわからないけれど、何かそうせざるをえない理由があったんでしょう。それはわかるわ」

「ハニー……」モードの老いた顔に、急にしわが増えたような感じがした。

リリーは彼女の手を取ってやさしく握った。「彼は賞賛の目でわたしを見るけれど、ほかの人たちとは違う目なの。ほかの男性たちは、他人に見せびらかすためにわたしを自分のものにしたいと思ってる。彼は自分が好きな女性、話したい女性を見るような目でわたしを見るの。そして、わたしも彼と話をしたいのよ。彼の唇が上に向くときは何を考えているのか知りたいし、彼が庭園を見るときは何が見えているのかも知りたい。それに明日、その次の日、彼が何をするつもりか知りたい」リリーは言葉を切った。口が達者なほうではないのだ。

「うまく説明できないわ。ただ、彼と時間を過ごしたいと思うことだけは自分でもわかるの。彼と一緒にいると、あっという間に時が過ぎていくのよ」

「あなたには傷ついてほしくないんですよ、ハニー」モードの声がやわらぎ、懇願するような調子を帯びた。「キティの顔がいつまでも夢に出てくるんです。あたしは彼女が警告しているんじゃないかと思うんですよ。キティはあの男にすっかりほれ込んで、自分にやさしくしてくれると信じきっていました」

「でも、違った」リリーはつぶやくように言った。「キティが思うほどやさしくなかったし、わたしたちは最初からそれがわかっていたから、彼とは一緒にいないほうがいいと彼女に言ったわよね」

「あたしがいま、あのキャリバンという男と一緒にいないほうがいいとあなたに言っているようにね。考えてもごらんなさい。あの男の何を知っているんです？　家族のことや、この庭園の外での生活について何を聞きました？」

「何も」リリーは答えた。認めたくはないが事実だった。キャリバンは自分の素性を隠している。「でも、モード、彼は暴力的じゃないわ。わたしたちには。インディオにやさしくしているのを見たでしょう？」

「それが仮面だったらどうします？」モードの声が震える。「あの男だって、最初はやさしかったじゃないですか。あなたを失うなんて耐えられない。耐えられないんです、ハニー」

リリーはようやく顔をあげたが、モードの目に涙が浮かんでいるのを見て慄然とした。思わず彼女を抱きしめてささやいた。「わたしを失うことはないわ、モード。たとえあなたがそうしようとしても」

「お願いしますよ」感情的になったのを恥じるように、モードはリリーから離れた。エプロンの端で目を拭いて言う。「用心してください。約束ですからね」

「約束するわ」リリーは神妙に言うとかごを持ち、モードがそれ以上何か言う前にドアから出た。

外ではインディオが焦げた棒を蹴って砕いていて、ダフォディルは群生しているスミレに鼻を突っ込んでいた。インディオは大事な船を両手に抱えている。

リリーが出てきたのに気づき、インディオは待ちかまえていたように顔をあげた。

「ゆで卵は持ってきた？」

「ええ」リリーは息子と歩調を合わせて歩いた。

「モードが作ったジャムタルトは？」インディオはスキップしている。

「もちろんよ」

「やったあ！」

リリーはインディオに微笑みかけ、作業中の庭師たちの横を会釈しながら通り過ぎた。三人の庭師のうちふたりが手を止めて帽子を取り、リリーをいい気分にさせた。いまのところ、作業の大半は劇場からまだ離れたところで行われているらしく、キャリバン以外の庭師にはほとんど会ったことがない。だが、いずれ劇場まで達するのは避けられないことだ。外に出ると知らない男たちがいるというのは居心地のいいものではないだろう。劇場のドアに鍵をつけてくれるよう、ミスター・ハートに頼むべきだろうか？

ふと、今日キャリバンがどこで働いているのか知らないことに気づいた。リリーは船を抱えてうれしそうにスキップしているインディオを見おろした。「キャリバンがどこにいるか知ってる？」

「池のそばで穴を掘ってるよ」

彼女は眉をあげた。「そうなの？　なんのために？」

「知らない」インディオは気にかける様子もなく答えた。「でも、大きい穴だよ。ぼくが掘ったことないぐらい大きいんだ」

賞賛する口調だった。たしかに小さな子どもにとって、穴を掘るというのは立派な冒険だろう。

ふたりは池に着いた。道はなく、ときおり茂みを避けながら池のほとりを歩いて、ようやくキャリバンを見つけた。

彼は恐ろしく汚れていた。掘っている穴は肩までの深さがある、本当に大きなものだった。ダフォディルが穴の縁まで行き、キャリバンが縁に手をかけて体を引きあげるまで吠え続けた。頭の傷には包帯を巻いているものの、昨夜リリーが巻いたものよりもずっと小さかった。キャリバンは犬と、船を見せるインディオに向かって微笑んでから、リリーを見た。顔と髪は土だらけで、シャツも泥で茶色に染まっているが、それでも彼女は胸がときめいた。

そんな自分にあきれて頭を振り、声をかける。「昼食の前に汚れを落とさないと」

彼は自分の泥だらけの手を見おろしてうなずいた。シャツを脱いで池の縁にひざまずき、水をすくって肩と顔にかける。

リリーは乾いた地面に毛布を敷き、昼食を広げた。食べ物を見たとたん、ダフォディルが駆けてきてタルトを盗もうとした。

「だめだよ、ダフ！」インディオが叫ぶ。タルトは彼の大好物なのだ。「代わりにこれをあげる」ダフォディルのために取っておいた、脂肪たっぷりのチキンのしっぽをやった。

犬はご褒美をくわえて走り去った。ダフォディルがあれを地面に埋めないといいけれど、とリリーは思った。以前、ごちそうと判断したものを埋めてあとから掘り出したものだから、大変なことになったのだ。

キャリバンは毛布に座った。シャツを頭からかぶったが、まだボタンは留めていない。

リリーは澄ました顔で目をそらしたものの、心臓は激しく打っていた。濡れた髪をうしろに撫でつけた彼は、ハンサムではないにしても心を惹きつける。

あわてて、かごから皿を取り出した。「チキンの脚を食べる？　あと、かたゆで卵も」

彼はうなずき、楽しげな笑みを浮かべた。

「ぼくは卵がいい」インディオが言う。

「お客さまが先よ、インディオ」リリーはやさしく注意すると、持ってきた料理の全種類をたっぷり皿にのせてキャリバンに渡した。

彼はローマの貴族のごとく横たわり、チキンの小さな塊をつまんだ。

それを視界の端でとらえながら、リリーはインディオの分を用意し、最後に自分の卵とパンを取った。ドレスの下で脚を曲げて横座りになり、太陽に顔を向ける。このところ憂鬱な天気が続いていたので、日差しがありがたかった。

ダフォディルが誇らしげにチキンのしっぽをくわえて戻ってきた。キャリバンが犬に向かって微笑む。

それを見て、リリーは思い出した。

咳払いをしながらパンをちぎって言った。「昨日、あなたは笑っていたわよね」

キャリバンが目をあげて、問いかけるように首をかしげた。

「たいしたことではないんだけど――」パンを持ったまま身振りを交えようとしているのに気づき、パンを皿に置いた。「声が出ていたわ。だから、もし笑えるなら……」

彼はまだリリーを見つめている。その表情からは、何を考えているのか読み取れない。

彼女は息を吸い込んで一気に言った。「最後に話そうとしたのはいつ？」

キャリバンはかばんに手を伸ばし、ノートを取り出した。身を乗り出すようにして書き、リリーに見せる。〝何カ月も前だ。何も起きなかった〟

リリーは唇を湿らせた。「声を失ったのはいつ？」

彼は眉をひそめて書いた。〝九カ月ほど前〟

「そんな最近なの？」興奮してキャリバンを見た。「一年も経っていないじゃない。わからない？　あなたの障害は永久に続くものではないかもしれないわよ」

「なんの話？」インディオが身を寄せてきた。「しょうがいって何？」

「病気みたいなものよ」キャリバンを見ると表情が消えていた。彼の目がリリーを、次いでインディオを見たので、彼女は相手の言いたいことを察した。でも、話の続きはあとでちゃんとするつもりだ。「なんのために穴を掘っているの？」

キャリバンが体を起こし、インディオは彼が書いたノートをのぞき込んだ。

〝ここに樫の木を植えようと思う〟

リリーはノートと穴を順に見た。「大きな穴ね」

彼はすぐさま書いた。〝大きな木なんだ〟

「でも、大きな木をどうやって植えるの？」卵の殻を割りながら尋ねる。「もともと生えていたところから掘り返したら、木は死んでしまわないの？」

キャリバンが勢いよく書きはじめた。リリーは卵を食べながらそれを見つめ、なんて仕事熱心なのだろうと感心した。インディオはふたりのやりとりに興味をなくして、かごの中のジャムタルトを探している。

ようやくキャリバンが見せたノートは、一ページがすべて文字で埋まっていた。〝大きな木を動かすのはとても難しい。根はその上の木の鏡になっているからね。木が高ければ、そのぶん根も深い。もちろん、そんなに大量の土を動かすことはできない。いまのところは掘り起こす機械もないし、たとえ掘り起こせても、移動させる機械もない。でも……〟

リリーはその箇所を指で押さえて顔をあげた。「でも、根を掘り起こせないなら、どうやって――」

彼は目をぐるりをまわしてみせると、ノートのリリーの指の下を叩いた。

「ああ」彼女はふたたび読みはじめた。キャリバンが肩越しに一緒に読んでいるのがわかる。

〝でも木の枝は切り落としても――かなりすっぱりと切れることもある――木は枯れないどころか、かえって大きくなるから、根も切り落としても大丈夫だと考えられている。そうすれば、根と一緒に運ぶ土の塊は、木の高さのわりには小さくてすむんだ〟

リリーは振り返った。彼の顔がすぐそばにあった。一瞬、自分が何をきこうとしたのか忘れて目をしばたたいた。ようやく思い出して尋ねる。「木の高さのわりには、と書いているけれど、それでもずいぶん大きな塊になるんでしょう？」

その質問を待っていたとばかりにキャリバンがにっこりした。それを見て、彼女も笑みを返さずにはいられなかった。

彼はリリーのうしろから腕をまわし、まるで抱くようにしながら彼女の膝の上のノートに書いた。〝そのとおり。それでも塊は大きいはずだ〟

「大きいはず？」

キャリバンのあたたかい息が耳にかかる。〝正直に言おう。大きく成長した木の移植は経験がないんだよ。今日これからはじめてやる。きみも見るかい？〟

二週間前であれば、木の移植を見学したいかと誰かにきかれたら、哀れむような目で相手を見つめただろう。でも、いまは考えるだけでわくわくした。

たぶんキャリバンの裸の胸を見すぎたせいで、頭がどうかしてしまったんだわ。

ともあれ、彼の豊かなまつげに囲まれた茶色い目を見つめながら、リリーは明るく微笑んだ。「ええ、見たいわ」

キャリバンが一瞬浮かべた笑みはあらゆる感情がこもっていて、彼女だけに向けられるものだと思わずにいられなかった。彼が笑みを消して、リリーの口に視線を落とす。彼女は無意識のうちに唇を開き、男らしい顔を見つめたまま、少しだけ前に乗り出した。

「ママ」インディオが呼びかけた。頬にジャムタルトのくずがついている。「キャリバンに船を見せてもいい？」

リリーはあわててキャリバンから離れ、頬をほてらせた。彼がインディオのほうを向く前に、愉快そうにこちらを見たのがわかった。

「ええ、もちろんよ」しゃくに障る相手に舌を突き出してやりたいのを我慢する。これをはじめたのは彼のほうだわ――これというのが何を指すにしても。

インディオが船を持って寄ってきた。彼が船のあちこちを指さしながら説明し、ダフォディルが鼻でつつこうとするあいだ、キャリバンはそっと船を支えていた。それがインディオにとっていかに大事なものか、わかっているのだろう。

やがてふたりが立ちあがった。インディオがキャリバンの腰までの高さしかないのに気づき、リリーは胸がちくりとした。キャリバンはインディオの上にそびえるように立っている。はるかに背が高く、肩幅は広くて、余計に彼のやさしさが感じられた。男ふたりは池まで歩き、インディオが水面に船を浮かべた。キャリバンはあとを追おうとするダフォディルを押さえた。

この人はキティの夫とは違う。まったく違う。

その日の午後、アポロは樫の木をのせた装置が庭に運び込まれるのを見守った。単純で美しいその装置は荷馬車を改良したようなもので、実際、船着き場からは二頭の馬が引っ張ってきた。平らな板の下にふたつの車輪がついていて、板の上には木の大きな根がのっている。板は次第に細くなりながら長く伸びており、そちらには木の幹がのっていて、板の下には少し小さめの車輪がひとつついていた。馬はかなりの重量がかかる根の側につながれている。装置と木は、荷船でテムズ川を運ばれてきた。アポロがミスター・スミスという偽名でやりとりしていた庭園設計士に特別に注文したものだ。注文するときは細かく指示を出し、図と詳細な説明の両方を加えた。そしていま、その結果にアポロは大満足だった。樫の木は倒れた巨像のように目の前に横たわり、土の塊から根がのぞいている。

あとは木を穴におろすだけだ。

ミス・スタンプはインディオやダフォディルと一緒に脇で見ている。庭師たちは彼女たちが庭園にいるのにも慣れたらしく、そこで見学していることに疑問を持つ者はいなかった。アポロは自分で指示を出したくてうずうずした。責任者のヘリングはヨークシャー出身の気のいい男で、アポロが書いた指示を読んでそれに従うことはできるが、動作が少々遅く、頭の回転も速くない。物事が予定どおりに進まないときの対応が苦手だ。

ふたりの庭師――アイルランドから来た黒髪の兄弟――が荷馬車を押さえ、三人目――今週加わったばかりの、小柄だが腕力のあるロンドンっ子――が馬を引いた。ヘリングが大声で指図し、ほかの庭師たちの前では愚鈍な男で通しているアポロはシャベルを持って立っていた。

「そこで止まれ！」ヘリングが叫び、アポロが先週書いておいたメモを見た。「荷馬車を穴の近くまで動かしてから馬を外せと親方は書いている」彼はひとりうなずいた。「なるほどな」

馬が荷馬車から外された。木から穴まであと一メートルほどの距離が残ったので、アポロはアイルランド人の兄弟と一緒に木を引っ張った。アポロが穴の大きさを測り間違えておらず、発注した相手がこちらの伝えた寸法どおりにふたつの車輪をつけていれば、車輪がちょうど穴をまたぐ形になるはずだ。

思惑どおりの位置に荷馬車が動くと、アポロは大いに満足した。

「母ちゃんのおっぱいに吸いつく子羊みたいにぴったりだ」ヘリングが感心したように言い、ミス・スタンプの存在を思い出したらしくつけ加えた。「田舎もんの言葉遣いですみません、マダム」

彼女は陽気に手を振った。「いいのよ、ミスター・ヘリング」

ミス・スタンプとひそかに笑みを交わしてから、アポロは仕事に戻った。いま、土をかぶった根は穴の真上にあり、幹は地面と平行になっている。いつものように好奇心旺盛で穴のまわりをかいでいるダフォディルを、アポロはそっと足でどかした。庭師たちの作業中に邪魔をされたら大変なことになる。あとは木を引きあげて直立させてからロープを切り、静かに穴におろすだけだ。

「おまえはうしろにさがってろ」ヘリングがアポロに言った。「頭のまともなやつらにロープを結ばせないと、全部台なしになっちまう」

アポロは辛抱強く、ほかの男たちが幹にロープを縛りつけるのを見守った。アイルランド人のひとりがロープをきつく巻きすぎるのを見て、樹皮が傷ついていないように祈った。

アポロがロープの片方を持ち、兄弟のひとりとロンドンっ子がもう一方を持った。

「いっせいに引っ張るぞ」ヘリングが言う。「急ぐなよ。ゆっくり確実にやったほうが早くできる」

ヘリングの合図で、アポロとあとのふたりはロープを両手でたぐりながら引っ張り、木を起こした。荷馬車の小さいほうの車輪が地面から浮き、木をのせていた板がふたつの車輪を軸に回転した。木がどちらかに倒れないよう二本のロープを使ったが、いま実際にやってみると、三本か四本くらい用意したほうがよかったとアポロは思った。次に移植するときはそれで試してみよう。

汗が入って目が痛んだ。ダフォディルが戻ってきて穴をのぞき込んでいるのが視界の隅に見えたが、いまは追い払うことができない。筋肉がこわばり、ほかの男たちの大きなうめき声が聞こえた。大きな木はゆっくりと立ちあがった。池のほとりによく合うだろう。一〇〇年後、水面に向かって枝を伸ばす姿は壮大に違いない。

不意にロープがゆるんだかと思うと、もう一方のロープを持っていたうちのひとりが叫び声をあげた。ロープが男たちの手を離れ、宙に跳ねあがっていた。アポロが見あげると、巨大な樫の木が揺れてから、こちらに向かって倒れてきた。

それと同時にインディオがアポロと荷馬車のあいだに走り込んできた。ダフォディルが足を滑らせて穴に落ちかけたのだ。

閉じ込められていた野獣が耐えきれずに出てきたかのように、アポロの体の奥底から声が出た。

喉に焼けるような痛みを覚えながら、彼は叫んだ。

「インディオ！」

8

ある年のこと、いけにえとしてアリアドネという乙女が選ばれました。彼女は貧しいけれど賢い女性のひとり娘で、母親は知らせを聞いて悲しみの涙を流しました。泣いたあと、賢い母親は頬を拭いて娘に言いました。「覚えておいて。お城に行ったら、王さまだけでなく、気のふれた女王さまにもお辞儀をしなさい。そして、王子さまにお届けするものはないか尋ねるのよ」……。

『ミノタウロス』


リリーの耳にインディオの名を叫ぶ声が届いた瞬間、それより大きな音をたてて樫の木が倒れた。

キャリバンが立っているところに。

インディオが走っていったところに。

男たちが叫んでいた。馬は引き具をつけたまま走りだした。穴があったところには、荷馬車の残骸ともうもうと立ちのぼる土ぼこりしかなかった。

リリーは駆けだした。折れた木の枝を押しやり、止めようとする誰かの手を振りほどいた。ふたりはあの中のどこかにいるに違いない。脚を折るか、背中から血を流す程度のけがをして。リリーの唇は祈りを捧げていた。聞いてくれるなら、どんな神さまでもいい。木は大きく、折れた枝があちこちに突き出していて、彼女の行く手を阻んだ。

「行かせて！」腕をつかまれて、リリーは叫んだ。

ふたりの姿は見えない。この惨状の中でも、インディオの赤い上着かキャリバンの白いシャツが見えていいはずなのに。

そのとき、男たちの叫び声のあいだに犬の吠え声が聞こえた。

「黙って！」リリーが叫ぶと、男たちは従った。

急に静かになったところに、ダフォディルの半狂乱の鳴き声がはっきりと聞こえた――穴の中から。

「こりゃ驚いた」ミスター・ヘリングが言った。

リリーは穴に顔を向けた。最初は根しか見えなかった。小さな犬でさえ入れそうな隙間があるとは思えない。大人の男や子どもなら、なおさらだ。だが、じっと見つめていると、大きな手が出てきて穴の縁につかまった。そしてキャリバンが現れた。頭も肩も黒く汚れ、胸にはしっかりとインディオを抱いている。まるで地下の鍛冶場《かじば》から出てきた炎と鍛冶の神、ヘーパイストスのようだ。

こんなすばらしい光景は見たことがない。

彼はひどく汚れたダフォディルを穴の縁におろした。犬は転がってから立ちあがり、激しく体を震わせた。そして何事もなかったかのようにしっぽを振って、リリーに向かって走ってきた。

彼女は息子のほうが気になってしかたがなかった。キャリバンはインディオを穴の外におろしてから、自分の体を引きあげた。

「ママ」それだけ言うと、インディオは泣きだした。

リリーは彼の前にひざまずき、震える手で体に触れた。鼻血が出て、頬にかすり傷ができている。髪は土でひどく汚れていた。だが、それ以外にけがはない。

リリーはインディオを胸に抱きしめてキャリバンを見た。「ありがとう。どうやったのかわからないけれど、とにかくこの子を助けてくれてありがとう」

それを聞いて、インディオが言った。「ぼくをつかまえてくれたんだよ、ママ！」泥と涙の筋をつけた顔でリリーを見る。「キャリバンはぼくをつかまえて穴に押し込んだの。そこに木が倒れてきたけど、ぼくたちには当たらなかった。だって、ほら、外に荷馬車があったでしょう？」そう言って、穴をふさぐように倒れている木を指さした。

リリーは体が震えた。どちらかの車輪が滑っていたら、根と土の塊は斜めになって、途中で止まる代わりにふたりを直撃していたところだ。だが、インディオには笑みを浮かべてみせた。

「本当ね。でも、穴の中はずいぶん余裕があったはずよ」

「ううん、なかったよ。それにキャリバンがぼくとダフの上にのったんだ」インディオは彼女に顔を近づけ、耳元でささやいた。「すごく重かった。ダフは苦しそうな声を出してたよ。もう少しで押しつぶされるところだったんだから」

リリーは泣きながら笑った。インディオは気づいていないが、キャリバンは木の根から守るために、インディオに覆いかぶさってくれたのだ。

「あなたもダフォディルも勇敢だったわね」そう言いながら、キャリバンを見た。

「一番よかったのは――」注意を引こうと、インディオが彼女の手を引っ張って言った。「キャリバンが話したことだよ。ママも聞いた？　ぼくの名前を叫んだんだよ！」

「なんですって？」リリーはインディオの汚れた小さな顔を見つめてから、キャリバンに目を戻した。彼の頬に血がにじんでいるのをぼんやりと見つめる。事故の直前に聞こえたあの声。あれはキャリバンだったの？

キャリバンが彼女から顔をそむけた。その顔は真っ青だ。いますぐ彼とふたりきりになって、本当に話せるのか確かめたかった。

「坊ちゃんが無事でよかったです」ミスター・ヘリングがそう言ったが、その目は気遣わしげに木と荷馬車の残骸を見ていた。

「ありがとう。劇場に戻って、この子をお風呂に入れて傷の手当てをするわ。彼にもそうしてあげたいんだけど……」ほかの庭師たちはキャリバンをなんと呼んでいるのかしら？　リリーは身振りで彼を示した。

「なんですって？」ミスター・ヘリングが警戒するように彼女を見た。「でも、新入りが早くもいなくなっちまったんです、どこに消えたのか知りませんが。だからスミスがいないと困るんですよ」

スミスですって？　リリーは立ちあがった。「悪いけれどそれは譲れないわ、ミスター・ヘリング」

「わかりました」ミスター・ヘリングはうんざりしたように言った。「どうせ今日はもうたいした作業はできないでしょうからね。親方になんと言えばいいやら」

「大丈夫だと思うわ」リリーはキャリバンの警告するような目を無視して言った。それからインディオに尋ねる。「劇場まで歩ける？」

その質問は男としてのプライドを刺激したらしく、インディオは言い返した。

「もちろんだよ、ママ」

だが肩をがっくり落としているおかげで、その強がりも台なしだった。事故のせいでインディオが疲労困憊《こんぱい》しているのがはっきりとわかる。よろよろと歩きながら、彼は大きなあくびをした。さらに数歩進んだところで、キャリバンが何も言わずにインディオを抱きあげた。

リリーは息子を肩にかついだキャリバンを見つめた。彼は話せる――少なくとも声を出したのだ。名前を呼べたのなら、もっとしゃべれるのでは？　劇場に向かいながら、リリーの頭の中には疑問が渦巻いていた。

モードは買い物に出ていたので、劇場には誰もいなかった。

中に入って誰にも聞かれないのを確認してから、リリーはキャリバンに向き直った。

「口がきけるの？」

彼は口を開いた。はじめは何も起こらなかったが、やがてきしんだような音がとぎれとぎれに出た。「そう……らしい」話すと痛みを覚えるかのように、つばをのみ込んで顔をしかめる。

「ああ」リリーは震える口に指を当ててささやいた。「うれしいわ」

「しゃべれるって言ったでしょ」インディオがキャリバンの肩から眠そうに言った。

「そうね」リリーは指で涙を拭きながら応えた。次から次へと涙があふれてくる。気を落ち着かせるために息を吸った。「お昼寝をしたほうがいいわ、インディオ」

お昼寝なんかする年じゃないと言い返さないことが、どれだけ疲れているかを物語っている。リリーはインディオが汚れたままなのは大目に見て、顔だけを洗ってやり、すでに半分眠っている息子をベッドに寝かせた。

寝室のドアを静かに閉めて顔をあげると、キャリバンはリリーの脚本を読んでいた。

彼は脚本を置いて咳払いした。「おも……しろい」リリーを見る。「とても……面白い」

低い声が張りつめてかすれているのは、喉の損傷のせいなのだろう。

「ありがとう」これまでにも脚本を褒めてもらったことはあるけれど、いつもエドウィンを通してだった。誰かに直接言われたことはない。「もちろん、まだ完成していないのよ。あと一週間しかないから、かなり頑張って書かなければならないんだけど、わたしの作品の中ではいい部類に入ると思うわ。ピンバリーのことをどうにかできればね。いまのところ、彼はずいぶん口やかましいの。でも……」リリーは次から次へと出てくる言葉を切って、深い息をついた。「こんな話、聞きたくないわよね？」

「いや……聞きたいよ」キャリバンは言った。

「そう」リリーは彼を見つめたが、恥ずかしくなって目を伏せた。恥ずかしがり屋じゃないはずなのに！「よかった。つまり……うれしいということよ。でも先に顔を洗って、傷の具合を見たほうがいいんじゃないかしら？」

彼は無駄に声を使わないためか黙ってうなずいたが、水と布を持ってくるリリーから目を離さなかった。彼女はキャリバンのいるテーブルに洗面器を置いた。

「いい？」リリーは自分の声がかすれているのに驚いた。

キャリバンがうなずき、顔を上に向ける。

まずは彼の頭の包帯の下から中をのぞいた。傷はかさぶたになっていたので、包帯はそのまま元に戻した。沈黙の中、布を水に浸して絞ってから、彼の顔をそっと拭く。近くで見ると、ひどいすり傷がいくつかできているのがわかった。インディオのために、あの木を受け止めてくれたのだ。

ふたたび布を濡らした。「背中はどう？」

「だい……じょうぶ」

リリーは血のにじんだ切り傷のある右の頬骨を撫でた。「顔を洗ってから背中を見るわ」

「必要……ない」

彼女はやさしく、だが頑固に微笑んだ。インディオとダフォディルをかばったとき、背中を一番強く打っているはずだ。「見たいの」

返事がないので、リリーは彼の鼻や広い額、ごつごつした頬骨をそっと拭いた。いわゆるハンサムではない。でも、いい顔だ。間違いなく男らしい。

間違いなく、わたしが惹かれる顔。

そう思ったとき、思わず手を止めてつばをのみ込んだ。わたしはこの人のことを知らない。他人の息子を助けるために、ためらいもなく穴に飛び込む人なのは知っている。愚かな犬やけんか腰の家政婦にさえ親切なのも。そのまなざしだけで、わたしの体を熱くとろけさせることも知っている。でも、それ以外のことは知らない。

背筋を伸ばし、布から茶色く染まった水を絞る自分の指を見つめた。「どうして声が出なくなったの、キャリバン?」

振り返ると、彼の顔からは表情が消えていた。目は閉じている。

「お願い」リリーはささやいた。何か見つけなければならない。何か彼に関することを。

その気持ちが通じたのだろう、あるいは疲れてこれ以上抵抗する気になれなかったのかもしれない。

「暴力で……」キャリバンはしゃがれた声で言った。咳払いをしたが、そのあとも声は変わらなかった。「彼が……男が……首の上にのった」喉に手をやる。

リリーは彼を見つめた。大きくて勇敢で、身のこなしがすばやいキャリバン。その彼が争いで劣勢になるとしたら……。

「相手は何人だったの？」

彼は皮肉な目でリリーを見た。「三人」

それにしても……。「あなたは酔っ払っていたの？　それとも寝ていたとか？」

キャリバンはかぶりを振った。「わたしは……」

そして恥じるように視線をそらした。リリーは目を細めた。彼がこんな表情をするなんて、いったい何があったのだろう？

彼は咳払いをして、もう一度話そうと試みた。「わたしは……鎖でつながれていた」

鎖ですって？　リリーは瞬きをした。鎖でつながれるのは囚人だけだ。

でも、人はさまざまな理由で牢獄に入れられる。借金もそのひとつだ。エドウィンも何年か前に、フリート監獄で数カ月不快な生活を強いられた。

彼女はキャリバンの顎を拭いた。布が無精ひげに引っかかる。「それから話せなくなったの？」

「ああ。わたしは……」いらだったように鋭く息を吸う。「わたしは……三人に……殴り倒され……」彼はつばをのみ込んで顔をしかめた。不意にリリーは気づいた。話はこれで終わりではないのだ。

大きくて力のある男性が鎖でつながれて、どうすることもできないなんて。子どもたちが鎖でつながれたクマをつついているのを見たことがある。もしつながれていなかったら、子どもたちは悲鳴をあげて逃げまわるはずなのに。小さい子どもや弱い男は、そういう無防備な相手に出会ったとき、自分を勇敢だと勘違いする。偽りの力を手にしたことで有頂天になり、残忍なことをしようとするのだ。

キャリバンもその犠牲になったのかしら？

考えるだけで、怒りのあまり頭がくらくらした。キャリバンを痛めつけることで自分のちっぽけな男らしさを満足させる権利など、誰にもありはしない。

リリーは息を深く吸った。哀れみをかけられるのを、彼は何よりもいやがるだろう。

「わかったわ」淡々とした声で言った。

キャリバンが口をゆがめて頭を振った。「何カ月も……前のことだ」

彼の勇敢さと静かなプライドが、ついにリリーを突き動かした。彼女は指から布を落とし、腰をかがめてキャリバンにキスをした。

反応は早かった。彼は力強い腕をリリーのウエストにまわして引き寄せ、自分の膝にまたがらせた。後頭部を手で支え、上を向かせて唇を重ねる。

ああ、この人はキスの仕方を知っている。

キャリバンの舌がゆっくりと彼女の口の中を探る。ワインと欲望の味がした。彼は舌を引き、リリーの下唇を歯ではさんでやさしく引っ張った。彼女があえいで背中をそらすと、キャリバンは喉の奥で小さく笑った。スカートがふたりのあいだにはさまっているし、彼はもちろんブリーチをはいているけれど、それでも男らしい欲望の証《あかし》を感じることができた。胴着《ボディス》の中で胸がうずき、ふたりが着ている服が消えてしまえばいいのに、とリリーは願った。そうすれば本当の彼を知ることができる。

いつしか彼女はキャリバンの髪に指を差し入れ、自分でもわからない何かを求めて引き寄せていた。

突然、彼が体を離した。リリーはにらんだが、そのときはじめて背後でモードが鼻を鳴らしていることに気づいた。

「殿方と泥沼にはまるのを邪魔する気はありませんけどね、ハニー、夕食の支度をさせてもらえませんか？」

「でも、どうしてハート家の庭園に行くの？」翌日の昼前、レディ・フィービーが鼻にしわを寄せて尋ねた。テムズ川のにおいに閉口しているのだろうが、トレビロンには、自分が常にそばにいることにうんざりしているようにしか思えなかった。「劇場の庭園もすっかり燃えてしまったんでしょう？」

「そうです、お嬢さま」トレビロンは恥じる様子もなく聞き耳を立てている渡し守をにらんだ。渡し守があわてて櫂《かい》を動かす。「でも、いま再建中でして、お嬢さまが興味を持たれるのではないかと思ったんです。それに――」淡々と続ける。「わたしは庭園で仕事がありましてね。わたしはあなたを守らなければならないし、あなたは今日どうしても外出したいとおっしゃった。それであなたを一緒にお連れするしかなくなったのです」

「あら、そう」レディ・フィービーは水面に指を走らせながら、小さな声で言った。

渡し守がトレビロンに顔をしかめてみせる。

彼はため息をつき、ハート家の庭園の船着き場が近づくのを見つめた。火事の前は人気の高い庭園で、船着き場は広く、整備も行き届いていた。いまは半分がテムズ川に沈み、残った部分だけが新しい木材で作り直されている。船着き場の先の燃えた木々や草花の残骸は無残で、かつての陽気な庭園とは大違いだ。ハートは庭園全体を再建するつもりだと噂されているものの、トレビロンには不可能に思えた。とてつもない費用をかけなければ無理だし、大金を注ぎ込んだとしても、想定どおりの結果が得られるとはかぎらない。

まあ、わたしには関係のないことだが。

渡し守は船着き場に飛び移ると船を引き寄せ、木の杭《くい》にロープをかけた。

「着きましたよ、お嬢さま」船の傾きでわかっているだろうと思いながらも、トレビロンは言った。「右の船べりのすぐ先に踏み台があります」

レディ・フィービーが手探りで木の踏み台を見つけるのを見守る。

「では、わたしの手を取ってください」手の位置がわかるよう、彼女の腕に軽く触れた。

「わかったわ」いらだった様子で応じながらも、レディ・フィービーはトレビロンの手を取って、そろそろと踏み台をのぼった。

彼女が無事に船着き場におり立つまで、トレビロンは手を放さなかった。言うことを聞かない脚と杖に悩まされながら、自分もできるだけすばやく船着き場におりた。

「ここで待っていてくれ」渡し守に硬貨を差し出した。

「はいよ」渡し守はそれを受け取ると、つばの広い帽子を目深に引っ張り、船に戻っていった。待ち時間を昼寝でもして過ごすつもりだろう。

「こちらです、お嬢さま」トレビロンは左腕を差し出して言った。右手で杖に頼りながら進んでいく。船着き場から庭園に続く小道には、まだところどころ何かが焼けた残骸が散らばっていた。「足元に気をつけてください。地面がでこぼこしていますから」

歩きながら、レディ・フィービーは左右に顔を向けてにおいをかいだ。

「まだ焦げくささが残っているわね」

「そうですね」トレビロンは焼けた塊――おそらく倒れた木だろう――をよけて、彼女を導いた。「地面は黒くなっていて、残っている木も焦げています」

「残念だわ。ここが大好きだったのに」

彼女の眉間にしわが寄り、ふっくらした唇の両端がさがった。

トレビロンは咳払いをした。「再生のきざしもいくつかありますよ」自分でもわざとらしいと思いながら言う。

レディ・フィービーは元気を取り戻した。「たとえば？」

「緑の草が生えています。それに……太陽が照っている」彼はしどろもどろになって答えた。そのとき何かが目についた。「ああ、左側に小さな紫の花が咲いています」

レディ・フィービーの手を取って、注意深く小さな花に近づけた。

彼女は花びらにそっと触れた。

「スミレね、きっと」レディ・フィービーは体を起こして言った。「摘んでにおいをかぎたいけれど、生き残っているのが少しだけならやめておくわ」

スミレ一本でどうなるものでもないと言いたかったが、トレビロンは我慢した。

彼女が歩きながらため息をつく。「再生のきざしといっても、ほんのわずかなのね。ミスター・ハートはどうやって庭園を再建するつもりなのかしら？」

再建できる見込みはないとトレビロンは思ったが、それを口に出す気はなかった。

ふたりは劇場に近づいていた。彼は眉をひそめた。きちんとした計画は立てていない。いつどこで会うか、キルボーン子爵と打ちあわせをしたわけではないのだ。彼はどこかにいるだろう。

けれども劇場が視界に入ってくると、その問題は解決した。キルボーンが劇場から数メートルのところで穴を掘っている。黒髪の小さな少年が近くに座り、彼とおしゃべりをしているようだ。

トレビロンは思わず眉をあげた。あの子はどこから来たのだろう？　庭園の周囲数百メートル以内に住居はないはずだ。

少年の隣では、やせた小さな犬が丸くなっていた。トレビロンたちが近づくと犬はすばやく立ちあがり、激しく吠えながらこちらに走ってきた。

いた。「おりろ」

トレビロンは犬をにらみつけた。犬は興奮して、レディ・フィービーのスカートに飛びつ

「あら、大尉。小さな犬からまで守ってくれなくてもいいのよ」彼女はそう言うと、犬が友好的かどうかをトレビロンが確かめる前にひざまずいた。

犬はすぐさまスカートに前足をかけ、顔をなめはじめた。

レディ・フィービーは笑って手を伸ばしたが、犬はまだおとなしくならない。彼女の丸顔が喜びに輝いた。「犬種は何？」

「わかりません」トレビロンは彼女から顔をそむけて言った。「小さくて華奢で興奮しやすい種類ですね」

「ダフォディルはイタリアン・グレイハウンドなんだ」犬のあとから走ってきた少年が言った。「撫でたかったら撫でてもいいよ。噛まないから。でも――」余計なひと言をつけ加える。「なめるよ」

「ええ、そうでしょうね」レディ・フィービーは微笑みながら応えた。空に顔を向ける。「昔、イタリアン・グレイハウンドを飼っている友だちがいたの。この子は何色？」

「赤茶」少年はそう答えてから、子どもらしい遠慮のなさで尋ねた。「見えないの？」

「レディ・フィービーは目が見えないんだ」トレビロンは鋭く言った。

彼女が振り返ってにらんだ。その一瞥は実によく効いた。

少年はトレビロンの口調にすくみあがった。その目が左右で色が違うことに彼は気づいた。

右が青で、左は緑だ。「ごめんなさい」

「いいのよ」レディ・フィービーがやさしく言う。「あなたのお名前は？」

「インディオ。あれは友だちのキャリバン」そう言ってキルボーン子爵を指さしたので、トレビロンは眉をあげた。「ママは劇場の中にいるよ」

レディ・フィービーは周囲を見まわすように顔を動かした。「ここは劇場のそばなの？」

「そうだよ」

「劇場は燃えたのだと思ってたわ」

「うん、ほとんどはね」インディオが応える。「でも、大丈夫なところもある。ぼくたちが住んでるのはそこなんだ」

レディ・フィービーが眉をひそめた。「ここに住んでいるの？」

インディオはうなずいた。彼女が目が見えないことはもう忘れているらしい。

「ママは有名な女優なんだよ。ロビン・グッドフェローっていうんだ」

「まあ」レディ・フィービーがうれしそうな声をあげた。「お会いできる？　わたし、彼女のファンなの」

数分後には、彼女はミス・グッドフェローと打ち解けて、庭に運び出されたテーブルでお茶を飲んでいた。

「あのふたりはもともと……知りあいだったのか？」キルボーンが尋ねた。

トレビロンと彼は劇場から少し離れたところに座っていた。ここなら女性たちに話を聞かれることはないが、レディ・フィービーを見守ることはできる。子爵がトレビロンの杖を見てから、倒れた丸太に座るよう促したのだ。トレビロンは脚を休めたくてたまらなかったので、プライドを気にする余裕もなかった。

言葉は遅く、声はひどくかすれているものの、子爵の喉は驚くほど回復していた。何か事情があるのだろうが、いまのトレビロンにとって、それはどうでもいいことだった。

「とんでもない」ミス・グッドフェローの言葉に笑うレディ・フィービーを見ながら、トレビロンは答えた。

「間違いないのか?」

「間違いない」

「驚きだな」キルボーンが当惑したように言う。彼の視線は、ほんのわずかだが女優のほうに長くとどまった。

「あなたがそう言うんなら、そうなのだろう」

キルボーンがこちらを見た。その顔に新たな傷ができていることにトレビロンは気づいた。

「ああ」子爵は冷ややかに言った。「それで……何か情報を持ってきたのか?」

トレビロンは背筋を伸ばした。「あのとき殺されたあなたの友人たちの過去や身辺を調べてみた。モーブリーはあなたが言ったように聖職者になることが決まっていた。友人の話だと敵も借金もなかったし、殺されるまでの数カ月のあいだに誰かを怒らせたこともないらしい。何も責められるところのない犠牲者だと考えていいだろう」

キルボーンは険しい顔でうなずいた。彼はまた女性たちを見ている。トレビロンもそちらに顔を向けた。レディ・フィービーは皿の上のタルトに慎重に触れてから、ひと口かじった。目は見えないが器用だ。

「テートはたしかにおじの跡継ぎだった」トレビロンは先を続けた。「テートが死んで、いとこが跡継ぎになり、最終的にはおじの領地を相続した。年に二〇〇〇ポンドほどの収入をあげるらしい。莫大《ばくだい》とは言わないが、それなりの額だ。だが、問題のいとこは去年までアメリカにある植民地で暮らしていた。テートを殺すために人を送り込んだ可能性もなくはないが、その確率はきわめて低い」

「同感だ」キルボーンは応えたものの、心なしかうわの空に聞こえる。

ちょうどミス・グッドフェローが、唇についたタルトのくずをなめているところだった。

トレビロンは咳払いをした。「三人目のスミザースに関しては面白いことがわかった」

はっとしたように、キルボーンがトレビロンを見た。「どんな？」

「あなたたちと違って、彼には借金があった。かなりの額を怪しげな連中から借りていたようだ。ホワイトチャペルで賭博場を経営している連中だ」

「そいつらが真犯人か？」キルボーンの表情は変わらなかった。

「いや、そうは思わない」ためらいつつ答える。「スミザースが死んでも金が戻るわけではないし、彼に借金があったことは広く知られていたわけでもない。スミザースとほかのふたりを殺すのは賢明な判断とは言えない一方、問題の連中がきわめて賢いのは間違いない」

キルボーンの顎の筋肉が動き、彼ははじめてミス・グッドフェローとは違う方向へ視線をそらした。「では……何もわかっていないんだな」

「ああ、たいしたことは」トレビロンは静かに言った。

子爵は冷たいまなざしでトレビロンを見つめた。これまで何度も希望を抱いては裏切られてきたので、もう振りまわされるのはこりごりなのかもしれない。

トレビロンは相手の目を見つめ、ぶっきらぼうに言った。「あなたのおじ上は、伯爵である祖父上に少なくとも一〇年前から土地を借りている。あなたが爵位を受け継いだら、おじ上はかなり困った状況になるだろう。土地代を返すだけの金を持っていないからな。あの晩あなたが死んでいれば、彼は爵位を継いでいたはずだ。そして祖父上が亡くなれば、爵位に伴う金も受け継ぐ。金を返す必要も、判事や債務者監獄を恐れる必要もなくなる」

キルボーンの表情は揺らぎすらしなかった。思ったとおり賢い男だ。

「だが……わたしは死ななかった。代わりに……薬を……のまされた」

「考えてみろ」トレビロンは小声で言った。「もしあのときあなたが殺されていたら、ただの物盗りか何かがつかまりでもしないかぎり、次の爵位承継者であるおじ上が容疑者になる。だが、あなたに薬をのませて友人たちを殺せば、あなたを殺人犯に仕立てあげることができる。そうなれば、あなたは裁判にかけられて絞首刑になるだろう。醜聞は免れないが、おじ上の責任にはならないし、自分の手であなたを殺した場合と同じ結果が得られるんだ。実にうまくできている。そう思わないか、閣下？」

「いや……思わない」キルボーンはにべもなく言った。「たしかに、ブライトモア伯爵が……親戚が殺人犯として裁かれるのを恐れて……わたしをあの精神病院に送り込まなかったら……わたしは四年前に殺されていただろう」そこで言葉を切って、つばをのみ込んだ。「しかし、当時は……そんなことは慰めにもならなかった。絞首刑のほうが……ありがたかった」

わたしはブライトモアに感謝しなければならない、とトレビロンは思った。間接的にしろ、無実の人間を死に追いやるところだったのを救ってくれたのだから。

「なぜ……」キルボーンは言いかけたが、先が続けられずに咳払いをした。「もし……あんたの言うことが真実なら……なぜおじは……あの病院でわたしを殺さなかった？」

「たぶん放っておいても死ぬと思ったのだろう」トレビロンは肩をすくめた。「あそこで命を落とす者は多いからな」

キルボーンはうなずいてしばらく考えた。あるいは喉を休ませたのかもしれない。やがて口を開いた。「祖父は……死にかけている……姉からそう聞いた」

「それなら、おじ上はあなたにも死んでほしいと思っているはずだ。彼は去年愚かな投資をして、この五カ月で借金が二倍に増えたらしい」

キルボーンは顔をしかめてトレビロンを見つめた。

「焦っているはずだ」トレビロンは相手の目を見つめ、またしても頬の傷に注意を引かれた。「その傷はどうした？　前回会ったときより、疲れているように見えるが」

「昨日……」キルボーンは咳をしながら傷に触れた。「死にかけた。植えるつもりだった木が……倒れてきて……。新しく入った庭師がいたが……姿を消した」

トレビロンはキルボーンに完全に向き直り、急いで杖を取った。「わたしはあなたを見つけた。わたしにできたのだから、おじ上の手の者だってできるはずだ」

キルボーンは激しくかぶりを振って咳をした。「あれは事故だ」

「自分でもそうは思っていないのだろう？　だから、わたしに話したんじゃないのか」トレビロンはいらだって言った。

そのとき、声が聞こえてきた。「すみません、ミスター・スミスがどこにいらっしゃるか、どなたか教えてくださいませんか？」

ふたりが振り返ると、二五歳は過ぎていないと思われる赤毛の若い男が女性ふたりのすぐそばに立っていて、すでに犬の歓迎を受けていた。

「くそっ」どうやら密談は終わりのようだ。「聞いてくれ、閣下。ここを出ろ。おじ上の有罪を示す証拠を見つける方法を考えつくまで、ほかの隠れ場所を探すんだ」

キルボーンは劇場のほうを見つめている。「それはできない」

トレビロンは彼の視線の先を追った。ミス・グッドフェローが訪問者を迎えるために立ちあがるところだった。「できないのか？　する気がないのか？」

キルボーンは彼女から目を離さなかったが、その顔には決意が現れていた。

「どちらでもいい」

9

翌朝、アリアドネは金色の城に向かいました。城では宝石をちりばめた玉座に王が座り、その隣で正気を失った女王が木の糸巻き棒と紡錘《つむ》で赤い糸をつむいでいました。アリアドネと一緒に選ばれた若者は王だけに丁寧にお辞儀をしましたが、アリアドネは母親に言われたことを思い出して女王にもお辞儀をし、王子さまにお届けするものはありますかと尋ねました。すると女王は、黙って紡錘を差し出しました……。

『ミノタウロス』

庭の向こうからキャリバンに見つめられて、リリーは頬に血がのぼるのを感じた。情熱をたたえた、まっすぐな視線。

まるでキスをされているみたい。この前と同じように。

彼女は目をそらして息を吸った。あのあと、ちゃんと話す機会がなかった。昨夜は辛辣で勘が鋭いうえにふたりの関係に反対しているモードがいたし、今朝はインディオが興奮して走りまわっていた。それからレディ・フィービーとトレビロン大尉が現れた。

「誰かしら？」レディ・フィービーに尋ねられて彼女が顔を向けている方角を見ると、若い男性が近づいてくるところだった。ダフォディルは男性を歓迎するようにまつわりついたあと、劇場の隅にいる主人のもとへ駆け戻った。そこではお茶のテーブルを離れたインディオが土をいじって遊んでいる。土いじりというより、どう見ても泥遊びだが。

「見たことのない方ですわ」リリーはいらだちが声に出ないように気をつけながら答えたあと、作法を思い出して「お嬢さま」とつけ加えた。最近ハート家の庭園には、お祭りでも行われているのかと思うくらい次々と人が訪れる。

レディ・フィービーは笑みを浮かべ、声をひそめて質問を続けた。「外見がどんなふうか、教えていただける？」

当然、レディ・フィービーには近づきつつある相手の特徴や年齢はまったくわからない。

「明るい赤毛の、なかなか魅力的な若い男性です」リリーは小声ですばやく答え、さらにつけ加えた。「黒い三角帽をかぶっていて、どんぐりみたいな茶色の服を着ています。ベストの色はもう少し明るくて、茶というよりベージュですね。繊細な真紅のリボンで縁取りしてあります。それほど高価ではないけれど、仕立てはよさそうです」考え込むように首をかしげる。「かなり見栄えのいい方ですわ」

「まあ、すてき」レディ・フィービーは満足そうに言って、椅子に寄りかかった。

おかしくなってリリーが彼女を見つめていると、男性が目の前に来た。

「おはようございます」かすかなスコットランド訛《なま》りで挨拶をして立ち止まり、さっと帽子を取って優雅にお辞儀をする。「ミスター・マルコム・マクレイシュと申します。失礼ですが、お嬢さま方は？」

「わたしはミス・ロビン・グッドフェローよ」リリーは膝を折って身をかがめ、挨拶を返した。「そしてこちらはレディ・フィービー・バッテン」

「これはこれは！」ミスター・マクレイシュは明るいブルーの目を丸くして驚きの声をあげ、よろよろとあとずさりした。「なんという光栄でしょう！　ミス・グッドフェロー、一年ほど前にあなたがロザリンド役ですばらしい演技を披露してくださった『お気に召すまま』には、ぼくも制作に携わらせてもらったんですよ」

彼の大げさな反応に微笑んで、リリーはもう一度お辞儀をした。「ありがとうございます」

「そしてレディ・フィービー」ミスター・マクレイシュは向き直った。「お会いできて、感激に打ち震えております」

「まあ、本当？」レディ・フィービーは口元に笑みをちらつかせて首をかしげた。彼とは微妙にずれたほうを向いている。「ただお会いしただけなのに？」

「え、ええ」からかわれているのかどうかわからないらしく、彼は返事に困っている。けれどもリリーは、ちらりと視線を向けられても知らないふりをした。大げさな言葉を使ったりするから墓穴を掘るのだ。「とてもお美しくて、見るだけで目の保養になります」

レディ・フィービーが吹き出した。ほかの女性がこんなふうに笑ったら、相手はばかにされたとか、そうでなくても軽くあしらわれた気がするに違いない。だが、彼女の笑い声はひたすら楽しげに聞こえた。

だからリリーもつられて笑ってしまった。レディ・フィービーの笑い声は伝染する。

「でも、ミスター・マクレイシュ」ようやく笑いがおさまると、レディ・フィービーは言った。「あなたはとても醜い方だと教えてもらいましたわ」

彼女は目が見えないのだと悟ってミスター・マクレイシュは驚いたようだが、感心にもそれをうまく隠し、レディ・フィービーを侮辱することなく会話をつなげた。

「まさか！　それには断固抗議させてもらいますよ。ぼくはイングランドでも有数の見目麗しき紳士として知られているんですから。ミルクのように白い肌、きれいにそろった歯、青い目……それに輝くような金髪」

レディ・フィービーがあきれたように頭を振る。「目の見えない女性をだますおつもり、ミスター・マクレイシュ？　あなたの髪は真っ赤なのでしょう？」

「なんというひどいお言葉」レディ・フィービーには見えないのに、彼は胸に手を当てた。「誓って申しあげますが、ぼくの足元にすがりつかんばかりの女性は大勢いるんですよ」

「足元以外の場所にも？」レディ・フィービーが目を伏せてきく。

「若者をからかうものではありません」トレビロン大尉が脚を引きずりながら、テーブルに近づいてきた。リリーが目を向けると、大尉の横でキャリバンが警戒するような表情を浮かべている。キャリバンは焼けつくような視線をリリーと合わせたあと、ミスター・マクレイシュに注意を移した。

大尉の言葉がレディ・フィーピーと若者の軽い戯れに水を差し、場の空気がさっと冷えた。レディ・フィーピーが体をこわばらせる。

ミスター・マクレイシュは即座に真顔になって、トレビロンの胸のホルスターに差し込まれている拳銃に目をやった。「ところで、あなたはいったいどなたですか？」

大尉が口を開く前にレディ・フィーピーが答えた。「こちらはジョナサン・トレビロン大尉。兄に言われて、わたしを守ってくれているの。おいしそうなポークパイの前につないである犬みたいに」

「あなたはどちらかといえばアップルタルトだ」トレビロンがつぶやくように訂正し、ミスター・マクレイシュのほうを向いた。「それできみは？」

「ミスター・マルコム・マクレイシュといいます」スコットランド出身の若者が元竜騎兵連隊長の厳しい口調にまったく臆していないので、リリーは感心した。トレビロンは仕事上の知りあいだとキャリバンは説明したが、ついこのあいだ彼を殺そうとしたのはまぎれもない事実だ。リリーとしては、大尉の相手方にどうしても肩入れしてしまう。「ぼくはモンゴメリー公爵閣下からハート家の庭園の再建を仰せつかった建築家です。庭園の設計を担当されるミスター・スミスがここにいらっしゃると聞いて、訪ねてきました」

じっと耳を傾けていたキャリバンが若者の言葉にうなずいた。「それは……わたしだ」

ミスター・マクレイシュの顔が輝いた。「お会いできてうれしいです」キャリバンは差し出された手を見慣れぬ奇妙な物体のように見つめ、それから握った。「よろしければ敷地内を案内していただいて、そのあと詳しい計画をお聞かせ願えないでしょうか」

トレビロンが表情を険しくして、物言いたげな視線をキャリバンに向けた。

リリーはため息をついた。何が起こっているのかさっぱりわからなくて、いらいらする。

そう感じているのは彼女だけではなかったらしい。

「お邪魔して申し訳ないけれど」レディ・フィービーが公爵令嬢らしい尊大さを発揮して口をはさんだ。「トレビロン大尉、まだミスター・スミスに紹介していただいていないわ。あなたがこれほど熱心に会いたがったのがどんな方なのか、早く教えてくださらない？」

トレビロンが背中をこわばらせる。レディ・フィービーの干渉を快く思っていないのだろうが、その理由がなんなのかリリーには見当もつかなかった。

だが、トレビロンは礼儀正しい態度を崩さなかった。「それではご紹介します。こちらはミスター……」

「サム」キャリバンが引き取った。「ただのサム・スミスです」

「ミスター・サム・スミスですね？」トレビロンは確認して先を続けた。「ミスター・スミス、こちらはレディ・フィービー・バッテン。ウェークフィールド公爵の妹君です」

レディ・フィービーが当然のように手を差し出したので、キャリバンは正式な挨拶をせざるをえなくなった。彼女の手を取って身をかがめ、しゃがれた声を出す。

「お会いできて……光栄です」

その声を聞いて、レディ・フィービーは首をかしげた。「お風邪を召していらっしゃるの、ミスター・スミス？」

「いいえ……そうではありません」キャリバンの声のやさしい響きに、リリーは一瞬嫉妬で胸がちくりとした。「少し前に……喉を痛めて……声がこんなふうになりました」

レディ・フィービーはうなずいた。「そうですの」

キャリバンは手を引こうしたが、彼女はしっかりとらえたまま放さなかった。

「ところでミスター・スミス、前にお会いしたことはないかしら？　目の見えない人間をだますような、ひどいまねはなさらないでね」

キャリバンが奇妙な表情を浮かべる。はっきりとは言えないが、悲しみがよぎったように見えた。「いいえ……お会いするのははじめてです」

「あら」レディ・フィービーは彼の手を放した。「わたしの思い違いね」

キャリバンがミスター・マクレイシュに言った。「庭園がどんな状態か……喜んでご案内しますよ」ためらったあと、リリーに目を向ける。「あなたも庭園に……興味をお持ちなのではありませんか？　よろしければ昼食後に……一緒にまわりましょう。そうですね……三時頃にでも」

不意にリリーは息苦しくなったが、なんとか落ち着いた声を出した。

「楽しみにしていますわ、ミスター・スミス」

キャリバンはうなずいた。「それでは、われわれは……失礼させていただきます」優雅な仕草で腕をあげ、方向を示す。「すぐに出発できますか……ミスター・マクレイシュ？」

「もちろんです」若者は即座に答えた。「レディ・フィービー、ミス・グッドフェロー、お目にかかれて本当にうれしかったです。またお会いできるのを心待ちにしております」

「こちらこそ」レディ・フィービーが笑顔で応える。

リリーは別れの挨拶に、身をかがめてお辞儀をした。

ミスター・マクレイシュが表情を引きしめ、帽子のつばに触れた。「トレビロン大尉、お会いできてよかった」

「こちらこそ」元兵士の言葉は慇懃《いんぎん》だが、まるで感情がこもっていなかった。

キャリバンが庭園の設計について説明しながらミスター・マクレイシュと歩きだすのを、一同は見送った。

トレビロンが女性たちのほうに向き直る。「それではお嬢さま、われわれも行きましょう。たしか午後には〝大事な〟買い物があると言っておられましたね」

「買い物はいつだってとても大事なのよ、大尉」レディ・フィービーは大まじめな顔で返した。「でもその前に、ミス・グッドフェローがジャムタルトのおいしい作り方を教えてくださるそうなの」

「なるほど」トレビロンの抑揚のない声に、疑わしげな響きがわずかにまじった。

レディ・フィービーが楽しそうに笑う。「本当よ。だからわたしが秘伝を授けてもらっているあいだ、どこかで待っていてもらえないかしら。あなたがミスター・スミスと話していた場所がいいと思うわ。あそこにいてもらえれば、わたしたちは秘密のレシピをこっそりやりとりできるから」

大尉はぎくしゃくとお辞儀をした。「仰せのままに」

脚を引きずりながら去っていくトレビロンのうしろ姿を見て、リリーは少し気の毒になった。彼はいかにもプライドの高そうな男性なのに、レディ・フィービーはときどきあまりにもすげない態度を取る。

そのとき、レディ・フィービーが身を寄せてささやいた。「彼はもう声が届かないくらい離れた？」

リリーは遠ざかる大尉の背中に目をやった。「そう思いますけれど」

「確実じゃないとだめよ」レディ・フィービーが声をひそめた。「あの人は犬みたいに耳がいいんだから」鼻にしわを寄せる。「犬だと、なんかしっくりこないわね。とにかく、まるで耳のいい動物みたいなの。本当に困るわ」

リリーは思わず笑いそうになった。「それは困るでしょうね」

「彼が戻ってきて、おせっかいな長い鼻を突っ込む前に教えてちょうだい。ミスター・スミスの見た目はどんな感じ？」

リリーは驚いて目をしばたたき、小声で答えた。「とても大柄で、一九〇センチくらいあると思います。肩幅が広く、大きな手をしていますわ。目は茶色。髪も同じ色で長めです。美男子とは言えません」

レディ・フィービーは顔をしかめて考え込んだ。「何か目立った特徴はある？」

「ないと思いますけれど、あえて言うとしたら大きな鼻でしょうね」リリーは困って肩をすくめた。

「彼について知っていることはない？　家族や友人は？」

「まったく知りません」実際そうだったので、リリーは悲しくなった。「本当に何も」

「それは残念ね」

「なぜです？」そう問いかけつつも、答えを知るのが怖かった。「彼を誰だと思っていらっしゃるんですか？」

「いいえ、特に誰というわけじゃないの」レディ・フィービーはじれったそうに手を振った。「ただ、大尉があまりにも秘密主義なものだから。わたしをいらいらさせるためにそうしているに決まっているわ。あの人、まだこっちを見ている？」

リリーが目をあげると、たしかに彼は見ていた。「ええ、見ています」

「やっぱり、そうだと思ったわ。もう呼び戻したほうがよさそうね。ありがとう、ミス・グッドフェロー。今朝はとても楽しかった。またお邪魔してもいいかしら？」

「いらしていただけたらうれしいですわ」リリーが答えていると、トレビロンが戻ってきた。

「もうよろしいですか？」

「ええ、よくてよ」レディ・フィービーが立ちあがる。

トレビロンはさっと動いて、彼女の手のほうへ腕を差し出した。「失礼いたします、ミス・グッドフェロー」

「それでは、おふたりとも」リリーは別れを告げた。

大尉は帽子に手を添えて挨拶し、ふたりは去っていった。

リリーは重苦しい気分のまま残された。レディ・フィービーはいったいキャリバンを誰だと思ったのだろう？　否定はしたけれど、絶対に誰か特定の人物を思い浮かべていた。

テーブルの上のティーセットを見つめるリリーの胸の中に疑問がふくれあがった。どこの誰とも知れないキャリバンと関わるのは危険なのだろうか？

マクレイシュを見送ったあと、アポロは歩きながら考えていた。エイサは腹を立てていたが、マクレイシュは悪い男ではない。ただし、ひとりで設計と建築を手がけるにはいかにも若い。それでも最低限、建築とはどういうものかはきちんと理解している。庭園にはモンゴメリー公爵が後援者になって劇場やオペラハウスを建てる予定だから、その設計図をいずれ見せてもらえば、マクレイシュの能力がはっきりするだろう。それまでは好意的に解釈しようとアポロは心を決めていた。


劇場へ向かう彼の足取りは自然に速くなった。ミス・スタンプに――リリーに会いたい。あれこれ質問してくる部外者や建築家に邪魔されずに、さらに言えば、彼女のいたずら盛りの息子や口うるさい家政婦のいないところで。〈ベドラム精神病院〉で恐怖と苦痛に満ちた長くつらい日々を送るうちに、魅力的な女性とふたりだけで過ごすのがどんなものか、すっかり忘れていた。からかい、戯れ、キスを盗んだりするのがどんなものかを。

リリーがわたしとのキスをどう思ったかはわからない。またキスをさせてくれるのかもわからない。それでも、必ずもう一度試みるつもりだ。人生を楽しむことを、わたしは長いあいだ許されなかった。みなが恋人や友人を作り家族を増やしているあいだ、四年間も自由を奪われ、ただ命をつないでいるだけだった。

もう一度生きたい。

けれども劇場に近づいたとき、言い争う声が聞こえてきた。男が怒鳴っている。

アポロは走りだした。

木々のあいだを抜けると、紫の服に白いかつらをつけた華奢な男が脅すようにリリーの前に立っているのが見えた。キャリバンと出かけるために赤いドレスの上にショールをまとった彼女が、劇場の外の庭で男と言いあいをしている。

「──絶対に必要だと言ったじゃないか」脅すように顔を寄せて怒鳴っている男の口から、つばが飛んでいた。「おまえの力では売れないんだぞ。やってみても無駄だ」

「これはわたしの作品なのよ、エドウィン」彼女は果敢に反論しているものの声が震えていて、アポロは怒りに駆られた。

「おまえは……誰だ？」拳を握ったり開いたりしながら、ふたりのほうへ向かう。

アポロが近づいてくるのに気づいていなかった男は、振り返って目をしばたたいた。

「おれが誰かって？　おまえ……おまえこそ……誰なんだ、この牛野郎！」彼はアポロのたどたどしいしゃべり方をまねた。

アポロは気にも留めなかった。〈ベドラム精神病院〉ではもっとひどい侮辱を受けてきたのだ。だが、リリーが自分を見て蒼白《そうはく》な顔になったのは気に入らない。

「キャリバン、やめて」彼女は揉みしぼってしまいそうな手を止めるように、ぎゅっと握りあわせた。「少ししてから来てもらえない？　そうね、三〇分くらいあとに」

男を怒らせまいとしているのか、彼女の声は感情を消している。前に怒らせて後悔したことがあるのだろうか？

「おまえはこの……うすのろと知りあいなのか？」男は吐き捨てるように尋ね、のけぞって笑い声をあげた。「まいったな、リリー、ベッドに引き込む男の好みが落ちたじゃないか。このまま行けば、しまいには運搬人ごときにスカートをまくりあげるようになるぞ。まあ、この男だって——」

毒を吐き続ける男を逆手で殴り、アポロは溜飲《りゅういん》をさげた。男はよろよろとあとずさりして、尻もちをついた。

「だめよ、彼を傷つけないで！」リリーが男を気づかう様子に、アポロは腹が立った。

「傷つけないさ」冷静な声で請けあいつつも、まだわめいている相手を見て心を決める。

「だが……こいつがきみにひどいことを言っているのを……ただ黙って見ているつもりもない」アポロは男を抱えあげ、うつ伏せに肩にのせた。「ここで待っていてくれ」

男がうめいたので、背中に吐くのだけはやめてほしいとアポロは思った。リリーに会うので、体を洗って清潔なシャツに着替えたばかりなのだ。

方向を変え、男をかついだまま船着き場に向かって歩きだす。

「キャリバン！」リリーに呼びかけられても無視した。この卑劣な男が誰でもかまわなかった。リリーとインディオに近づきさえしなければ。

「おろせ――」男の言葉がとぎれる。アポロが倒木を飛び越えた拍子に、肩が腹部にめり込んだのだ。ようやく息がつけるようになると、男は口汚くののしった。「おれが誰だか知っているのか？」

「いいや」

「あとでひどい目に遭わせてやる」男は言葉を絞り出し、アポロを蹴ろうとした。

そこでアポロは男を地面に落とした。もう充分に劇場からは離れている。

ごろつきのような男は怒りで蒼白になり、アポロを見あげた。かつらが外れて、かたわらに転がっている。黒に近い地毛は短く刈ってあった。「おれにはおまえのしなびたいちもつを切り取ってくれる知りあいがいるんだぞ！」

「ああ……そうだろうな」脅しには慣れている。アポロはうつ伏せの男の前に立ち、彼がリリーにそうしていたのをまねて脅すように顔を近づけた。「ちゃんとした言葉遣いで……しゃべれるようになるまで……彼女に近づくんじゃないぞ」

股間を狙った蹴りをすばやくかわして、アポロは男を置き去りにした。先ほどのリリーの様子からすると、早く戻ったほうがよさそうだ。

男を追い払ったというのに、彼女はちっともうれしそうではなかった。劇場の前の庭をうろうろと歩きまわっている。

こちらに気づくと、ぱっと向き直った。「彼に何をしたの？」

アポロは肩をすくめた。「ごみみたいなやつだから……ごみと同じように捨ててきた……地面の上に」喉が痛んだが無視した。

「まあ」リリーの興奮は一瞬おさまったかに見えたが、すぐにまた怒りだした。「とにかく、干渉しないでほしかったわ。あなたには関係ないことだもの」

彼女と楽しく午後を過ごしたかったのに、事態はアポロの望んだ方向には進んでいなかった。

「たぶん……わたしも関係があると……思いたかったんだと思う」話しながら近づいていく。

「だめなのよ……」彼女はいらだったように手を動かした。「とにかくだめ。彼は……」

アポロは首をかしげた。「インディオの父親か？」

「なんですって？」リリーは振り向いて目を合わせた。「違うわ！　どうしてそんなふうに思ったの？　エドウィンはわたしの兄よ」

「ああ、そうなのか」リリーがあの男をかばうような態度を見せて以来、胸の中でしこっていた塊がすっと消えた。家族ならばしかたがない。家族は選べないのだから。「それなら彼は……妹に対する言葉遣いに……もっと気をつけるべきだ」

リリーが大きく顔をしかめた。「せっぱ詰まっているのよ。大金を失って、その埋めあわせに必死なの」

アポロは彼女の手をやさしく引いて小道に導いた。エドウィンを置いてきたのとは逆のほうへ向かう。「そうか。それは……きみに責任があるのか？」

「いいえ、もちろんないわ」リリーはしぶい顔をしたもののおとなしくついてきたので、もう大丈夫だとアポロは確信した。「だけど、兄はわたしの脚本を売ってお金を得ているから」

彼は眉をあげた。「どうやって？」

「つまり、脚本は兄の名前で出しているの」リリーが足元に視線を落とす。手を握られたままだと気づいていない様子なので、アポロのほうから放すつもりはなかった。手の中に感じる彼女の細い指はひんやりしている。「兄のほうが……わたしよりもうまく売れるから」

「なぜ？」

リリーは道に転がっている石を蹴った。「わたしよりも、いい人たちと知りあいなのよ。いい友人がいるの」やりきれないとばかりにため息をつく。「とにかく、兄のほうがうまくやれるわ」

アポロは黙っていたが、理解できなかった。〝いい友人〟がいると、なぜ脚本を売るのに有利なのだろう？

「わたしの父は運搬人だった」リリーは恥じているような表情で重い口を開いた。「母が仕事をしていた劇場で、役者たちのためにいろんなものを運んでいたの。衣装や小道具、夕食時には料理なんかも。とにかく、なんでも運ぶ人間だったのよ。もちろんあなただって、運搬人がどんなものか知っているわよね」

アポロは黙って彼女の手を握った。

歩きながら、リリーは木から小枝を折り取った。「エドウィンの父親は貴族だったわ。正確には貴族の息子だけれど、運搬人と比べればどちらも同じよ。わたしの父は字も読めなかったと母は言っていた。でも、ハンサムだったんですって。だからそういう関係になったんでしょうけど」

「きみは……」話しだすと役立たずの喉がきゅっと縮まりかけたが、言葉を押し出した。「きみは父親を……知らなかったのか？」

リリーはうなずいたあと、言い訳をするようにアポロを見た。「残念ながら、母には数えきれないほど大勢恋人がいたの。そして誰とも長くは続かなかった」息を吸い、ぶるっと身を震わせる。「とにかくエドウィンは、ずっとわたしの力になってくれた。脚本を書きあげると、いつだって買い手を見つけてくれたわ。手数料だけ取って、残りはわたしにくれるの」

「いくらだ？」

「なんですって？」

「きみが脚本を書く――とても出来のいい脚本だ。それはわたしが……保証する。彼はそれを……ただ持っていって売るだけだ。その手間に……いったいどれくらい手数料を……取っている？」

リリーが体をこわばらせて、つないだ手を引き抜こうとした。

彼は放さなかった。

彼女は緑の目を光らせて、アポロをにらんだ。「あなたには関係ないでしょう」

アポロは足を止めて、彼女と向きあった。ふたりは池の近くまで来ていた。このあいだ樫の木を移植しようとして、大惨事になりかけた場所だ。横倒しになって大きな枝が折れてしまったため新しい木を注文してあるが、まだ届いていない。「いくらだ?」

ひるまずに見つめ返すリリーは美しかった。遅い午後の日の光に、顔のまわりのほつれ毛が後光のように輝いている。

彼女は視線を落とした。「二五パーセントよ」

「二五パーセント」平静を装ったが、内心では腹が立ってしかたがなかった。「いま、きみは……女優の仕事ができないと……彼は知っているのか?」

「ええ、知っているわ。それが言い争った原因でもあるの」リリーはつないだ手を胸のあたりまで持ちあげ、彼の指をしげしげと眺めた。爪のあいだに泥が詰まって黒くなっていることに驚いているのかもしれない。「手数料を二〇パーセントにしてと頼んだけれど、エドウィンはお金のこととなると、どんなに理屈を説いてもわかってくれなくて」

「そもそも……彼がきみにちゃんと分け前を渡していると……どうやって確かめている?」

リリーが驚き、アポロの手に向けていた視線をあげた。「エドウィンはわたしに嘘なんかつかないわ。それはわかってちょうだい」両手で彼の手を包む。「実を言うと……母はジンを飲んでいたの。それにわたしが生まれた頃には、すっかり落ち目になっていた。女優としても、女性としてもね。母にとってはきつい現実だったと思うわ」リリーは顔を伏せると、ふたりの手を広げて合わせ、大きさの違いを観察しはじめた。アポロと比べると、彼女の手はひどく小さかった。「母には受け止めきれなかったのよ。でもわたしには、そんな母とエドウィンしかいなかった。もう少し大きくなってからはモードがいてくれたけれど、それまでは兄がいつも寝る場所を確保してくれたの。わたしたちはしょっちゅう移動していたわ。いろんな劇場を渡り歩いたし、部屋もよく変わった。そんな生活の中で食べ物や服を持ってきてくれたのも、読み書きも教えてくれたのも、兄だったの」リリーは指を絡めあわせて、絶対に放さないというようにかたく握った。「だから恩があるのよ……いまあるすべてが兄のおかげなの」

「おそらく……そうなんだろう」アポロはやさしく言った。どんなに尽くしても見返りは期待できない相手に恩があるというのがどんなものか、彼にも覚えがあった。「だが……インディオについてはどうなんだ？　やはりお兄さんの……世話になっているのか？」

リリーは眉根を寄せて、彼を見あげた。「どういう意味？」

「インディオが生きていくためにも……食べ物や服……寝る場所が必要だろう？」

彼女がうなずく。

「当然の……ことだ。だが、あの子にそういうものを与えたくても……何かしてやりたくても……きみがお兄さんに貢いでいたら……できなくなるんじゃないかな？」

「わたしはただ……」リリーは唇を噛んだ。「兄を傷つけたくない。エドウィンはときどき気まぐれだったり、残酷だったりもするわ。でも、血のつながった兄なの。愛しているのよ」

「もちろんそうだろう」アポロは握りあわせた手を口元に持ちあげて、彼女の指先に一本ずつ唇をつけた。

顔をあげると、リリーが目をみはって彼を見つめていた。「わたしはあなたのことを何も知らない。最初は知的障害者だと思ったわ。そのうち、ただ口がきけないだけだとわかった。でもいまは、話せるようになったのに何も話してくれない」彼女は伸びあがり、アポロの顎に唇を滑らせた。そっと探るようなその感触は、唇へのキスよりも親密だった。「あなたのことを知らない。だけど知りたいの。もう少しあなたを見せてほしい」

彼は目を閉じた。自分はいま、火遊びをしている。「何を知りたいんだ?」

10

テーセウスという名の若者とアリアドネは迷宮に連れていかれて、中に押し込められました。長身で凛々《りり》しい若者は振り向いて、彼女が糸を巻きつけた紡錘を持っているのを見たとたん、ばかにしたように笑いました。「ここでそんなものがなんの役に立つ？　まあ、あとからゆっくり来ればいい。獣《けだもの》を殺すのはぼくにまかせておくんだな」そう言って、彼は服の下に隠してあった短剣を手に、右に曲がって迷宮の奥へと消えていきました……。

『ミノタウロス』

彼について何を知りたいか？　答えは簡単だ。知りたいのはキャリバンの正体――つまり名前や身元など、リリーの住むこの世界のどこに彼が存在しているのか、その手がかり。だが質問しても、彼に答えられないのはわかっている。そこでリリーは、もっとささやかな情報から集めることにした。

「家族というものがどうあるべきか、よくわかっているみたいね」太陽が地平線に落ちかかると、焼け焦げた木のにおいにもかかわらず、庭園は魔法を帯びた場所になった。金色の光の中で、鳥たちが夕暮れの歌をさえずりはじめる。「あなたには家族がいるの？」

キャリバンはうなずいた。「姉が……いる」

リリーは彼を見あげて、濃く美しいまつげに縁取られた茶色の瞳に微笑んだ。彼が答えてくれたことがうれしい──取りつく島もなく無視されなかったことが。

「いくつ年上なの？」

キャリバンの大きな口の端の片側があがった。「それが同じ……年なんだ」

「双子なのね！」うれしくなって顔がほころんだ。「お名前は？」

彼は静かにかぶりを振った。

でも少しは答えてくれたあとだったので、リリーはがっかりしなかった。

「それならいいわ。お姉さんのことは好き？」

「とても」キャリバンは言葉を探すように、いったん口をつぐんだ。「姉は……この世で一番……大切な人だ」

「まあ、仲よしなのね」

彼が眉をあげる。「それではまるで……わたしが小さな子ども……みたいじゃないか」

「そんなつもりではなかったのよ。ただ、家族を大事に思うのはとてもすてきなことだわ。この世に誰ひとり大事に思う存在のいない男性を、わたしは好きになれないと思う」

「じゃあ、わたしを……好きなのか？」

リリーは指を振ってみせた。そう簡単にわたしの気持ちを聞けると思ったら大間違いだ。

「では、次の質問。出身はロンドン？」前を向いてつないだ手を振りながら、彼女は分かれ道の片方に進んだ。

「違う」

リリーはふくれてみせた。「大きな町？」

「いや」

いらだって目を見開く。「イングランド？」

「そうだ。わたしは……イングランド人だよ」彼は少し譲歩した。「生まれたのは……田舎だ」

「北？　南？」

「南」

「海沿い？」

「違う」キャリバンは愉快そうに彼女をちらりと見た。「畑が……あった。それから、すぐ近くに……池が。姉とわたしは……そこで……泳ぎを覚えた」

「お父さまとお母さまもいたんでしょう？」リリーは焼けた痕跡の残る道に目を落とした。ほとんどの人間は両親のもとで成長する――わたしは違ったけれど。

「ああ……いたよ」彼が穏やかに答える。「ふたりとも、もう……死んでしまったが」

「それはお気の毒に」

キャリバンは肩をすくめた。

休まず質問を続けた。「お父さんが働いてお金を稼ぎ、お母さんが靴下を繕ってくれるような、幸せな子ども時代だったの？」

「そういうのとは……ちょっと違う。充分に幸せ……だったが、母は……病気がちで……父は……」キャリバンは大きく息を吸い、ふうっと吐いた。「父は……頭がどうかしていた」

リリーは足を止めた――少なくとも、止めようとした。

しかし彼に手を引かれて、しかたなく歩き続けた。「そんなに……ひどい状況ではなかった。暴れるようなことはなかったし……姉や……わたし……それから母にも、わざといやがらせをしたりはしなかった。ただ、すぐに興奮した。ときどき……何日も寝ないで……いろいろな計画に没頭していた。どれも……実現にはこぎつけられなかったが。平気で一週間以上も……どこかへ消えてしまうんだ……家族の誰も……行先がわからない。そして帰ってくると……ポケットは空っぽで……疲れきっている。それから寝るんだ……一日じゅう、ときには二週間ベッドから出ない……食事もそこでとった。やがてまた……起きてきたと思ったら……どこかへ行ってしまう」

キャリバンは肩をすくめた。「幼い頃は……よその父親もみな……同じだと思っていた」

リリーは何も言わなかった。言葉を返す必要などない気がした。ふたりは心地よい沈黙に浸って歩いた。太陽が空をさまざまな色あいの紫や黄色やオレンジに染めはじめている。

「お姉さんはお元気なの？」しばらくして、彼女はのんびりとした口調で尋ねた。

「ああ、元気だ」

「会っている？」ちらりと目を向けたが、彼は笑みを浮かべて頭を振っただけだった。答えるつもりはないらしい。「じゃあ、親戚は？　おじさんやおばさん、いとこがいるんじゃない？　大勢いる？」

「大勢ではないが……いることはいる。つきあいは……なかったが。父は正気を失ったせいで……実の父親から疎遠にされ、ほかの家族もそれに従ったんだと思う」また肩をすくめた。

「よく……わからないんだ。子どもの頃、彼らに会ったことは……一度もないから」

リリーはうなずいた。「大人になってからはどうなの？　連絡を取ってみた？」

つないでいるキャリバンの手に力がこもったのは一瞬だったので、質問に対して反応したのかはよくわからなかった。「いや」彼が短く答える。

彼女は大きくため息をつき、別の方向から攻めることにした。「ミスター・ハートと知りあったきっかけは？」

キャリバンがうれしそうに笑う。「エイ——ハートとは若い頃……酒場で……出会ったんだ」

リリーは今度はしっかりと足を止め、彼と向きあった。「いま、なんて言いかけたの？エイ？　それが彼の名前？」

キャリバンはうしろめたそうな顔をした。「彼に……殺される」

「なんですって？」

「誰にも明かしてはいけない……秘密なんだ」

「教えて」

話してくれないだろうと思ったが、キャリバンはリリーを引き寄せ、彼女の両手を組んで胸の上に――心臓のあたりに当てさせた。

「何があっても……絶対にしゃべらないと……約束できるか？」

「ええ」

彼が身をかがめ、耳に口を寄せた。唇が耳に触れる。「ハートは……偽名だ。本名は……エイサ・メークピース」

リリーはさっと体を引いた。驚きのあまり口が開く。「なんですって？」

キャリバンはにやりとして肩をすくめた。「嘘じゃない」

「いったいなぜ偽名なんて」

「おそらく……きみが芸名を使うのと……同じ理由だろう」彼は指先でリリーの鼻を軽く突いた。

彼女は額にしわを寄せた。「スタンプは〝切り株〟という意味で、さえない感じだから変えたのよ。彼にも気のきいた芸名が必要だというの？」

「それなら……同じ理由とは言えないかもしれないな。彼の家族は……劇場の経営に賛成していないんだ」

「まあ、それならわかるわ」リリーは心の底から同意した。「家族って、いろいろと面倒くさいものなのよね」

「そうらしい」キャリバンはため息をついたあと、彼女にキスをした。

ゆっくりと巧みに口を動かしてリリーの唇を押し開き、舌を差し入れて下唇の内側をなぞる。親指を離してV字にした手で彼女の顎をしっかりと支え、口づけを堪能した。

「リリー」ついばむようなキスを繰り返しながら、彼は何度もささやいた。

しゃがれたその声はどこまでもやさしく、彼女への気持ちがあふれていた。自分の名前がこんなにも美しく響くのを、リリーは生まれてはじめて聞いた。

もっとキャリバンに近づきたい。つま先立ちで広い肩に腕を巻きつけるが、思うように体を密着させられない。リリーがじれたような声をもらすと、彼は黙って身をかがめ、彼女のウエストに手を置いた。そしてインディオの小さな船を持ちあげるように軽々と、リリーを傾けた胸の上部にのせた。これなら彼女は、少し顔を下に向ければキスを続けられる。とてつもない腕力を見せつけられて、ふつうなら恐れを抱くべきなのだろう。身を引いて、これ以上の無謀な行動を慎むべきなのかもしれない。

けれどもリリーは、いっそう欲求をかきたてられた。

ボディスに包まれた上半身がたくましい胸に押しつけられ、息を吸うと襟ぐりからのぞく素肌に彼のベストのかたい生地がこすれる。そのたびに切迫感は増していった。

最後に男性と過ごしてから、長い時間が経っている。キャリバンとのあいだに行き交う濃密な感情と情熱に、息を吸うのさえ苦しい。とても自分には制御しきれないと悟り、リリーはわれに返った。

「待って」なんとか声を出して、彼の胸を手のひらで押した。「わたし……」

キャリバンが彼女の口の端を物憂げになめた。ゆったりと誘惑するようなその仕草は、性急に迫られるよりもはるかに危険だった。一瞬小さくうめいてしまったものの、リリーは必死に自分を立て直して体を引いた。

「おろしてちょうだい」できるかぎり厳しい口調で言ったが、息が切れて思うような声にならなかった。

「本当にそうしてほしいのか?」キャリバンがゆっくりと確かめる。高い頬骨の上が両方とも紅潮し、高まる情熱にまぶたが半ば閉じていた。

わたしは本当にそうしてほしいの?「ええ、そうよ」自信のなさを打ち消すように、はっきりと答える。

彼はため息をつき、胸に沿って滑らせるようにリリーをおろした。必要以上に時間をかけて。

「あの……ありがとう」取り澄ました声を出そうとしたが、失敗した。彼女はキャリバンと目を合わせずに視線を泳がせながら、スカートを撫でつけた。「劇場に戻ったほうがいいわ。モードとインディオに夕食用のミートパイを買いに行ってもらっているの。もうすぐ戻るでしょう。もちろん、あなたも一緒に食べていってね」

「喜んで……お招きにあずかるよ」女王からの招待に応じるように、彼は慇懃に応えた。

うなずいて歩きだしたリリーは、庭園のこの部分には一度も来たことがないのに気づいた。

「ここはどこかしら？」

「心臓となる場所だ」キャリバンの声は低くかすれている。「わたしの思い描いている庭園のまさに真ん中……迷路の中心だ」

リリーは思わず体を震わせた。見渡しても、ここは庭園のほかの場所とまるで変わりはない。けれど庭園の心臓も人間のそれと一緒で、一見しただけではどこかわからないのだろう。

「よくわからないわ」

キャリバンはリリーに自分と同じ方向を向かせ、背後から抱き寄せた。両腕を彼女の前におろして手を握る。「ちょうどここに……何かを作ろうと思っている……いま立っている場所だ。噴水か滝……あるいは彫像を置く。恋人たちが座って……口づけを交わすためのベンチも置く。入り口はあそこだ」右のほうを指さした。「そして、ここを取り囲むように迷路を構成する。抱きしめるみたいに」

彼はリリーを抱き寄せたまま手を前に伸ばし、頭の中にある迷路をたどるようにゆっくりとまわった。

「あなたの頭の中には、はっきりとした絵ができているのね」リリーはささやいた。

背後でキャリバンが肩をすくめる。「庭園はすでにこの場所にある……ふさわしい人間が見つけて……息を吹き込んでくれるのを待っているんだ」耳に彼の息がかかった。「見つけさえすれば……迷路は永遠のものとなる」

思わず体が震え、リリーは彼から離れた。振り返って明るい笑顔で言う。

「インディオが、早く夕食にしたくてうずうずしているわ」

キャリバンはうなずいたが、笑顔は返さなかった。「そうだろうな」

「何もかも燃えて瓦礫《がれき》ばかりなのに、どうしてあなたには生き生きとした庭園が見えるのかしら？」劇場へと引き返しながら、リリーは尋ねた。彼に少しでも触れたら火花が散りそうで、慎重に距離を取って歩く。だが肌が敏感になっていて、彼の動きのひとつひとつが気になってしかたがない。

隣でキャリバンが肩をすくめた。「心の目で見えるんだ。すっかり完成した……すばらしい庭園が。だから新しく植物を植えたり動かしたりして……隠れているものを表に出すだけなんだよ」愛情のこもった目で彼女を見つめる。「不思議に思うほどのことじゃない」

彼は何か別のこともほのめかしているのではないかしら？

キャリバンがひどく咳き込んだので、リリーはさっと目を向けた。

「喉の具合はどうなの？」

「痛いよ。だが、予想の範囲内だ……ずいぶん長く使っていなかったからね」

「あなたがまたしゃべれるようになって、本当によかったわ」

ようやく彼が笑みを浮かべ、ほどなく劇場が見えてきた。

ダフォディルが出迎え、続いてインディオも駆け寄ってくる。モードと一緒に大きなパイをふたつ買ってきたから、熱いうちに食べられるように早く手を洗ってきて、とふたりをせついた。

リリーとキャリバンは言われたとおり、水の樽のところへ行って手を洗った。

「ママ」ふたりが座るとすぐにインディオが話しだした。「渡し守のおじさんは歯が二本しかなくて、つばをすごく遠くまで飛ばせるんだよ」

インディオは渡し守の下品な特技について、詳しく説明しはじめた。

これにキャリバンが適度な興味を示して会話が弾んだので、リリーはそのやりとりを聞くだけで満足していた。モードも話に加わり、つばを遠くへ飛ばす技術や渡し守たちには歯が平均何本あるかについて意見を交わしている。

夕食が終わり、モードがインディオに手伝わせて皿を洗いだすまで、リリーはキャリバンとのあいだの緊張した雰囲気を忘れかけていた。

彼はリリーを外に連れ出すと、ドアを静かに閉めた。

「見えるかい?」北極星を指さす。「あと一年か……二年したら、もうこの庭園では……星が楽しめなくなる。明かりが灯され、花火が打ちあげられて、星は見えなくなってしまうんだ」

「じゃあ、いまのうちに自然を楽しんでおかなくちゃいけないのね?」リリーは茶化すようにきいた。

「そうかもしれない」キャリバンは彼女を引き寄せた。「あるいは……いまこうして星を見あげられることを……ただ喜べばいい。この庭園の惨状ではそんな気分になれないかもしれないが、ロンドンでこんなにすばらしい夜空を楽しめる場所は……なかなかない。ふたりきりの贅沢だ」

「わたしたちだけの秘密の世界みたい」

キャリバンが微笑んでキスをしてきたので、彼も同じように感じているのだとリリーにはわかった。ふたりはいま、ほかの人たちとは遠く隔たった世界にいる。まるでアダムとイブだ。この庭園はエデンの園とはまるで違うけれど。

すぐにリリーは、ゆったりとした官能的なキスにすべてを忘れた。キャリバンは大きく口を開けて、貪るように唇を重ねてくる。星のきらめく夜空の下で、彼女と溶けあい、ひとつになろうとしているかのようだ。

ようやく彼が離れたときには、リリーは頭がくらくらして足元がふらついた。地球の軸がほんの少しずれて、世界が傾いたのかもしれない。

「明日……池に浮かぶ秘密の島を……きみに見せたい」暗闇の中をうしろ向きに歩きながら、キャリバンが言った。

「お気に召すまま」声が震え、心の動揺をあらわにした。

彼は庭園へと姿を消し、笑い声だけが残った。

翌朝アポロが目覚めたのは夜明け前だったが、それでも遅すぎたとすぐにわかった。外から人の話し声がする。

「音楽堂にいると彼は言っていた」男の声だ。

鳥が驚いて、さえずりながら飛び去った。

別の男が小声で悪態をついている。

男たちは近くまで――すぐそこまで迫っていた。

アポロは服を着たままでよかったと思いながら、寝床から転がり出て、靴と剪定ナイフを手に取った。彼がねぐらにしている音楽堂の奥の部屋にドアはない。片隅に防水布をテントのように張っているだけだ。彼は裸足のまま、静かに部屋を横切った。

ピンクがかった灰色の朝靄に包まれた庭園を、男たちが忍び寄ってくる。アポロをつかまえるために。

兵士たちだ。間違いない。赤い軍服をまとい、銃剣を装備した銃を持っている。

喉が詰まり、息が吸えなくなった。砂粒の散った大理石の床の上で右のかかとが滑る。不意に襲ってきた恐怖感を、アポロは懸命に押し殺した。右を向くと、手を伸ばせば届く距離に兵士がいた。軍帽の下の顔はまだほんの少年で、おびえたように青い目を見開いている。

兵士が銃剣をかざしたので、アポロは彼を牽制《けんせい》しようと剪定ナイフで攻撃するふりをした。

少年兵は悲鳴をあげ、ナイフをよけるためによろよろとあとずさりした。冷たい朝の大気に彼の吐く息が白い。

「危ない！」仲間の兵士が怒鳴った。

「気をつけろ！」別の声もする。「そいつは前に三人殺しているんだ！」

違う、違う、違う！

いやだ。あそこへは絶対に戻らない。あの病院に戻るくらいなら、自分の喉を切り裂いたほうがましだ。

アポロは走った。

美しい朝の光の中、修復しようと力を注いできた焼け焦げた庭を必死に駆け抜けた。

臆病な新兵がいるくらいだ。逃げきる可能性は充分にある。

11

アリアドネは考え込むようにテーセウスの背中を見送ったあと、女王に渡された紡錘から糸を引き出しながら、左に曲がって迷宮へと入っていきました。

寒くて、物音ひとつしません。人々がこの島を発見したときにはすでにあったと言われている迷宮の壁は、すり減った太古の石で作られています。さえずる鳥の姿はなく、わずかな風もありません。まるで、魔法ですべてが眠らされているような、そんな場所でした……。

『ミノタウロス』

その朝リリーは、劇場のドアをどんどん叩く音に驚いて目が覚めた。ダフォディルが興奮して吠えたてている。彼女は体を起こし、眠い目をこすって部屋を見まわした。

頭を振ると肩掛けを見つけて羽織り、おぼつかない足取りで寝室を出ながら呼びかける。

「誰なの？」

ふつうエドウィンは昼前には起きないが、きっと彼だろうと思ったのに、返ってきたのはまるで違う声だった。

「王の名において命じる。このドアを開けろ！」

リリーは思わず立ち止まり、目を丸くして入り口を見つめた。

ふたたびドアが激しく叩かれ、ダフォディルが狂ったように吠える。

リリーはモードに目を向けた。モードも起きだし、インディオの肩に手を置いて立っている。インディオは興奮すると同時に、少し怖がっているようだ。

「ダフォディルをつかまえて押さえていて」リリーはモードに指示した。「兵士たちに飛びかかったら大変だから」

それから入り口に行ってドアを開け、とびきり魅力的な笑顔を作って迎えた。

「なんでしょう？」

外にいたのは将校だった。部分的に使われた白が小粋な赤い上着にブリーチとベストという軍服姿だが、無精ひげが伸びている。彼はリリーを見ると、驚いたように目を見開いた。

「ここに男が逃げてきませんでしたか？　大柄な男です」将校が尋ねる。

なんてこと。この人たちはキャリバンを探しているんだわ。インディオが余計なことを言いませんように、とリリーは祈った。

「いいえ、まさか」何もわからず当惑しているふりをして答える。「あなた方がいらっしゃるまで寝ていましたわ、少佐」

将校がさっと顔を赤らめた。「少佐ではなくグリーン軍曹です、マダム。われわれの探している男が隠れていないか、あなたの……家の中を確認させていただかなくてはなりません」

「ここは劇場ですわ、グリーン軍曹」リリーはドアを大きく開いた。「もちろん国王陛下の任務を遂行するみなさんには、納得のいくまで見ていただいて結構です」

軍曹が短くうなずくと軍服姿の兵士が三人入ってきて、モードが磨きあげた床に泥を落とした。

モードはぐっと口を引き結んだが、何も言わなかった。

「お茶をお出ししましょうか、軍曹?」リリーは尋ねた。

「ご親切にどうも、マダム。ですが時間がありません」グリーン軍曹が答えているあいだにも部下たちは彼女の寝室に入り、いったいどういうつもりなのかベッドの上掛けの下を探っている。「この……劇場に、ほかに住んでいる人間はいますか?」

「わたしと家政婦、それに息子だけです」リリーはモードとインディオを示した。ダフォディルがすかさず軍曹に向かってうなり、モードの腕の中から逃れようと身をよじった。

「そのようですね」グリーン軍曹が犬に目をやって顔をしかめる。「名前をお聞かせ願えますか……?」

「ミス・ロビン・グッドフェローと申します」リリーはできるかぎり神妙に言った。

兵士がひとり、びっくりしたようにつまずいた。

軍曹は感じ入った表情になった。「あの女優の?」

「わたしをご存じですの、軍曹?」目を丸くして驚きを装い、胸に手を当てる。「なんてうれしいことでしょう」

「出演なさっている舞台を見たことがあります。あなたは、その、ええと……」軍曹は真っ赤になって声を低くした。「ブリーチ姿でした。すばらしい演技でしたよ、マダム。とても」

「まあ、ありがとうございます」リリーは礼を述べたあと、とまどっているふりをした。

「ところでみなさんは誰を探しておられるのかしら?」

「非常に危険な犯罪者です」グリーン軍曹が険しい顔になる。「劇場の中にはほかにも部屋がありますか、マダム?」

「ないと言っていいと思いますわ。舞台裏の一部が焼け残っていますけれど、安全ではないということでふさがれていますから」

もちろん軍曹はドアを封鎖している板を取り払うように命じ、兵士がふたりそこを抜けていった。残るひとりはモードの収納箱を開けて中を調べている。そんな場所を調べる意味がリリーにはわからなかった。収納箱は人が隠れられるほど大きくない。ましてや大柄なキャリバンは絶対に無理だ。

リリーは心配でたまらない気持ちを必死で抑えた。家の中に入ってきた兵士たち以外に、庭を捜索している者もいるのかもしれない。あるいは、この四人だけなのだろうか? なんとかキャリバンに警告しなければ……。

けれど、こんな騒ぎになっているのだから、彼にもきっと聞こえているはずだ。

しばらくして大きな音がしたかと思うと、危険な舞台裏に入っていった兵士たちが悪態をつく声が聞こえた。恥ずかしそうに戻ってきた彼らはすすだらけで、ひとりは脚を引きずっている。

リリーは笑みを浮かべ、内心の焦りを押し殺した。彼らを早く追い出したいと思っているのは悟られてはいけない。「もうよろしいかしら、軍曹？　そろそろ息子に朝食を用意してやらないと」

「お手間を取らせました、ミス・グッドフェロー。大男が庭に潜んでいるのを見つけたら、すぐにご一報ください」

「必ずそうします」リリーは怖くてたまらないというふうに声を震わせた。「その男は何をしたんですの？」

「殺人です、マダム」グリーン軍曹が厳しい声で答える。「キルボーン子爵は九カ月前に〈ベドラム精神病院〉から逃亡しました。精神に異常をきたして理由もなく友人三人を残忍に殺害したため、そこに収容されていたのです」

リリーは軍曹を見つめた。衝撃のあまり言葉が出ず、頭がまったく働かない。

その反応を見て、相手は満足したようだった。「息子さんや家政婦の方ともども、くれぐれもお気をつけください。キルボーンは野獣も同然です。顔を合わせでもしたら、その瞬間にあなたを殺すでしょう」

最後にお辞儀をすると、軍曹は部下を引き連れて出ていった。

急に静かになった部屋の中でリリーは黙って振り返り、モードと目を合わせた。

「信じられないわ」

「でも、まだ九時よ」眠気の残る顔で抗議する金髪の女性を、エイサ・メークピースは急いで玄関から押し出した。女性の半分しか結いあげていない髪から、青いリボンが垂れさがっている。「あなたとベッドでもう少しゆっくりしてから帰ろうと思っていたのに」

「そうしよう——この次は」エイサは身をかがめて、女性の耳に何やら親密な言葉をささやいた。

アポロは注意深く彼らに背を向け、紙の束の上にふたを開けたまま無造作に放置してあるマジパン菓子の箱を見つめた。オレンジとレモンをかたどった菓子だ。エイサが愛人にささやく睦言《むつごと》など聞きたくないし、女性に顔を見られたくもなかった。

ここまでたどりつくのに何時間も費やした。兵士たちから逃れたあと、尾行されないように慎重を期したのだ。着いてからも、追手がこの家を割り出して踏み込んでこないか確認するため、しばらく外で身を潜めていた。結局誰も現れなかったところを見ると、時間がかかっているか、エイサとの関係を当局がつかんでいないか、どちらかなのだろう。

いずれにせよ、ここに長くとどまるわけにはいかない。

女性が出ていくと、エイサはいつになく真剣な面持ちでアポロを振り返った。

「まったく、きみというやつは。いったいいつ、またしゃべれるようになったんだ？」

た。

「ほんの二、三日前だ」アポロはいらいらしながら返した。

「おれには誰も何も教えてくれない」エイサは文句を言うと、部屋を横切って暖炉に向かった。

「しゃべれるようになったから……ここへ来たわけじゃない」

「じゃあ、何をしに来た？」

「兵士が庭園にやってきた……一〇人以上はいた」アポロは散らかった部屋の中を行ったり来たりした。「やつらはわたしの正体や……ねぐらにしている場所まで知っていた」

「誰かが裏切ったんだな」エイサは火を掻《か》きたて、ケトルに水を入れて暖炉の中のかぎに引っかけた。「それなら、とりあえずここにいれば――」

「だめだ……ここにはいられない」エイサの収集品に新たに加わった機械仕掛けのメンドリを、アポロはぼんやりと眺めた。メンドリの横についているねじを巻けば、卵かヒヨコが出てくるのだろう。いったいどこでこんなものを見つけてくるんだ？「庭園でさえばれたのなら……きみとのつながりが探り出されるのも……時間の問題だ。この街を出なければ」

リリーを残して。そう考えながら、アポロは機械仕掛けのメンドリのガラスの目をうつろに見つめた。いつかまた彼女に会える日が来るだろうか？　あの好奇心旺盛な緑の瞳や、ふっくらとしたピンクの唇を二度と見られないかもしれない。そもそも、わたしが兵士に追われている理由を知ったら、彼女はこちらの顔も見たくないと思うことだってありうる。絶望感に襲われ、アポロはもどかしさのあまり両手を髪に突っ込んだ。

「庭園はどうすればいいんだ?」エイサが脱力したように椅子に腰をおろした。それで本が何冊か床に滑り落ちたが、気にも留めていない。「ちくしょう、アポロ。あの庭の設計をまかせられるやつはほかにいない。ちゃんと完成させられるのはきみだけなんだ。このままでは、四角い生垣を並べた平凡でつまらない幾何学模様の庭になってしまう」

アポロはうめいた。「指示をメモに書くから……あとを引き継ぐ人間に渡してくれ」崩れ落ちるようにベッドの上に座る——座れそうな場所はそこだけだった。庭園は彼にとって喜びそのものだった。〈ベドラム精神病院〉で四年間も悲惨な日々を過ごしたアポロにとって、自らの設計で美しくよみがえりつつある庭園はかけがえのない場所だったのだ。それなのに、あそこも手放さなくてはならない。そのときあることを思い出して、彼は打ちのめされた。

「ノートを置いてきてしまった。靴と……ナイフしか……持ち出す時間がなかったんだ」

「やれやれ！」

「だいたいは……覚えている」アポロは肩をすくめた。ため息をつき、頭をうしろに投げ出す。庭園の設計は思い出せるが、ノートには〈ベドラム精神病院〉を出てから人と話したことや考えたこと、感じたことをすべて書き留めてある。それを失うのは身を切られるようにつらかった。

さらに別の考えが浮かんで、新たな絶望に目を閉じた。「庭園にはリリーがいる。しつこく尋問……されるだろうか？　兵士たちに」

「ほう、リリーか」エイサが見当違いの部分に食いついた。

「エイサ」アポロはうなるように友の名を呼んだ。

友人はため息をついた。「いや、やつらは彼女がきみと知りあいだとは知る由もない、そうだろう？」

急に疲労感に襲われ、アポロは肩を落とした。「彼女の兄が……昨日あそこに来た。妹に対する態度がひどかったから……そいつをつまみ出した」

「つまみ出した、ね」エイサが慎重に繰り返す。

「文字どおりそうしたわけじゃない」即座に言い返したが、エドウィンが地面に尻もちをついたのを思い出して譲歩した。「まあ……ちょっとは手荒くしたかな。だが、けがはさせていない……やつは少し悪態をついていたが」

「そしてどうやら当局に垂れ込んだというわけだ」エイサが冷静に指摘した。ケトルの水が沸騰しはじめたので、あわてて立ちあがる。「ほかにきみがあそこにいると知っていた人間はいないんだろう？」

アポロは指を立てて数えた。「わたしの姉……それからもちろん、くそ公爵閣下——それにきみだ。あとはモンゴメリーとジョナサン・トレビロン」

エイサはケトルを手に取ったが、ののしりながらあわてて置いた。どうやら取っ手が焼けていて、指をやけどしたらしい。「トレビロンというのは誰なんだ？」

アポロは目をあげた。「わたしを逮捕した……男だ。事件の翌朝に」

「そんなやつに居場所がばれていたのに、いままでおれに知らせようとは思わなかったのか？」エイサは怒りに目を見開いた。「当然そいつだろう、きみを裏切ったのは！」

友人の言葉が終わる前に、アポロはかぶりを振っていた。「違う……わたしを逮捕したのは間違いだったと……彼はすでに認めていた。真犯人を探すのを手助けすると……誓ってくれたんだ」

「口ではなんとでも言えるさ」エイサは怒りにまかせて、茶葉を量りもせずに缶から直接ティーポットに振り入れた。「どれだけお人よしなんだ」

「お人よしなんかじゃない」うなるように言い返す。

「当局に知らせるまで、きみを油断させただけじゃないか」

「彼とは昨日会ったばかりだ」

「ほら見ろ！」エイサはティーポットに湯を注ぎ、ケトルを暖炉の中の横棚に乱暴に置いた。ケトルからしずくが飛んで炉床に落ち、じゅっと音をたてて蒸発する。「やつにだまされたのさ、アポロ」

「違う――」

ドアを叩く音がして、ふたりは口をつぐんだ。アポロはエイサと視線を交わし、腰のベルトにつるしてある剪定ナイフを手に取った。

〈ベドラム精神病院〉に戻るつもりはない。

アポロはエイサが開けたドアのうしろに隠れた。

「ミスター・ハート？」聞き覚えのある声だったので顔を出してのぞくと、トレビロンが杖にもたれて廊下に立っていた。

「中に入ってくれ」アポロは小声で招き入れた。

「どういうつもりだ?」トレビロンが脚を引きずりながら入ってくると、エイサが怒りの声をあげた。「こいつは誰だ?」

「トレビロンさ。さっき話した……男だ」

エイサは見るからに激怒している。「きみのことを垂れ込んだ男か!」

「わたしではない」トレビロンが即座に否定した。

「ほう?」エイサは顔を突き出して、あざ笑うように口をゆがめた。「では、教えてもらえるかな? なぜきみはここにいる? アポロがハート家の庭園から命からがら逃げ出して、まだ何時間も経っていないんだぞ。おれは今朝はじめてきみの名前を聞いた。それなのに、ここを知っているのはなぜだ?」

「きみがわたしの名を聞いたことがなかったのは、わたしのせいではない」トレビロンは唇をゆがめて言い返した。

アポロは頭を壁に打ちつけたくなった。当然ながら、トレビロンは説明などせずに挑発的な態度を取り続けるだろう。けれども大尉の次の言葉を聞いて、彼は自分の考え違いに気づいた。

「最初の質問についてだが、四年前キルボーン卿を逮捕したときに部下だった男が訪ねてきた。今朝兵士たちがハート家の庭園に踏み込んだがつかまえられなかったらしいと、彼が教えてくれたんだよ。ここへ来たのは、きみがキルボーン卿の行方を知っているかもしれないと思ったからだ」トレビロンは満足げな目をアポロに向けた。「勘が当たったようだな」

「もう一度、彼を逮捕するつもりだろう！」エイサが怒鳴る。

「そのつもりなら、いまごろ彼はすでに鉄格子の向こうだ」トレビロンは険しい口調で言い返した。

そのとき入り口のドアが開いて、モンゴメリー公爵が入ってきた。まるで午後の音楽会を訪ねてきたような気安さだ。

「間の悪いときに来てしまったかな？」口調ものんびりしている。

「いや。だが招かれてもいないのに、おれの部屋に勝手に入ってくるな」エイサがとがめた。

「そうはいっても、招待されるまで待っているなんて退屈だ。招かれたいときほど誘われないものだからな。そんな堅苦しいものは無視するにかぎる」ため息をついて、公爵は物憂げに続けた。「ところで、このむさくるしい部屋には客が座る場所もないのか？」

「招待された客はベッドに座っていい」エイサが言い返す。「招待されていない客は――」

「なんのためにここへ……公爵？」友人が事を荒立てる前に、アポロはあわてて口をはさんだ。

モンゴメリーがゆっくりと彼のほうを向いた。「声を取り戻したんだな、キルボーン卿」

アポロはいらいらとうなずいた。

「それは興味深い」公爵は、はじめて目にする異国の動物のようにアポロを見た。

「質問に……答えていない」

モンゴメリーが優美な両手を広げる。「きみが困っていると聞いて助けに来たのだよ」

「わたしを……助けに？」淡々と尋ねた。

「きみはわたしの夢の庭園の設計を担当している人間だからな」

「おれの庭園だ」エイサが訂正する。

モンゴメリーは愉快そうにエイサを見たが、そのままアポロと話し続けた。

「きみを助ければわたしも得をする。それが悪いとは思わない」

「そうだろうな」アポロはつぶやいた。

「キルボーン卿が苦境にあることをどうやって知ったのか、お聞かせ願えますか、閣下？」

トレビロンが静かに尋ねた。

「いや、まあ……」モンゴメリーは言葉を濁し、身をかがめて機械仕掛けのメンドリを眺めた。「そういう噂は耳に入るものだ」

「それはたいてい金を払って情報を集めている場合です」トレビロンはそっけない。

「情報は役に立つからな」公爵は体を起こして愛想よく微笑んだ。「さて、挨拶も終わったことだし、キルボーン卿が早く庭園の仕事に戻れるよう、無実を証明する方法を話しあおうじゃないか。わたしの庭園は来年の春には必ず開業させたい。だが、今回のちょっとした問題で何カ月も遅れかねない状況だ。それでは困る」とても受け入れられないというように顔をしかめる。

「わたしの庭園だと？」エイサは文句を言ったが、気持ちはすでにより重要な事柄に移っていて、最初の勢いは失せていた。熱い湯の入ったティーポットを持って、あとから来たふたりに指示する。「では、トレビロンはそこに座れ」自分が立った椅子を指さしてから、次にその指をモンゴメリーに向ける。「あんたは座りたければベッドに座るといい。で、お茶が欲しいやつは？」

すぐに、紅茶など似合わない男たちの手に湯気の立つティーカップが行き渡った。これほど奇妙なお茶会ははじめてだ、とアポロは思った。

「では、はじめよう」エイサは音をたてて紅茶をすすったが、公爵へのいやがらせだとアポロは察した。しかも優美な金箔《きんぱく》張りの砂糖壺から景気よく中身を流し込んでいたので、その紅茶は糖蜜のように甘ったるいはずだ。「聞かせてもらうぞ、あんたのすばらしい計画を」

モンゴメリーは警戒するように紅茶のにおいをかいでから、ほんの少しだけ上品に口に含んだ。すぐに眉をつりあげ、あわてて本や新聞の山の上にカップを置く。「どう考えても、真犯人を見つけ出すのが最優先だな」

「どう考えてもそうだ」エイサがわざとらしい口調で返す。

公爵は無視した。「トレビロン大尉がいるところを見ると、すでに調べはじめているんだろう？」

アポロはトレビロンと視線を交わしてうなずいた。

「ええ、閣下。すでに調査をはじめています」トレビロンは咳払いをした。「どうやらキルボーン卿のおじのウィリアム・グリーブズは、父親である伯爵から借金をしているようです」

それを聞いて、ティーカップをもてあそんでいたモンゴメリーが目をあげた。

「よくやった！　充分に動機のある真犯人候補というわけだな。あとは当局に名前を教えて、手がかりをほのめかせば――」

「どんな手がかりだ！」エイサが怒鳴る。「アポロのおじが犯人だというたしかな証拠は何もないんだぞ！」

「証拠なんてものは簡単に作れる」公爵はこともなげにそう言うと、マジパン製のオレンジを紅茶に落とした。それが沈んでいくさまを興味深げに観察している。

一同はあっけにとられ、部屋が静まり返った。

妙な雰囲気に気づいて、モンゴメリーが顔をあげた。青い目を無邪気に見開く。

「何か問題でも？」

幸い、答えたのはトレビロンだった。「証拠の捏造《ねつぞう》はいただけません、閣下。ちゃんとした証拠を見つける必要があります」静かだが、断固とした意志がこもった口調だ。

「なんだ、面倒だな！」公爵は一瞬口をとがらせたあと、驚くほど狡猾な表情を浮かべた。

「わたしのやり方のほうがずっと手間がかからないのは、きみたちもわかっているだろう？」

「まったく、信じられないやつだ！」我慢できなくなったエイサがわめきだしたので、押さえつけて止めなければならないかとアポロははらはらした。「偽の証拠で人を絞首刑にするつもりか？」

「そう善人ぶるな、ミスター・ハート。きみだって、そいつが有罪だと思っているんじゃないのか？　証拠集めなど、自分の良心をなだめるためだけのものだ。どちらにしても結果は変わらない。そいつは逮捕され、キルボーン卿は精神病院に戻らなくてすむ」

「とにかく、閣下」トレビロンの穏やかだが威厳のある声に、言い争っていた男たちは振り返った。「わたしたちのやり方でやらせてもらいます」

軍人と貴族は一瞬にらみあった。

モンゴメリーが突然ティーカップをひっくり返して、積み重なった紙の上に紅茶をこぼした。「それならしかたないな」不機嫌な声でしぶしぶ譲歩する。あとで読もうと思っていた新聞を濡らされたエイサが怒っていても、どこ吹く風だ。「きみたちに従わざるをえない。では、全員でバース郊外にあるウィリアム・グリーブズの屋敷へ行って、農夫の妻がニワトリの卵を探すように証拠集めにいそしむとするか」

一同は彼を見つめた。

「なんだと？」

トレビロンが咳払いをして止めようとしたが、新聞を濡らされたエイサはかまわず先を続けた。「どうやってグリーブズの屋敷に忍び込めというんだ？　いきなり四人もの男が侵入して屋敷の中を歩きまわったら、やつだって当然気づくだろう」

「いや、平気だ」モンゴメリーが得意げに言う。「約二週間後に、やつは田舎の屋敷《カントリーハウス》で特注の劇を目玉にしたパーティーを催す。もちろんわたしは招待されているから、親友のミスター・スミスと一緒に参加するつもりだ。なんの問題もない」彼はアポロに目を向けた。

「問題ないわけないだろう！　グリーブズはアポロを見るなり逮捕させるに決まっている」エイサが反論する。

「いや、うまくいくかもしれない」アポロは考え込みながら口をはさんだ。「わたしはおじに……会ったことがない」

エイサが裏切られたような顔で振り返る。「なんだって？　一度も？」

アポロは肩をすくめた。「赤ん坊のときに……会っているかもしれない。だが、物心ついてからは……おじにもその家族にも会った記憶はないんだ。おそらくおじは……わたしにまったく見覚えがないだろう」彼は静かに紅茶を飲んで、トレビロンを見た。「レディ・フィービーが……そのハウスパーティーに招待されるよう手をまわせるか？」

「無理だ。彼女の兄は、家族が主催する社交行事以外には妹を参加させたがらない。例外はほとんどない」トレビロンはそこで言葉を切り、考え直した。「たしかウェークフィールド公爵もバースに屋敷を持っていたな。レディ・フィービーを湯治に行かせることを勧めるのは、さほど難しくないだろう。バースにさえ行けば、芝居好きな彼女がひと晩だけ個人宅での公演を見に行くというのも可能かもしれない。うまく持ちかけてみよう」

モンゴメリーが手を叩いた。「では、うまくいきそうだな。あとは、二週間のうちに解決しておかなければならないことはひとつだけだ」

「それはいったいなんだ？」エイサがいやみをこめて尋ねる。

公爵に明るいブルーの目を向けられて、アポロはひどくいやな予感がした。

「もちろん、キルボーン卿を貴族らしく磨き直すことさ」

12

　アリアドネは迷宮の曲がりくねった道を、何日ものあいだ昼も夜も歩き続けました。母親が服の中に潜ませてくれたパンとチーズで空腹を満たし、夜には岩の隙間にたまった水で渇きを癒しました。ときおり動物の吠える声や人の叫び声が聞こえてくる以外は、迷宮のかたい地面に靴がこすれる音しかしません。三日目、彼女は最初の骨を見つけました……。

『ミノタウロス』

　二週間後、ウィリアム・グリーブズのカントリーハウスに到着したリリーは、灰色の石造りの建物の正面を見あげていた。こんなとき、いつもなら高揚した気分になっているはずだった。

　久しぶりに舞台に立てるのだし、脚本は彼女自身が書いたものだ。死ぬほど苦労して『ウェイストレルの改心』を期日どおり書きあげ、割りきれない思いを抑えながらエドウィンに送った。なんといっても兄はすでに買い手を確保しているわけで、ふたりともすぐに金が必要だったからだ。

　モンゴメリー公爵にほかの役者たちと引きあわされ、演目が自分の書きあげた脚本だとわかっても、それほど驚きはなかった。脚本の依頼主であるウィリアム・グリーブズはモンゴメリー公爵の友人で、リリーは主役のセシリー・ウェイストレルを演じる。これは男装した女性の役なので、彼女が演じることになるのは充分に予想できた。

なかなかすばらしいなりゆきと言えるだろう。いつもだったら、舞台もパーティーも楽しみでしかたなかったに違いない。

　けれどもいまは、憂鬱な気分を振り払えない。キャリバン——キルボーン子爵——はなんとか逃げおおせたようだが、行方は杳《よう》として知れない。リリーが脚本を仕上げるのに必死だった一週間、インディオはキャリバンが消えたのを悲しんでふらふらと庭を歩きまわり、母親をひどく心配させた。自分の警告が正しかったと勝ち誇っていいはずのモードでさえ、この件に関しては何も言わずに沈黙を守った。兵士たちが踏み込んできた日の午後、リリーはかつての音楽堂に忍んでいって、キャリバンのみすぼらしい隠れ家を目にした。そこにはわずかな着替えとパンの残り、それにノートが残されていた。リリーは思い出代わりにノートを持ち帰ったが、彼との関係はいったいなんだったのか、自分の中でもまだ整理できていなかった。

　だからグリーブズのカントリーハウスの玄関をくぐりながら、リリーは努めて明るくふるまわなければならなかった。中に入ると、古い屋敷の部屋はどれも狭くて薄暗い。舞台はどこに設置すればいいのか心配になり、彼女はあたりを見まわした。

「ああ、われらが役者ご一行の到着だ」ミスター・ウィリアム・グリーブズが大げさに出迎えた。六〇代とおぼしき彼は若い頃は美男子だったのだろうが、いまは全体に陰鬱な雰囲気をまとい、過度の飲酒と美食のせいで二重顎が垂れさがって、目のまわりがむくんでいる。「あなたはきっと、ミス・グッドフェローでしょうな？」

リリーは膝を折ってお辞儀をした。「ご慧眼《けいがん》、恐れ入ります」うしろにいる役者たちを紹介するため、両腕をさっと広げる。「こちらはミスター・スタンフォード・ヒュームでございます」年配の赤ら顔の役者は、ぎくしゃくとお辞儀をした。哀れなスタンフォードは腰痛に悩まされている。「こちらはミス・モル・ベネット」モルは深くお辞儀をして、ミスター・グリーブズの目を豊かな胸に引きつけた。「そしてミスター・ジョン・ハンプステッド」ジョンはにやりと笑い、大げさにお辞儀をした。長身でやせている彼は、恋人の性別にはこだわらない。

この四人が中心的な役者で、あとは端役を演じる役者たちも別にいた。

「これはこれは、わが屋敷へようこそ」ミスター・グリーブズは鷹揚《おうよう》に歓迎したが、その印象を裏切るようにすぐに細かな指示をはじめた。「執事がすでに部屋を用意させていると思う。夕食はぜひ一緒にとってほしい。きっと座が盛りあがるだろう。ああ、息子とその妻が来た。それでは失礼させてもらうよ」

あとをまかされた執事は、ご多分にもれず、役者などという人種を見下していた。

「レイク」彼が指を鳴らすと、従僕がひとり進み出た。「この者たちを部屋に案内してくれ」

「ご苦労だったね、きみ」ジョンが執事にわざと気安く呼びかけた。

一同はぞろぞろと従僕のレイクのあとをついていった。

「それでも、屋敷の中に入れてもらえただけいいわ」階段をのぼりながら、モルが冷静な意見を述べた。「この前、個人のお屋敷で舞台をやったときは、馬小屋で寝起きさせられそうになったのよ。信じられる？　絶対にいやですと言ってやったわ。少なくともメイドにあてがっている程度の部屋を屋敷の中に用意してもらえないのなら、ロンドンに戻って次の舞台を探すと言い張ったの。彼らはしぶったけど、ちゃんと要求は通したわ。あれはケンブリッジシャーで『リチャード二世』をやったときだったわよね、スタンフォード？」

「ああ、そうだった」スタンフォードが朗々と響く声で答える。「あれほど気のめいる舞台は、ほかになかったな」

「あの人たち、何を考えていたんでしょうね」モルが同意する。「自宅のパーティーで歴史劇を演じさせるなんて、ありえないでしょう？」

執事と違って一座に畏敬の念を抱いている様子の従僕は、男性用と女性用に分けて用意された部屋にそれぞれを案内した。モルの経験を聞いて、どんな部屋かとリリーは心配になっていたが、廊下の一番奥という以外はなかなかよさそうだった。

「どんな部屋でも馬小屋よりはましよ」モルは明るくしゃべりながら、クローゼットをのぞいた。「ベッドは一緒に使えということみたいね」天蓋付きベッドのほうに顎をしゃくる。

「わたしはいびきをかかないから、不都合はないはずよ。身づくろいをしたら、階下《した》におりたほうがよさそうね。今夜もお客たちを楽しませなくちゃならないみたいだから」

よくあることだ、とリリーは考えた。自宅で演じさせるために雇った役者たちに、主催者はパーティーを盛りあげる役も期待する。彼女はモルと交代で水を使い、ほこりっぽくなっていた旅行着を着替えた。

ふたりとも、一時間足らずで身支度を終えた。モルは茶色と藤色のドレス。リリーはお気に入りの真紅のドレスで、襟ぐりは四角で深く、身頃と袖にひだ飾りがついている。

「それではまいりましょうか」モルがふざけて大仰に言い、ふたりが廊下に出ると、ジョンとスタンフォードはすでに待っていた。

「ご婦人方」ジョンが滑稽なほど優雅にお辞儀をする。

「間抜けなやつめ」スタンフォードがつぶやき、モルに腕を差し出した。

そこでリリーは、ジョンの腕を取って階段をおりた。モルとジョンとは以前にも仕事をしたことがある。年配のスタンフォードのほうが物静かだが、実は頭が切れるといまではわかっていた。こんなやりとりも、ほかのときなら心から楽しんだに違いない。カントリーハウス、パーティー、ほがらかな仲間たち、これから一週間のおいしい食事といったことも。

でも今夜は、パーティーが耐え忍ぶべき義務としか思えない。

キャリバンはいま、どうしているの？

一階の大広間に入ると、リリーは室内をぐるりと見まわし、舞台を設置するために広さを見積もった。遠い端に窓がふたつあるだけの部屋で、採光が充分とは言えないが、どうせ公演を行うのは夜だ。ろうそくを何十本か灯せば問題はないだろう。

スタンフォードを振り返ると彼がウィンクをしたので、同じことを考えていたのだとわかった。

やがて主催者とほかの客たちが入ってきた。

先頭は息子のミスター・ジョージ・グリーブズとその夫人だ。主催者はやもめなので、息子の妻がパーティーの企画に関わっているのだろうとリリーは推測していた。三〇代の地味で物静かな女性だが、紹介されたとき、目に知的な光をたたえているのがわかった。それとは対照的に、彼女の夫は舞台向きのよく通る声をしていた。がっしりとした大柄な男で、父親が年齢とともに失ってしまった容貌のよさを保っている。

そのうしろにいる少し年下のフィリップ・ワーナー夫妻は新婚で、見るからに相思相愛という感じだ。そろってきれいなバターイエローの髪を持つふたりは人目を引く組みあわせで、さぞかし美しい子どもが生まれるだろうとリリーは考えずにいられなかった。

ミス・ヒッポリタ・ロイルは父親のサー・ジョージ・ロイルと連れ立って参加していた。父親はインドで財をなした功績でナイトに叙された人物で、浅黒い肌の美人である娘は年老いつつある父親が大好きでたまらない様子だった。

パーティーには、ミス・ロイル以外に独身女性があとふたり参加していた。いかにも噂好きらしい気配を漂わせた未亡人のミセス・ジェレットと、裕福でなかなかの美人である準男爵未亡人のレディ・ヘリックだ。

今回の客は女性が多いとリリーが思っているところへ、主催者のひときわ大きな声がした。

「おお、閣下、よくおいでくださいました！」

振り向いた彼女の目に飛び込んできたのは、モンゴメリー公爵とマルコム・マクレイシュだった。

そしてキャリバンも。

ただし、彼はもうキャリバンではなかった。以前の彼とは違う。髪をきちんとうしろで束ね、金と深紅の糸でびっしりと刺繡を施した青の上下にクリーム色のベストを合わせた男性は、どこから見ても貴族のキルボーン子爵だった。

リリーは真っ白で誘惑的な胸のふくらみを強調する真紅のドレスを着ていた。

アポロは眉間をがつんと殴られたような気がした。

「ミス・グッドフェローがここに来るなんて、ひと言も言わなかったじゃないか」モンゴメリーの耳に非難の言葉をささやく。

「そうだったかな？　なぜ気にするんだ？　きみにとってそんなに重要なことか？」

アポロにとってリリーが同じパーティーに参加するかどうかは〝重要〟だと、この男はよく承知しているのだ。パーティーに出るための準備に費やしたこの二週間、アポロはモンゴメリーとかなり長い時間をともにしなければならなかった。公爵は恐ろしく頭が切れると同時にひどく自分勝手で、他人の苦境を面白がるゆがんだユーモアの感覚を持っている。カブトムシとイモムシを戦わせて楽しむ少年のようなものだ。ただし彼は、少年に比べてはるかに強大な力を備えていた。

だからモンゴメリーがリリーについて何も言わなかったのは、単に面白がってそうしたのか、もっと陰湿な意図からなのかはわからなかった。

だが、いまは公爵の動機などどうでもいい。

リリーと最後に会ってから二週間以上経っている——そのあいだ毎晩、彼女がどうしているか、何をしているのか考えながらベッドに入り、朝は彼女の姿を思い浮かべながら目覚めた。

振り向いてアポロを見つけると、リリーは緑の目をわずかに見開いたが、すぐに驚きを押し隠して明るい社交用の笑みを浮かべた。彼女にそんな表情を向けられるのはつらかった。おじのウィリアム・グリーブズが一同を引きあわせるあいだ、アポロはリリーから目を離さなかった。

「ミスター・スミス」彼女はかすれた声で言い、膝を折ってお辞儀をした。アポロたちは、パーティーのあいだこの間抜けな偽名で通そうと決めたのだ。

彼は自分を抑えられなかった。二週間も離れていたので、リリーにどう思われているのか自信がなくなっていた。憎まれているかもしれないし、あるいは残忍な殺人鬼だと思われていてもおかしくない。

リリーの指先を取り、身をかがめてお辞儀をする。少年の頃に学び、この二週間でふたたび身につけた仕草だ。「ミス・グッドフェロー」

挨拶の際には実際に口はつけず、女性の手から少し浮いた場所にキスをするのがふつうだ。だがアポロは彼女の手の甲の関節に、軽いけれども確実に唇をつけた。庭園で育んだ関係を思い出させるために。

身を起こすとリリーの顔に一瞬いらだちのようなものが見えて、彼は満足した。いらだちやあからさまな憎しみのほうが、無関心よりはいい。そのあとふたりはすぐに離れ、別の客たちに紹介された。

「なかなか面白い場面だったな」モンゴメリーが従僕からワインのグラスを受け取りながら、うれしそうに言った。

「いつか誰かに寝込みを襲われるぞ」アポロはやり返し、彼にも近寄ってきた従僕を退けた。今夜は頭をはっきりさせておきたい。

「そいつがわたしの仕掛けた罠を突破できればな」公爵がうわの空な様子で応える。

冗談なのかもしれないが、モンゴメリーなら寝室にいくつも罠を仕掛けていても不思議ではない。この男は東洋の君主のようだ。

「なぜぼくを連れてきたんです？」マルコム・マクレイシュが突然いらだった声をあげた。

スコットランド出身の青年は、いつもは愛想のいい顔を不機嫌そうにゆがめている。今夜モンゴメリーがおもちゃにしている虫は自分だけではないのかもしれないと、このときはじめてアポロは気がついた。

「きみに自分の務めを思い出させるためかもしれないな」公爵が答える。「それにもちろん、楽しむためさ」

問題は、〝楽しむ〟のは誰かということだ。やはりモンゴメリーだろう。

アポロは庭園への出資者からウィリアム・グリーブズに目を移した。そもそも、ここに来たのは彼を探るためだ。平凡な外見に、やや尊大な態度。口元に性格の弱さが表れているが、甥を陥れるためだけに三人もの人間を無慈悲に殺す命令を下せるような男だろうか？　無理な気がするが、彼ではないとするとほかに誰がいるだろう？

おじを見ても自分と似ている部分は見当たらない。だが、いとこのジョージは違う。アポロと同じく大柄で身長は一八〇センチ以上、髪は茶色く、がっしりとした肩をしている。顔はアポロより整っているものの、横目で見ても充分に類似性が見て取れる。こんなに似ている気がするのはなぜか最初は不思議だったが、身のこなしが似ているのだとわかって腑《ふ》に落ちた。

しかめっ面で考え込んでいると、モンゴメリーに邪魔された。「頼むから、悲劇の主人公みたいな顔はやめてくれ。パーティーなんだぞ」彼はそう言うと、美人なだけでなく裕福でもあるレディ・ヘリックのほうへぶらぶらと向かった。

いかにもモンゴメリーの好みそうな女性だと、アポロは苦々しく考えた。やれやれ、気の毒なご婦人だ。

「もう気づいているかもしれませんが、彼は人を蒐集《しゅうしゅう》するのが趣味なんです」マクレイシュが話しかけてきた。「クモがハエを集めるように罠を仕掛けて絹糸で縛り、利用するときが来るまでとらえておく」アポロに向けた建築家の目は、まだ若いのにひどく冷めている。「彼はあなたのこともつかまえているのかな?」

「いや」アポロは否定しながら、ふたたびリリーを見ていた。彼女はフィリップ・ワーナーの言葉にのけぞって笑っている。その長くて真っ白な喉に、荒々しく舌を這わせたくてたまらない。ほかの男の冗談がもたらした笑いが消えるまで。「彼のほうはわたしを手に入れたと思っているかもしれないが、いまにそれが間違いだと悟るさ」

「ぼくもそう思っていたんです」マクレイシュはアポロの視線を追った。「でも結局、間違っていたのはぼくでした」

アポロはマクレイシュをちらりと見て、何も言わずにその場を離れた。モンゴメリーとこの建築家のあいだにどんな事情があろうと、それにかかずらっている暇はない。

彼の目はリリーに据えられていた。

リリーはキャリバン——キルボーン子爵が近づいてくるのに気づいたが、どういう態度を取るべきか決めかねていた。部屋のどこへ移動しても背中に燃えるような視線を感じて、パーティーのあいだじゅう彼を意識せずにはいられなかった。こんな扱いは不当だ。彼はなんの説明もせず、無事かどうか知らせもしないで、ずっと行方をくらましていた。それなのにミスター・スミスというばかげた偽名で、よりによってこのパーティーに現れた。彼はスミスに合うファーストネームも考えついたのかしら？　そう考えて、リリーはいやな気分になった。わたしは彼のファーストネームすら知らない。キスを許したというのに、彼について何ひとつ知らないのだと痛感すると、苦々しさがこみあげてくる。

「本当の名前はなんなの？」彼が隣に来ると、リリーは問いただした。目が潤むのを感じて瞬きをしたが、怒りのせいだと自分に言い聞かせる。

彼はまわりを確認するように見まわしている。幸いフィリップ・ワーナーは妻のところへ行ってしまい、声を聞かれそうな範囲には誰もいない。

彼が声を落として答えた。「キルボーン子爵アポロ・グリーブズだ」

アポロですって？　本当に？　リリーは驚きに目をむきそうになった。

いくら彼でも、アポロとスミスを組みあわせるのは無理に違いない。あまりにも大げさな名前だ。考えてみたら、キャリバンという名と同じくらい現実離れしている。生まれたばかりの息子を見おろして太陽神《アポロ》を思い浮かべるなんて、どんな母親だったのだろう？　誰だって、そんな名前は重荷だ。そういえば彼には双子の姉がいたはず……。

リリーははっと息を止めた。太陽神の双子のかたわれが誰かを思い出すと同時に、目の前にいる男性の双子の姉の正体を悟った。

「あなたのお姉さんはウェークフィールド公爵夫人アーティミス・バッテンね」リリーはささやいた。

「しいっ」アポロが低い声で言う。

「信じられない、お姉さんは公爵夫人じゃないの！」

「それが何か？」理解できないというように彼女を見る。まるで誰もが公爵夫人を姉妹に持っているかのようだ。

「つまりあなたは公爵と義理の兄弟なのよ」

「彼は腹立たしい男だよ」

「そんなこと関係ないわ」リリーはにべもなく言った。「どうしてあなたはわたしに話しかけているの？　単なる雇い人に」

「きみはただの雇い人などではないし、それは自分でもわかっているはずだ」彼はいらだたしげに言い返した。「話をしたい。説明するから――」

「わたしはお金をもらうためにここへ来ているのよ」リリーは精いっぱいの威厳をこめて宣言した。「そしてあなたは生まれつき、こういう世界の人なの」一目瞭然というようにまわりを指し示す。部屋が薄暗くても、天井が金色なのはわかった。「いいえ、ここよりもすごい世界の人だわ。あなたとわたしに共通点なんてない。ひとつも。あなたがなぜここへ来たのか知らないけれど、お願いだからわたしに近づかないで」

　リリーは作り笑いを浮かべ、できるかぎり優雅にその場をあとにした。心が張り裂けそうだからといって、人前で修羅場を演じる必要はない。なんてばかばかしいのだろう。彼が庭園で出会ったときのように貧しい身なりの労働者なら、なんの問題もなかった。でも、こんなふうに高価な衣装をまとった目もくらむような彼は——あのベストだけでも、彼女の半年分の稼ぎ以上の値段だろう——頭上に輝く太陽と同じくらい遠い存在だ。

いまの彼はたしかにアポロだ。結局、この名前は似合っているのかもしれない。

彼が太陽神なら、わたしは羊飼いの少女。天上ではなく地べたを這いずりまわる存在。神話では羊飼いの少女が神と交わったりもするけれど、最後はかぎりある命を持つ側が悲劇的な末路をたどる。

この世界でもそれは同じだと、リリーには信じる理由があった。

執事が入ってきて夕食の用意が整ったと告げたので、一同は別の薄暗い部屋へと移動した。食堂は細長い造りで、どこまで続いているのかと思うほど長いマホガニー材のテーブルが置かれている。リリーの席はモンゴメリー公爵とフィリップ・ワーナーのあいだに用意されていた。正面はジョージ・グリーブズで、その両脇にはミセス・ジェレットとミセス・ワーナーが座っている。ビーフのコンソメスープが供されてみながのみはじめると、目の覚めるような黄緑色のドレスをまとったミセス・ジェレットがすぐに声高にしゃべりだした。

「あなたの気のふれたいとこのことはお聞きになりまして、ミスター・グリーブズ？　ハート家の庭園の焼け跡に潜んでいたところを兵士たちに踏み込まれて、ぎりぎりで逃げおおせたそうですわね」

ウィリアム・グリーブズがきつく口を引き結ぶ。この話題を不快に思っているのは誰の目にも明らかだ。だがもちろん彼の客たちは、それくらいではまったくひるまなかった。

「ものすごく大きなナイフで、三人も殺したらしいじゃありませんか」ミセス・ワーナーが大げさに身を震わせた。「頭のどうかした殺人鬼がそこらをうろついていると思うと、ベッドの下に隠れたくなりますわ」

「ベッドの中ではなく？」ワインを口に運びながら、モンゴメリー公爵が疑わしげにささやく。

「寝室の警護を申し出ていらっしゃるのかしら、閣下？」レディ・ヘリックが物憂げに尋ねた。

公爵は頭を傾けた。「マダム、あなたのためならこの身を犠牲にしましょう」

「まあ、勇敢な方ですこと」公爵の向かいに座ったモルが感嘆の声をあげた。「そんなふうに言われたら、どんな女性も悶絶《もんぜつ》すること間違いなしですわ」

これを聞いて、女性たちは忍び笑いをもらした。

リリーは目の前の皿を見つめて、キャリバン――アポロ――に同情など覚えまいとしたが無理だった。みなの口ぶりでは、まるで彼が見つけたら即座に撃ち殺すべき獣だとでもいうようだ。わたしも彼と出会わずに噂だけ聞いていたら、同じように感じたかしら？　直接知らないからといって、正当な裁判を受けていない人間をはなから有罪と決めつけていたかもしれない。

たぶんそうだろう。恐怖は文明人らしい理性的な反応をはるかにうわまわる、強い感情だから。

下世話な好奇心でいっぱいのミセス・ジェレットは、あくまでも答えを引き出そうとしてジョージ・グリーブズをせっついた。「どうなんですの、ミスター・グリーブズ？　あなたのいとこは昔からおかしな人でした？　子どもの頃から奇妙で残酷なふるまいをしていたとか？」

ウィリアム・グリーブズがテーブルの上座から陰鬱な声を張りあげた。

「残念ですが、マダム、わが一族の中にはよくない血の伝わる支流があるのです。彼の父親であるわたしの兄は極度の興奮状態と鬱を行き来していました。鬱になると起きあがる気力もないほどでしてね。哀れなものでしたよ」彼はワインを口に含んだ。「しかし長男だったために、当然爵位を継いだのです」

父親の意見に息子も加勢した。「わがイングランドの名家の継承においては、病気や脳の障害で虚弱と判断される者は除外するべきですよ。そうしないと貴族の血がどんどん弱体化してしまう」

するとモンゴメリー公爵が物憂げに口をはさんだ。「そういう制度にすると、イングランドの爵位の半数が当主の頭に問題ありとして断絶するだろうな。わたしの祖父も、ときどき自分のことを牛飼いだと思い込んでいた」

「本当ですか、閣下？」ジョンが離れた場所から身を乗り出した。「羊飼いや山羊《やぎ》飼いではなく？」

「そこにはこだわりがあったのか、牛でないとだめだったそうだ。こうした祖父の思い込みを、ある種の病気から来る症状だと指摘する者も当然いた。病名はあえて言わないが。この場で語るのがふさわしいたぐいの病気ではないからね」

「けれど、もう名前を出したも同然ですわ」ミス・ロイルがハスキーな声で指摘した。「そうではありませんこと、閣下?」

「これは一本取られたな」公爵は声に一抹のいらだちを漂わせながら認めた。「気軽な集まりで、こんなふうに杓子《しゃくし》定規に追及されるとは思ってもみなかった」

ミス・ロイルが肩をすくめる。「わたしは精神的な問題を冗談の種にして笑うことはできません――それが生まれつきのものだろうと、後天的な病の症状だろうと」

「わがいとこには病気だという言い訳もない」ジョージ・グリーブズが鋭い口調で言った。「彼はああいうふうに生まれついて、そのせいで罪もない人間が三人も命を落とした――彼自身の友人たちです。きちんと法廷で治安判事に裁かれるべきだったのに、〈ベドラム精神病院〉に送られたのが残念でなりませんよ」

「だが、爵位を持つ貴族なのだぞ!」彼の父親が反論した。「もし裁判にかけられでもしたら、わが国の根幹が揺らぐ」

「それなら貴族院で裁けばいい」息子も言い返す。「貴族にもきちんと裁判を受けさせて、人を殺したのなら有罪と宣告するべきだ。そうしなかったせいで危険な男が野放しになっていれば、身分ゆえにつかまらないのだと噂が広まるでしょう。当然ながら民衆は、制度がおかしいと思いはじめる――そんな流れはわたしたちの誰も望んでいない」

「おまえの言うとおりかもしれない」この議論に対する不快感をにじませながらも、父親はしぶしぶ認めた。

「もちろんそうです」ジョージ・グリーブズは決めつけた。「彼がわが一族にどれだけ不名誉をもたらしたか、考えてみてください。この先、さらに罪もない人間を殺したらどうなると思います？」

テーブルに立ちこめた重苦しい空気をモンゴメリー公爵が払拭した。

「わたしの祖父が一族にもたらした不名誉に比べれば、まだましだ。祖父は馬といわゆる婚姻関係を結ぼうとしたんだよ」

公爵の言葉で、ふたたび会話が軽やかに流れはじめた。

リリーはアポロを盗み見た。料理を口に運ぶ彼の表情からは何も伝わってこない。自分の父親がこんなふうにおとしめられるのを聞いて、どう感じているのだろう？ それに彼自身が犯したとされる罪について、これほどあからさまに冷たく批判されて……。疎遠だったとは言っていたけれど、血がつながっている人たちなのに。彼らはアポロの有罪をただ信じているだけではない。彼を見つけたら、あらゆる手段を使って監獄送りか絞首刑にするに違いない。

彼はいったいここへ何をしに来たのかしら？

顔をあげたリリーはモンゴメリー公爵がこちらを見ているのに気づいて、今夜は座を盛りあげる役を期待されているのを思い出した。それにとりあえずいまのところ、公爵は一同の中で特に危険な人物というわけではない。

リリーは会話に加わり、アポロのほうは決して見ないようにした。彼が何をもくろんでいるにせよ、わたしには関係ない。彼は貴族で、わたしは女優にすぎないのだから、関係などあるはずもない。

夜がふけてモルとの相部屋へ戻る頃には、明るく気のきいた会話をしようと頑張り続けたおかげで体の芯まで疲れきっていた。そういう会話はみなが思うほど簡単に続けられるものではない。ひどく消耗して、リリーは廊下を歩きながらむっつりと考えた。

モルとふたりで、早くくつろぎたい。

けれども部屋のドアを開けたリリーは、期待が外れたことを悟った。見渡してもモルはいない。

その代わり、アポロがベッドに寝そべっていた。

13

地面の上の骨は悲しいほど小さくて、すり切れたブルーの服に埋もれていました。まわりにはピンクのビーズが散らばっています。そういえば、去年迷宮に送り込まれた少女はピンクのビーズのネックレスをしていました。アリアドネは少女の骨の横に膝をつき、母親に教えられた古い祈りの言葉を唱えて土を振りかけました。それから立ちあがると、迷宮のさらに奥へと進んでいきました……。

『ミノタウロス』


リリーは入り口で一瞬立ちすくみ、それからあとずさりした。

アポロは頭を持ちあげた。不安と退屈の入りまじった長い一日のあとで、彼の忍耐は限界に達していた。「もしきみがこのまま出ていけば、廊下で話すだけだ。そうすれば誰に聞かれるかわからないぞ」

彼女は大きく顔をしかめたが、部屋に入ってドアを閉めた。「何を話したいの？」

「わたしたちについてだ」

わね」

「いや、ある」辛抱強く言う。

リリーは視線をそらしたものの、すぐにまた目を合わせた。「声が前よりよくなっている
わね」

アポロはうなずいた。「二週間経っているからね」声はまだしゃがれているし、ときおり
喉が痛むが、それほどゆっくりしゃべらなくても平気になっている。「インディオは？」

「モードと一緒に置いてきたの」彼女は自分のウエストに両腕をまわした。

「庭園に？」

「いいえ。わたしがここに来ているあいだ、ふたりはロンドン郊外のモードの姪のところへ
行っているのよ」彼女の目が険しくなる。「どうしてここへ来たの？」

アポロは伸びをして、頭のうしろで手を組んだ。「パーティーで話そうとしたら、きみは
行ってしまった。きみのほうからわたしのところへ来てくれることはなさそうだから……」

肩をすくめる。

「モルがすぐに戻ってくるわ」

「それはない。ひと晩部屋を開け渡してほしいと頼んで、充分な金を渡しておいた」

リリーが怒りに目を見開いた。「なぜそんなまねをしたの？　彼女はどこで寝ればいいの
よ？　すてきなベッドで休みたいと、一日じゅう楽しみにしていたのに」

「わたしの部屋と交換したんだ」

「なるほどね」怒りがおさまらない様子で、彼女は唇をぎゅっと結んだ。「でも、関係ないわ。どちらにしても、あなたがここで夜を過ごすことはないもの」アポロが反対する前に急いで続ける。「それに質問を誤解しているようね。どうしてこのパーティーに来たのかとわたしはきいたのよ」

「真犯人を見つけるためだ」またかと思いながら答える。正直なところ、二週間その話題ばかりだったので少しうんざりしていた。彼は椅子を示した。「座ったらどうだ？」

「そういう行動は適切とは言えないわ」彼女が本当にそう思っているのか、あるいは都合よくそんな規則をでっちあげたのか、アポロにはわからなかった。「パーティーでどうやって犯人を探すというの？」

「犯人はおじのウィリアムだと、わたしたちはにらんでいる」彼はリリーをしげしげと見つめた。「疲れているんだろう？」

リリーはつんと顎をあげた。「わたしたちって？」

「モンゴメリー、トレビロン、それからハート――エイサ・メークピースだ」

彼女は両腕をおろし、ぞっとしたようにアポロを見つめた。「モンゴメリー公爵に秘密を打ち明けたの？　頭がどうかなったんじゃない？」

「いや、そこまで追いつめられているというだけだ。それに自分から打ち明けてはいない。どうやったのか、彼が自分で探り出した」彼は息を吸った。「リリー、こんな話をしに来たわけではないんだ……」体を起こして頭を掻きむしる。「きみはわたしがなんの罪で告発されているか知っているのか？」

「知らなかったとしても、夕食の席で知ったでしょうね」リリーが辛辣に返す。「では、やったのはわたしじゃないとわかってくれているんだな」

アポロは彼女を見据えて唇を湿らせた。

彼女はそっぽを向いた。「どうかしら」

「リリー……」

「あなたは何も言わずに行方をくらましたのよ」

「庭園は見張られていた」彼は動じずに申し開きをした。「連絡を取れば、きみがわたしと知りあいだと兵士たちにばれてしまっただろう」

「そんなの言い訳よ」リリーがこんなにこわばった顔をするのははじめてだ。「本当に連絡しようと思ったら、モードが買い物に出たときに手紙を渡すとか、庭師に頼むとか、いくらでも方法があったでしょう」

アポロはリリーを見つめた。たぶん彼女が正しいのだろう。本気で試みれば、おそらく連絡はできた。だが計画を立てるのに忙しかったし、自由の身になるまでは彼女に何も与えられないから接触しなかったのだ。

彼の沈黙をリリーは自分の勝利と受け取ったらしく、誇らしげに顎をあげた。

「もしわたしたちのことを少しでも大事に思ってくれていたのなら、せめて生きていると知らせてくれたはずよ」

「もちろん、きみたちを大事に思っているに決まっている」低い声で言う。

「本当に?」彼女は一瞬、口を引き結んだ。「心からそう言っているの? 大事に思っているのに何も知らせず、警告もせず、わたしたちを――わたしを、ただ放っておいたのね」

「リリー……」

「友だちだと思っていたのに」

アポロはベッドから立ちあがった。「わたしは友だち以上だと思っていた」

リリーが目を見開き、あとずさりした。迫ってくる彼を本能的に避けようとして、そのまま背中がドアにぶつかるまで後退する。

もっとやさしい態度でことを進めなければならないのはわかっていた。慎重に説得すべきだ。すでにリリーは、わたしに関する噂を信じて怖がっているのかもしれないのだから。だが、もう我慢できなかった。求めるものを奪われ続ける状況に、心からいやけが差していた。

彼女だけは絶対に失いたくない。力のかぎり抵抗してみせる。

リリーの少し手前で足を止める。「違うか、リリー? 友だち以上だっただろう?」

彼女の口は開き、息が荒い。しかし、怖がっている様子はなかった。

「ええ、そうだったわ」

「じゃあ、それはいまも変わっていない」

リリーがばかにするように笑った。「頭がどうかしたんじゃない?

「世間にはそう思われている」

「はぐらかさないで」彼女はいらだたしげにかぶりを振った。「事情が変わったのよ。あなたは……貴族だもの。子爵で――そのうち伯爵になる。かたやわたしは、アルコール依存症の女優としがない運搬人のあいだに生まれた婚外子よ」

アポロは彼女の肩に両手を置いたが、揺さぶりたくなるのはかろうじてこらえた。「わたしは庭園で働いていたときと何も変わっていない。しゃべれなかったとき、きみがあれほど親切にしてくれた男と同じ人間だ」

「いいえ、違うわ！」リリーは怒りに胸を激しく上下させた。「庭園にいた男性はわたしの世界に属していた。余計なしがらみがなく……やさしくて、貴族などではなかったもの！」

彼女は拳を握り、アポロの胸を叩きはじめた。

「きみはわかっていない」息が詰まった。「わたしがどんな人間か知らないんだ」

「だったら話して！」

リリーの目を――美しい緑の瞳を――のぞき込んだ彼は、張りつめていた気持ちにひびが入るのを感じた。

すべてを失い、苦しかった四年間。

自分がどんな人間で、どんな人間ではないか、ひたすら人に言われ続けた四年間。

この世から遠く隔たった場所での四年間。それまでの人生を奪われ、半分死んだような状態で汚らしい小部屋に打ち捨てられていた日々。

だが、わたしは死んでいない。これ以上、何かを奪われるのはいやだ。

「きみが知っているいろいろなわたしは、すべて同じ人間の中にいる」ささやく声が割れる。「わたしは庭師であり、貴族であり、頭のどうかした人間でもあるんだ。〈ベドラム精神病院〉をなんとか耐え抜いたが、あそこでの恐ろしい生活で昔のわたしは死んだ。新しい人間に生まれ変わらなければ、生き延びられなかった」

アポロはリリーを見つめた。彼女は涙を浮かべ、何か言いたげに唇を開いている。

彼女と額を合わせた。「正直に言って、自分でもいまのわたしがどんな人間なのかわからない。生まれ変わったあと、ゆっくり探索する時間がなかった。だが、これだけは言える。どう変わったとしても、わたしはすべてきみのものだ。手を貸してくれ、リリー。新しいわたしに、きみの手で命を吹き込んでくれないか。生き返らせてほしいんだ」

説得する言葉が尽きて、アポロは今夜、彼女を目にした瞬間からしたかったこと――キスをした。

あまりにも甘くやさしいキスに、リリーは頭の中が真っ白になった。アポロの口から伝わる熱を、頬にかかる息を、顔にそっと添えられた手のひらを、ただ感じることしかできない。差し入れられた舌を味わうと、すぐにもっと欲しくてたまらなくなった。

リリーはつま先立ちになり、彼の髪に指を差し入れた。ほどけかけていたリボンを解いて豊かな髪を広げ、キルボーン子爵からキャリバンへと戻す。

すると彼への気持ちがよみがえった。名前がどう変わろうと、たまらなく彼に惹かれる気持ちは変わらない。

リリーは体を引いてささやいた。「いまでもあなたが好きよ」

「本当に？」アポロは地の底まで響くような、傷ついた声を出した。口を開き、彼女の顎に濡れたキスを繰り返す。

「ええ」本当だと強調するために、彼の髪を引っ張った。

アポロはうめき、髪をつかまれているのもかまわず、ふたたびキスをした。唇をやさしく噛んだあと、その痛みを癒すように舌でなめる。「どうしたらきみの好意を取り戻せるのか、いろいろ試してみなくてはならないな」

彼はリリーのウエストをつかんで持ちあげ、まるで子猫を扱うように軽々と運んだ。向きを変えてベッドの上におろし、すぐにのしかかる。

両肘をついて上半身は浮かせたが、下半身で柔らかいマットレスの上に押さえ込まれて、リリーは身動きできなかった。

「何をするつもり？」大まじめな顔で問いかける。「これがわたしの好意を取り戻すのに、どう役立つというの？」

「まずひとつには、きみは動けない」アポロは指先を彼女のこめかみに這わせた。

リリーは眉をあげた。

髪からピンを引き抜きながら、彼が笑みを浮かべる。「それに少なくとも、これで弁明の時間が稼げる」

彼女は降伏したふりをして、頭の両脇に手を投げ出した。「それから？」

「庭園では、深い心のつながりを感じたと認めるかい？」アポロがまたピンを抜いたので、髪がほどけた。

「あなたが誰だか知らなかったのよ」リリーは反論した。

「それは質問に対する答えではないな」とがめるように彼女を見る。「さあ、返事は？」

もどかしさに、リリーはため息をついた。「庭園で出会った男性と深い心のつながりを感じたのは認めるわ。でも――」

「でも、はなしだ」彼はさえぎり、リリーの頭上に手を伸ばしてピンをサイドテーブルに置いた。もとの体勢に戻って先を続ける。「深い心のつながりを感じたと、ふたりとも同意したわけだな。問題は、いまのわたしはあのときと別人だときみが思い込んでいることだ。〈ベドラム精神病院〉で新しく生まれ変わったのはたしかだよ。だが、きみが庭園で会ったわたしといまのわたしは同じだ。着ているものは変わっても」

「だけど違うわ！」こんなふうにアポロと触れあって心地よく感じてはいけないと思いながらも、リリーは閉じていた脚を開いた。こうすればあいだに彼が入れる。

「そうかな？」アポロは彼女の髪に指を差し入れ、頭皮をやさしく揉んだ。「どんなふうに違うんだ？」

うっかりするとまぶたが閉じて、そのまま開けられなくなってしまいそうだった。一日じゅうきつく髪を縛っていたので、こうして揉まれると天国にいるように心地いい。

かわかるのに。


「まず名前が違うわ」

「実際のところ、名前に意味などあるのかな?」アポロは頭をおろして、耳の下の敏感な肌に唇をつけた。「きみはわたしをキャリバンと呼んだが、ロミオと呼んでいたら違う人間になったのか? 母は雄々しく美しい神の名をつけてくれた。だからといって、わたしが少しでもハンサムになったと思うかい? 毎日鏡を見ているが、そんな気配はない」

彼の論理は絶対にどこかおかしい。ほんの少し息が吸えれば頭が働いて、どうおかしいのかわかるのに。

「ずるいわ」リリーはうめいたが、自分でもいやになるくらい弱々しい声だった。

アポロが顔をあげた。面白がるように唇をゆがめている。「きみがあまりにも魅力的だからだ」

そしてふたたび唇を重ねてリリーの口を開かせ、舌をゆっくりと差し入れた。

「キスはどうなんだ?」彼女の口にささやく。「名前が違うとキスも変わるのか?」

リリーはまぶたをあげて彼を見た。ふたりの息がまじる熱く濃厚な空間に、返事をそっと吐き出した。「わからないわ。もう一度キスしてみて」

アポロは彼女の口の端をなめた。「きちんと科学的手順を踏みたいというわけか」そのまま唇を頬まで滑らせる。チョウの羽のように軽く。

「そのとおりよ」かすれた声で言う。

「では、そうしよう」

彼はまぶたに唇をつけたあと、すぐに口へと戻り、リリーのうめき声をのみ込んだ。頭の両脇に投げ出している彼女の手を探り当て、指を絡める。熱い欲望を伝えてくる彼の舌を、リリーはなすすべもなく受け入れた。胸が押しつぶされるくらい体を密着させていると、彼の肌をじかに感じたくて服が邪魔になる。

いらだちのあまり思わず声がもれ、彼女は体の力を抜いた。

するとひざ立ちになったアポロが満足げな顔で見おろしてきたので、払いのけてやりたくなった。これほど彼が欲しくなかったら、そうしていたかもしれない。

「同じだったか？」少なくとも、彼の声もかすかに震えている。何も感じていないわけではないらしい。

リリーはベッドカバーに頭をつけて息を整えようとした。「そう思うわ」

さりげなく答えたつもりだったが、アポロが顔をほころばせたところを見ると、うまくいかなかったようだ。

「わたしは庭園にいたときと同じ男だ」彼はそう言うと、真剣な表情になった。言葉を切って息を吸い、さらに声を低める。「心臓だって同じリズムで動いている。ほかのことはどうでもいいが、ひとつだけ信じてほしい。わたしの心は庭園にいたときと少しも変わっていない」

リリーはアポロを見あげた。彼の言葉は耳に心地いい。けれども生まれてからずっと、貴族なんて信用できないと思って過ごしてきたのだ。その考えはすぐには変えられない。

彼女が黙っていると、アポロは反論されたかのようにうなずいて上着を脱いだ。

「キャリバンは怖かったか？」

リリーはゆっくりとかぶりを振った。

彼が美しいベストのボタンを外し、前が開いた。「キャリバンとアポロは同じ人間だ」

「違うわ。キャリバンは死んだのよ」声がかすれる。

「本当にそう思っているのか？」彼の口調はやさしいと言っていいくらいに柔らかい。「わたしはキャリバンであり、アポロでもある。同じ人間だよ」

「違う」

「いや、そうだ」彼はベストを脱いだ。

「そもそもキャリバンなんて存在しなかったのよ」心やさしい大男を本当に亡くした気がして、リリーは悲しみがこみあげた。あの口のきけない謎めいた男は、彼女が作りあげた架空の人物だったというのに。

するとアポロは笑い声をあげた。「わたしが正体を偽るために穴を掘ったり、木を切り倒したりしていたと思っているのか？　キャリバンも、アポロも、スミスも、みんなわたしなんだぞ」シャツを頭から引き抜き、上半身裸になった。「わたしが池からあがってきたときに見ていただろう？　この体はそのときと同じものじゃないのか？」

衝撃的だった彼の姿がありありとよみがえり、リリーは当時できなかったことを実行に移した。彼の肩をそっとつかんだあと、V字形に生えた短い胸毛まで手のひらを滑らせていく。

アポロはその手を左の胸の上に導いた。「この下で心臓が打っている」そっと押しつけて鼓動を感じさせる。「庭園にいた男と同じ心臓だ。同じリズムを刻んでいる」

彼が手を離しても、リリーは手のひらを動かさず、あたたかい肌の下で打っている鼓動を感じていた。ゆっくりと指を丸めて、そっと乳首をなぞる。その突起がきゅっと縮んでかたくなると、舌を当てたくてたまらなくなった。けれども代わりにもう片方の手も持ちあげて、反対側の乳首も同じようになぞった。敏感に反応する体に夢中になり、彼が鋭く息を吸う音に顔をあげるまで、自分の行動がどんな影響を与えているのかわかっていなかった。

アポロは首をのけぞらせていた。何度もつばをのみ込み、そのたびに喉が動く。たくましい肩は、彼女の手の動きに合わせてぴくぴくと震えていた。

これほど力強い男性を動かす力が自分にあることに、リリーは畏怖の念を覚えた。この指先ひとつで、彼は文字どおり身を震わせるのだ。

「キャリバンと呼んでもいいかしら？」

彼がリリーを見おろした。まぶたが半ば閉じて、茶色い目を半分隠している。

「キャリバンでも、アポロでも、スミスでも、ロミオだってかまわない。中身は同じだ。どう呼んでもわたしだよ」

リリーはうなずいた。これには彼女も賛成だった。いままでも、彼をどう呼ぶかは問題ではなかったのだ。

不意に彼が体を離したので、リリーの両手が行き場を失って落ちた。

「見せてあげよう」彼は立ちあがり、靴、靴下、ブリーチ、下着と次々に脱いで全裸になった。両手を広げ、リリーの前でまわってみせる。「神が造られたとおりだ。それ以上でも、それ以下でもない。このあるがままのわたしを受け入れてほしい」

彼が目の前に堂々と立ったので、リリーはその眺めを楽しんだ。長身で均整の取れた体つき。引きしまった腰と筋肉質の腿。胸の下でいったんとぎれた毛はへそのまわりでふたたび現れて、下腹部の茂みと細い線でつながっている。茂みからは男性の印が頭をもたげて立ちあがり、まっすぐに突き出して雄々しく存在を主張していた。

彼は美しいとは言えない。ただ、ひたすら男らしく、心をとらえて離さない。それにリリーが嫌っているものの象徴である服をすべて脱ぎ捨て、庭園で会ったときのひとりの男性に戻ってくれたことがうれしい。

彼女は手を差し伸べた。「キャリバン、アポロ、スミス、ロミオ、どのあなたでもいいわ。あるがままのあなたとして、ここへ来て」

彼はその手を取ったが、ベッドへ戻る代わりにリリーを立ちあがらせた。裸の体に引き寄せて耳にささやく。「きみにも同じ姿になってもらおう。そうすれば、わたしたちは本当に対等だ」

彼は時間をかけてリリーの服を脱がせていった。繊細な生地やきつく締められたひもを扱う指は巧みだった。ボディス、スカート、ペチコート、コルセット、シュミーズ、靴をうやうやしい手つきでひとつずつ取り去り、きちんと並べていく。あとはストッキングだけになると、彼はひざまずいてリリーの足を膝にのせ、ガーターを外しはじめた。今日は一番いいストッキングをはいているとはいえ、かかとには繕った跡がある。それなのに、彼はレースのストッキングを扱うように丁寧におろした。最後に甲に口をつけて足を床に戻すと、さらに彼女を引き寄せて、もう一方の足を膝にのせた。前かがみになった彼の頭が、リリーのむき出しの下腹部にもう少しで触れそうになる。

リリーは息をのみ、彼の髪が下腹部の茂みに危険なほど接近するのを見守った。膝のうしろを這う指先を感じたとたん、いきなり彼が頭をさげて膝に口をつけた。

ストッキングという障壁のなくなった腿を、軽いキスを繰り返す唇が上へとのぼりはじめる。リリーは彼の髪に手を差し入れて頭をつかんだ。やがて、濡れそぼった部分に熱い息がかかるのを感じた。

膝から力が抜け、くずおれそうになる。彼はリリーの腰をつかんで支え、ベッドに連れていって押し倒した。すぐに片方の脚を持ちあげて自分の肩にのせ、あらわになった場所に顔を近づけた。

口を開き、敏感な部分の隅々まで舌を這わせていく。

リリーは鋭く息を吸ったあと、吐けなくなった。呼吸することを忘れ、脚のあいだを這いまわる唇と舌の感触以外、すべてが頭から消え去った。

もっとも敏感な突起を舌でなぶられると、リリーは彼の頭をつかんでいた手に力をこめた。そこを甘噛みされた瞬間、彼女は砕け散った。

拳を口に当てて悲鳴を押し殺したが、体が跳ねあがって、彼の肩にのせられていた脚がけいれんした。全身が震え、こらえきれずに声がもれる。視界に黒い点が散り、あたたかい感覚が体じゅうを包んだ。それでも彼が舌を動かし続けるので、リリーは力の抜けた手で肩を押しやって止めなければならなかった。

彼は顔をあげると顎と口を手でぬぐい、今度はさらに上の部分の探索に取りかかった。へそのくぼみに舌を走らせてから、腿を開かせてあいだに体を入れ、覆いかぶさるようにして胸のふくらみに顔を近づける。

「なんてかわいいんだ」まるで胸に向かって話しかけているみたいで、リリーはおかしくなった。

彼がさらに頭をさげ、乳首のまわりを円を描くようになめる。

リリーが思わず声をあげると、彼はもう我慢できないとばかりに吸いついた。反対の胸にも手を伸ばし、先端を刺激してかたくとがらせる。絶頂を迎えたばかりで敏感になっていたリリーは、少しの刺激でもひどく高ぶった。きっと彼だって、すっかり準備ができているはずだ。もういつでも中に入ってこられるに違いない。

だが、彼は急ごうとしなかった。ようやく顔をあげたと思うと、指でもてあそんでいたほうの胸に移った。取り残されたほうの濡れた乳首をつままれて、リリーは大きく声をあげそうになった。

「お願い」そう懇願して、彼の頭をつかんで引き離そうとした。「お願いだから、いますぐに来て」

彼は目をあげ、悠然とリリーの胸に舌を這わせた。「いまのわたしは誰だ?」

じれったさに頭を振る。彼を待ち受ける場所は、もうすっかり潤っていた。

「そんなことはどうでもいいわ」

彼が得意げに笑って身を起こした。

男性の証はすっかりかたくなり、下腹部の茂みからそそり立っている。彼がそれを手でつかんで構えるのを、リリーはじっと待ち受けた。

彼は先端を脚のあいだに滑らせた。

リリーは両脚を持ちあげ、彼の腰にゆるく巻きつけた。「ああ、早く」

見おろす彼の顔からは笑みが消えている。きつく噛みしめた下唇が白い。彼は腰を押し出し、少しだけ中に入った。

ぐっと押し広げられるのを感じる。大きい。

息を弾ませて脚をさらに広げ、少しでも入りやすくするために持ちあげた。

彼は目を閉じて、まるで痛みをこらえるように唇をゆがめている。

大きな歓びという痛みを。

彼が今度は力をこめて突き、こわばりを根元まで深々とリリーの中におさめた。

リリーはじれったさに声をもらし、身をよじった。

彼が目を開け、心配そうに見おろす。「大丈夫か?」

わたしの体はそんなにか弱くない。柔軟にすべてを受け入れ、たったいま、快感を覚えている。リリーは彼の肩に腕をまわし、背中に爪を立てた。「ええ、だから動いて」

彼は言われたとおりにした。

いったん体を引いて、また貫く。少しずつ速さを増して力をこめながら何度もそれを繰り返し、やがて全力になった。

彼の背中をせわしなく動きまわっていたリリーの両手が汗で滑る。たとえ肌に爪の跡が残ろうと、気にかける余裕はなかった。筋肉で盛りあがった彼のヒップに手をおろし、しっかりとつかんで引き寄せる。

彼は肘をついて上体を支え、ねじ込むように奥深くを突いてきた。リリーの目を見つめる彼の顔には、汗が流れ落ちている。彼はリリーの顔にかかる巻き毛を払い、貪るように唇を重ねて舌を差し入れた。

そうしながらも腰の動きは止めなかった。容赦なく突きあげ、彼女をふたたび高みへと押しあげていく。

キスをしながら、リリーは本能のままにうめいた。乳首の上を何度も滑る彼のかたい胸を感じる。

彼は彼だ。

どんな名前であっても。

リリーはふたたび砕け散った。激しく身を震わせ、大きくのけぞって声をあげる。彼は最後に激しく突き入れたあと、乱暴に引き抜いた。

呆然として、リリーは彼を見つめた。直前までつながっていた場所にひんやりした空気を感じたとたん、彼が腹部に精を放った。

彼の体から力が抜け、リリーの上にのしかかる。重かったが、押しのける気にはならなかった。

天井を見あげ、冷えていく彼の背中をいつまでも撫でながら、リリーは彼と愛を交わしたのは果たして賢明だったのだろうかと思わずにいられなかった。


目が覚めると、アポロは手のひらの下に柔らかな肌を感じた。上に滑らせて、絹のようになめらかな胸を包む。彼は目をつぶったまま笑みを浮かべた。

ここは天国に違いない。

「ありがとう」リリーの声が聞こえて、彼女も起きているのだとわかった。

まぶたを開けると、そこはリリーが仲間の女優と割り当てられている寝室だった。ベッドはひとつしかないので、ふたりで使えということなのだろう。サイドテーブルの上に置かれたろうそくはまだ燃えていて、ちらちらする黄色い光が彼女の顔を照らしている。

彼女の表情は読めなかった。「感謝するのはわたしのほうだと思うが」

「そのことじゃないわ」リリーが彼のほうを向いて口をゆがめた。「中で出さないでくれてありがとうと言ったのよ」

頬骨の上がかすかに赤らんでいる。

アポロはインディオを思い浮かべた。前にリリーと関係を持った男は、外で出す手間を惜しんだに違いない。

彼は身をかがめてリリーの肩にキスをしながら、彼女の腹部に放ったものをシーツの端で拭き取った。「ここで寝てもいいかな？」

リリーはため息をついた。「ええ、モルが夜のうちに戻ってこなければ」唇を湿らせて言葉を継ぐ。「わたしはここにいてほしいわ」

無性にうれしくなり、アポロは彼女の肩に口をつけたまま微笑んだ。

リリーが手をあげて、彼の髪に指を差し入れる。「それで、彼らはあなたの親戚なのね？」

いまその話をするのは気が進まなかった。彼女はわたしの中を流れる貴族の血を嫌っている。「そうだ」

彼女は顔をあげてアポロを見ている。「血縁はあのふたりだけなの？」

リリーの肩に頭を預けていた彼は、薔薇色の乳首を見つめて指でなぞった。

「姉を別にすれば、そうだ」

「お姉さんはあなたが庭園にいると知っていたの？」

「アーティミスが？」リリーの表情を見るために頭をあげた。彼女はわずかに眉根を寄せている。「ああ、知っていた。姉は食料や着るものを何度も持ってきてくれた。トレビロンは姉のあとをつけて、わたしを見つけたんだ」

「見つけたですって？」

ため息をつき、名残り惜しい思いで乳首から離れた。「トレビロンはわたしを追っていた。だからわたしの姉であるアーティミスのあとをつけ、庭園に隠れているのを発見したんだ。揉みあいになったのをきみも見ただろう？　あのときだよ」

リリーの眉間のしわが深くなった。「そもそも、なぜ彼はあなたを追っていたの？」

体に走った震えを抑えるために、アポロは歯を食いしばった。暖炉の火はすでに消え、隙間風の入る部屋は寒い。彼はベッドから出て暖炉に向かった。

「アポロ？」

彼は目を閉じた。リリーはもうキャリバンと呼んでくれないが、無性にそう呼んでほしかった。過去など関係なく、彼女と向きあいたい。

振り返ると、リリーは起きあがっていた。彼とのあいだに壁を築くように、上掛けで胸を覆っている。ならばしかたがない。結局、すべてはあの恐ろしい晩に行きつくのだ。わたしの人生が粉々になったあの晩に。

「トレビロンは四年前にわたしを逮捕した兵士だ」

14

その日以来、アリアドネはいくつもの骨を見つけました。そのたびに彼女は立ち止まり、心をこめて祈りを捧げたあと土を振りかけました。迷宮の中心に近づくにつれて、どんなに恐ろしいものが待ち受けているのだろうという考えが何度も頭に浮かびました。けれども、七日目に高い石壁に囲まれた中心にたどりついてみると、そこには思ってもいなかった光景が広がっていました……。

『ミノタウロス』

リリーはアポロを見つめた。彼は裸であることを気にする様子もなく、しゃがんで火を掻きたてている。光をさえぎったうしろ姿が、人並み外れて広くたくましい肩から筋肉質のヒップと腿にかけて逆三角形の黒いシルエットになっていた。人々が彼を殺人鬼だと思ったのも無理はない。これほど大きな男を見たら、誰だって恐れを抱くだろう。

でも、本当にアポロは殺人を犯したのだろうか？　彼は事件についてほとんど何も語らない。リリーの知識は噂や新聞から仕入れたことばかりだ。アポロを逮捕したトレビロンが、いまは彼の無実を証明するために動いている。いったいなぜなのかしら？　彼女が咳払いすると、静かな部屋に大きく響いた。「事件の晩に何があったか、話してくれる？」

石炭をすくったアポロは、一瞬動きを止めたあと火にくべた。立ちあがって両手を打ちあわせ、石炭のくずを払う。肌は炎に照らされて輝いていた。振り返った彼の横顔を、リリーは見つめた。大きな鼻、突き出た額、いかつい口と顎。

アポロは静かに話しはじめた。「わかってほしい。わたしは若かった。二四歳だったんだよ。それほど若くはないと思うかもしれないが、ずっと学生生活を送っていたからね。まずハロー校。祖父が学費を払ってくれた。それからオックスフォード大学に行った。ロンドンに戻ってからは、弁護士を通して祖父である伯爵からわずかばかりの手当をもらっていた。わたしはその金のほとんどを酒と女に費やした」

彼はリリーに向き直ったが、顔が陰になって表情は見えなかった。

「わたしの階級に属する男たちは、たいていそんなものだ。金を浪費し、酒を飲む。自ら働いたりはしない――たとえ家族が飢えていても」

「あなたの家族は飢えていたの？」彼女は鋭く問いかけた。

アポロはすぐに首を横に振った。「いいや。だが、余裕があったわけではない。父は金をほぼ使い果たしていたが、伯爵はそれ以上の援助を拒否した。だから母と姉は、田舎でとても慎ましく暮らしていたよ。アーティミスは社交界にデビューしなかったし、持参金もなかった」彼はベッドに向かった。「だが、わたしは目的のない日々にいやけが差していた。将来の展望がなく、くさくさしていたんだ。年老いた伯爵が死ぬのを、ただ待つだけの生活に」

こんなにも活発な肉体と精神を持つ彼が祖父の死を待つだけの日々を送っていたとは、リリーには想像もできなかった。

ベッドに戻ったアポロはヘッドボードに寄りかかり、彼女を背後から抱き寄せた。

リリーは彼の肩に頭をもたせかけ、続きを待った。

「オックスフォードに在学中、庭作りの新しい理論を唱える人たちに出会った。整然とした幾何学的な植栽を特徴とする従来の方法とは異なる、画期的な理論だよ。彼らは風景を大切にしていた。何世代にもわたって楽しめる美しい風景だ。自然のままのようでありながら、さりげなく改善の手を加える。ロンドンにいるときに、さまざまなアイデアや計画を彼らと手紙でやりとりしはじめたんだ。やがて、オックスフォード郊外にある屋敷の庭作りに、助手として雇われた」

アポロが腕をまわして抱きしめると、リリーは顔をさげて彼の手にキスをし、黙って先を促した。

「すばらしい経験だった」だが、彼の声は悲しみに満ちていた。「机上で理論をつつきまわすばかりだったのに、それを実践する機会に恵まれたんだからね。ワンシーズンかけてその庭を仕上げると、次に別の屋敷の庭作りに推薦してもらえた。だがやがて、祖父にわたしのしていることがばれた」

リリーはいぶかしげに顔をしかめた。「何か問題でもあったの？」

「さっき言っただろう？」アポロは彼女のこめかみに頰を寄せた。「貴族は働かない。だから仕事をしていると知ると、祖父はわたしを切り捨てた。庭作りの技法をきわめたいという願望を、父と同じように正気を失った兆候だと見なしたんだ。祖父は父から先の血統は腐っていると判断したのさ」

「まあ、アポロ」リリーだって、家族に恵まれているとは言えない。それでも興味を持って追求していける道を見つけたというだけでそんなに冷酷に見捨てるなんて、あまりにもひどい仕打ちに思える。

アポロが彼女の髪に鼻をすりつけた。「事件の日はロンドンにいた。友人三人と飲み明かす予定だった。そのうちふたりは学生時代の友人で、もう何年も会っていなかったから。それでホワイトチャペルの酒場の奥の小部屋を取って、ワインと食べ物を注文した」

リリーは身じろぎした。「なぜよりにもよって、そんな危ない界隈《かいわい》へ？」

「みんな、あまり金がなかったんだ。その店は安かったからね」

彼は口をつぐんだが、いまや目に見えて息遣いが荒くなっていた。

「それで何があったの？」

アポロは息を吸った。「わからない。みんなでワインを一本空けたのは覚えている。だが、そのあとは空白だ。翌朝目が覚めると、頭が割れそうなくらい痛かった。少し動いただけで吐いてしまった。そのとき、自分の両手が目に入った」

「アポロ？」リリーは振り返ってアポロと目を合わせようとしたが、彼はまわした両腕に力をこめてそれを制した。

「酔っ払ったのははじめてじゃない。だが、そのときの酔っ払い方はまるで違った。どうしても覚めない夢の中にいるみたいなんだ。両手が血に染まっていたよ。右手にはナイフを持っていて、誰かが叫び声をあげるのが聞こえた。立とうとしても――腰が立たなかった。そして友人たちは……」

彼女はアポロの手をぎゅっと握った。彼の友人たちに何があったのかはよく知っている。新聞がこぞって詳細を書きたてた。その記述には事実と違う部分があったかもしれないが、ひとつの点だけははっきりしていた。彼らは死んだのだ。

むごたらしく殺されて。

「いいのよ、わかっているわ」リリーはささやいた。「お友だちは本当にお気の毒だったわね……」

「兵士たちが来た」つぶやくように話し続けるアポロの声からは感情が抜け落ちていた。リリーの声が聞こえているのかさえわからない。「やつらはわたしに鎖をかけた。足首と、手首と、首に。わたしを恐れていたんだ。ニューゲート監獄に入れられて、裁判を待った。何度も吐いて、数日はもうろうとしていたよ。だから、そこでの日々はほとんど覚えていない。〈ベドラム精神病院〉のことはあんなに鮮明なのに」

リリーは彼の手を取って、手のひらに唇を押し当てた。そうしなければ、もう話さなくていいと言ってしまいそうだった。けれども彼は、わたしに聞かせるためではなく自分自身のために話している気がしてならない。

「あそこは……」アポロは一瞬言葉に詰まったが、そのあと堰《せき》を切ったように話しだした。「くさかった。馬小屋みたいなんだ。ただし、漂う糞尿《ふんにょう》のにおいは馬ではなく人間のものだ。あそこでも鎖につながれていた。恐怖と絶望で最初のうち暴れたから。食料と水を少ししか与えられなくて、体が弱るまでは」

思わずすすり泣きをもらしてしまい、リリーは急いで顔をそむけた。アポロのように強く善良な人間がそんなふうにおとしめられていたなんて、とても聞いていられない。彼の人間性をまるで理解していない人々に、獣みたいに鎖につながれていたなんて。リリーは起きあがって膝立ちで彼のほうを向き、両手で頭を胸に抱き寄せた。彼の顔は涙で濡れている。

アポロが胸のあいだにそっと唇をつけた。「アーティミスが暇を見つけては来てくれた。食べ物を持ってきて、毎回番人に金を渡していた。自分が帰ったあと、そいつらがわたしを殴りつけないように。父は事件の前年にすでに亡くなっていたが、母はわたしが病院に収容されて一カ月も経たないうちに死んだ。どう考えても、わたしが母の死期を早めたんだ。勇敢で誇り高い姉は、いとこのコンパニオンにならざるをえなかった」

アポロの声が割れた。少しでも慰めたくて、リリーは彼の髪に指を差し入れて頭を撫でた。とても慰められるものではないと、わかってはいたけれど。

彼が首をまわして、リリーの胸に頬をつけた。「だが少なくとも、それでアーティミスは寝る場所と食べるものには困らずにすんだ。母が死んだと知らされたあと、姉が路頭に迷うのではないかと思って夜も眠れなかったんだ。わたしには何もできなかった。何ひとつ。わたしは姉であるアーティミスを守らなければならない立場だったのに。きちんと面倒を見て、安心して暮らせるようにしてあげなければいけなかったのに。だが、わたしは無力だった。男としてふがいない」

「しいっ」リリーは彼をさえぎり、髪に唇をつけた。いつの間にか泣いていて、唇が塩辛い。ひどすぎる。アポロが――わたしのアポロが、人間を人間とも思わないそんな扱いを受けていたなんて。

「鬼畜のようなやつらだった……」しゃがれた声で彼が続ける。「ひとりの女性がいた。かわいそうに気がふれてはいたが、歌声はとても美しかった。だがある晩、番人が彼女を痛めつけに来た。だからやつらを愚弄して、代わりにわたしのところへ来させようとしたんだ」

リリーは体がこわばり、恐怖に喉が締めつけられた。彼はとてつもなく勇敢だ。でも番人たちの悪意を自分に向けさせるなんて、気高いとはいえ無鉄砲すぎる。

「やつらはわたしを気絶するまで叩きのめした。声を失ったのはそのときだよ。そしてウェークフィールド公爵に助け出されて――病院を脱出した。そのあと寝床で回復を待つあいだ、その女性が無事かどうか気になってしかたなかった。だから、しばらくして病院に忍び込んだ。でも、彼女はすでに死んでいた。熱病だったそうだ。おそらく、そのほうが幸せだっただろう」

彼女が見おろすと、アポロは目を閉じていた。眉根をきつく寄せている。

「だが、主犯格の番人が二度とそんなまねをできないように手は打った。彼女を痛めつけようと言いだし、わたしを叩きのめす指示を出したやつだ。そいつを病院から引きずり出して、強制徴募隊《プレス・ギャング》に引き渡したのさ。やつがいまどこにいるにしても、女性がいるような場所ではない。以前のわたしだったら、そんな復讐はしなかっただろう。だが〈ベドラム精神病院〉がわたしを変えた」

病院の人々はアポロを抵抗できない状態にしておいて、何か大切なものを奪ったのだ。鎖で拘束されるなんて、耐えきれないほどつらい経験だったに違いない。それでも彼は高潔な部分を失わなかった。

彼の話に胸を痛めながらも、リリーは驚嘆せずにはいられなかった。

アポロの顔を両手で包み、目を合わせる。「あなたは生き延びたのよ。耐え抜いて、生きたままあそこを出た」

アポロが苦々しげに口をゆがめた。「そうするしかなかった」

リリーは首を横に振った。「いつだって選択肢はあるわ。抵抗をやめて、心と魂を彼らに明け渡すこともできたはず。でも、そうしなかったじゃない。あなたはひたすら耐えたのよ。あなたみたいに勇敢な人に会ったのははじめてよ」

「ならば、きみはあまりたくさんの人間に会っていないんだろう」アポロは軽い口調で返したが、顔には何年もの辛苦が刻まれていた。

「もういいのよ」彼女はアポロにキスをした。恋人として愛しあうためではなく、彼という人間を丸ごと受け入れ、癒すために。まるで祝福を与えるかのように、彼の額に、両頬に、口にそっと唇をつけていく。

「さあ、眠りましょう」リリーは彼をベッドに寝かせた。

ふたりの体を上掛けで覆い、アポロの胸に頭をのせて心臓の音を聞く。

そうしているうちに、彼女は眠りに落ちた。

目覚めた瞬間、アポロは寝すぎてしまったとわかった。庭園で働いていたときには、夜明けを告げる鳥のさえずりとともに起きていた。だが、こうして柔らかなベッドの上であたたかい女性の体の隣に身を横たえていると、心地いい眠りからなかなか覚めないものなのだと実感する。

「どうしたの？」体の上にのっているリリーの腕をどけたので、彼女が眠そうにつぶやいた。

もうしばらくこうしていたかった。キスでリリーを起こし、また愛を交わしたい。しかし、あと少しすれば使用人が部屋に来る。それに部屋を出るのが早ければ早いほど、ほかの客に見られる恐れが減る。

アポロが手早く服を着ていると、リリーがため息をつき、彼が寝ていたあたたかいくぼみに転がった。

上着を持って部屋を見まわしてから、かがんで彼女の唇にキスをする。

リリーは眉根を寄せ、少しだけ目を開けてささやいた。「なあに？」

アポロは微笑んだ。彼女は朝が得意ではないらしい。「じゃあ、あとで」

彼女は頭の上に枕をのせ、女らしいとは言えないうなり声を返してきた。

廊下に出てそっとドアを閉めるときも、アポロの唇にはまだ笑みが浮かんでいた。

目をあげると、突き当たりの角のあたりで何かが動いたのが見えた。誰かがちょうど通過したところなのかもしれないし、気のせいかもしれない。

彼は眉をひそめて考え込んだが、誰かがいたのだとしても、こんな早朝に歩きまわっているのは使用人だろうという結論に達した。

そして反対の方向に歩きだそうと向きを変えたとたん、モンゴメリー公爵と鉢合わせした。

焦りを隠そうと、アポロは懸命に声を抑えた。「ずいぶん早起きだな、閣下」

モンゴメリーが頭を傾ける。「そもそも、なぜわたしが昨夜寝たと思うんだ？」

アポロは目の前の男を観察した。公爵は血のように赤い上下に正装用の靴と模様入りのタイツという完璧ないでたちで、金髪をうしろに撫でつけて毛先だけカールさせている。あるいはもともと巻き毛なのかもしれないが、どちらにしても、自分が優美なグレイハウンドの隣に並んだネズミみたいな気分にさせられた。

それが気になるわけではないけれど。

「寝なかったのか？」興味を引かれて、アポロはモンゴメリーに歩み寄った。

公爵は口の端をゆがめ、何かを思い浮かべるように微笑んだ。「わたしに言わせれば、眠るなんて退屈だ。夜の時間を過ごす、もっと楽しい気晴らしがあるときには特に」

「なるほど」相づちを打ち、相手の隣に並ぶ。公爵がどこに行くつもりかは知らないが、アポロ自身は朝食室へ行って濃いコーヒーを飲みたくてたまらなかった。

おじが招待客のためにコーヒーを用意してくれているといいのだが。

「早朝は、誰が誰の寝室から出てくるか観察するのにうってつけの時間帯なんだ」モンゴメリーが澄ました顔でアポロを見た。「きみがいま、ミス・グッドフェローの寝室から出てきたようにね。昨日彼女が思いがけずここにいるのを見て、きみが激怒していたわけがわかったよ」

アポロは公爵をにらんだ。「彼女との関係を口外しないでもらえるとありがたい」

「なぜわたしが口外すると思うんだ?」モンゴメリーが本当にいぶかしげな顔をしているので、アポロは彼を殴りつけたい衝動に駆られた。「そういう情報はとりあえず自分だけのものにしておいたほうが、のちのち役に立つんじゃないか?」

これ以上言い募っても相手に弱みを見せるだけだと思い直して、アポロは話題を変えた。

「それで、かぎまわった成果はほかにもあったのか、公爵閣下?」

「かぎまわるだなんて……人聞きが悪い」階段をおりながら、モンゴメリーはあしらった。

アポロは黙ったまま目をそらさなかった。

「まあ、そう怒るな」公爵が両手をあげる。「きみのその特大の拳には耐えきれないかもしれないからな。では、教えよう。ミセス・ジェレットは若くてなかなかハンサムな従僕をどこへ行くにも連れ歩いている。ミスター・ウィリアム・グリーブズの従者は、成人してからのほとんどの時間をニューゲート監獄で過ごしてきたいわく付きだ。ワーナー夫妻は新婚なのに寝室を別にしている——そんなことじゃないかと疑っていたが、やはりそうだと確認した」彼は意地の悪い笑みを浮かべた。「レディ・ヘリックの尻の左側にはチョウの形の痣がある。しかもその痣は、平手で叩くとなんとラベンダー色に変わるんだ」

アポロは朝食室に続く廊下で足を止め、隣の男を見つめた。

「なんだ？」モンゴメリーがいらだちを目に浮かべる。「すてきな尻を平手打ちする機会を与えられて飛びつかないなんて、男じゃない」

アポロはため息をついて歩きだした。「ほかには？」

公爵は顔をしかめて、一瞬考え込んだ。「ミス・ロイルはひどくわたしを嫌っている」

アポロは眉をあげた。「きみを嫌っている若いご婦人は、大勢いるんじゃないかな」

「ああ、いるさ」公爵はこともなげに応えた。「嫌われているのは別にいいんだ。だが、それを自分が気にしているというのが興味深い。正直に言って、非常に興味をそそられているんだよ」

かたわらの男の尊大な発言に、アポロは内心あきれた。「ずいぶん実り多い夜だったようだな、閣下。どれもわたしの苦境の解決には役に立たないが」

「さあ、それはどうかな。情報というのは、意外なときに思いもかけない経緯で生きてくるものなんだよ。だからわたしはすべての情報を集める。どれほどささいなことに思えても。だが、心配するな。この屋敷に来て、まだ一日も経っていない。今日はもっといろいろな情報が集まりそうだ」

アポロは顔をしかめた。「なぜそう思う？」

「知らなかったのか？」公爵は面白がるような表情を浮かべた。「昨日の深夜、遅れて到着した客がいる」

そう言って彼が朝食室のドアを開けると、ちょうどトーストを口に詰め込んだエドウィン・スタンプが見えた。

しかし、アポロの目が吸い寄せられたのは彼ではなかった。部屋にはほかにふたりいた。平凡ながらやさしい顔立ちの女性と、彼女の連れであるオリーブ色の肌の大柄な男。しかめっ面をした男の目は緑と青で、左右の色が異なっている。

立ち止まって黙り込んでいたモンゴメリーが、菓子のたっぷり入った袋を差し出された子どものようにうれしそうな声でささやいた。「これは面白くなってきたぞ！」

その日の午前中、リリーは椅子に座ってスタンフォード・ヒュームの演技を見ていた。

「もしまた娘がそういう状況になっているのを見つけたら覚えておいてくださいよ、みなさん、ええと……なんだっけ……」

彼はリリーをちらりと見た。彼女は台本を見るまでもなく、せりふをすべて覚えている。

『ウェイストレルの改心』を書いたのは自分なのだから当然だ。「だましたやつの腹をかっさばいてやる」彼女は続きを教えた。

「だましたやつの腹をかっさばいてやる、だましたやつの腹をかっさばいてやる」スタンフォードは何度か繰り返してうなずくと、演技を再開した。「だましたやつの腹をかっさばいてやる。二度と人をだませないように」

リリーは心の中でうめいた。あまり出来のいいせりふとは言えない。けれど、脚本の後半部分をたった一週間で書きあげたのだからしかたない。はじめて脚本を書いたときは一年かかった。

そしてもちろん、あとで燃やした。

「やあ、やってるな！」

呼びかける声に振り返ったリリーは目を疑った。新しいスカイブルーのサテンの上下に身を包んだエドウィンが部屋の入り口で大きく両手を広げ、いつもどおり歓迎されるのを待っている。

まわりの面々を見ると、そんな態度も当然だった。女優たちはすぐに駆け寄り、特にモルはうれしそうな声をあげてまとわりついている。スタンフォードとジョンはゆっくり近づいたものの、尊敬の表情は変わらない。

仲間たちの様子を見て不満に思うのはばかげている。脚本の本当の作者がリリーだと知っているのは、彼女とエドウィンだけなのだから。

「ロビン、かわいい妹よ」エドウィンがリリーに呼びかけ、気取った足取りで歩いてくる。あきれたと目で伝えたい衝動を抑えた。彼はいつも、ほかの役者たちのいるところではリリーを芸名で呼ぶ。みんなが彼女の本名を知っているにもかかわらず。

リリーは兄のキスを頬に受けると、やさしい笑顔を作ってみせた。「ちょっといいかしら、兄さん?」

「もちろんだとも」自分がどれほど妹を甘やかしているか一同に知らせるように、エドウィンはまわりを見まわした。

「ふたりきりになりたいの」

何かおかしいと気づいたような表情が兄の目をよぎる。「それは……かまわないが」

リリーは立ちあがって脚本を置き、小さな控え室にエドウィンを連れていった。中に入って、ドアをしっかりと閉める。

「いったい――」兄が口を開くと、その頬に彼女は平手打ちを見舞った。

「リリー!」エドウィンは頬に手を当て、大きく開いた目に傷ついた表情を浮かべて彼女を見た。

リリーは腰に両手を当てた。「そんなふうに呼ばないで、エドウィン・スタンプ!」

「なんでそんなに怒っているんだ?」彼はしらを切った。

そこでリリーは、もう一度兄の顔を叩いた。「アポロの居場所を兵士たちに教えたでしょう。〈ベドラム精神病院〉に連れ戻されるか、下手をすると絞首刑にされたかもしれないのに。劇場から追い返されて腹が立ったくらいのことで」

「腹が立ったからじゃない」エドウィンは姿勢を正し、曲がった白いかつらを直した。「おまえの身の安全が心配だったんだ」

「わたしの身の安全ですって？」あきれて思わず口を開いた。エドウィンはときどき考えられないほどいやな人間になる。何より我慢できないのは、そんな言い訳を信じるくらいわたしを間抜けだと思っていることだ。「頭がどうかしているんじゃない？」

「まさか」彼は一歩退いた。「やつのほうこそ頭がどうかしてるんだ！　それは誰だって知っている」

「彼は気のふれた殺人鬼なんかじゃないわ」リリーはわざとらしくやさしい口調で言いながら、兄を部屋の隅に追いつめた。「兄さんだって、それはわかっていたでしょう？　それなのに仕返しのために密告なんかして——わたしにつらい思いをさせたのよ」

反論しようと口を開きかけていたエドウィンが急に顔をしかめた。「どういう意味だ？　おまえがつらい思いをしたというのは？」

「兄さんのせいよ」彼女は辛抱強く説明した。「わたしはキルボーン卿が好きなの。なのに兄さんは彼に——わたしに残酷な仕打ちをした。絶対に許せないわ。彼はこの屋敷に来ているのよ」

「さっき朝食室で会ったよ」エドウィンがふくれた顔で言う。「ミスター・スミスだなんて、間抜けな名前を使っていた」

「彼は本当の犯人を探すために来ているの。だから兄さんには、二度と彼を密告するようなまねをしてほしくないのよ。わかった？」

「だが、リリー……」彼はつばをのみ込んだ。

「うっかりしたなんて言い訳は通用しませんからね、エドウィン」

彼は少し落ち込んだ様子でうなずいた。「よくわかった」

「それならいいわ」これ以上何か言えば兄との関係を二度と修復できなくなると思い、リリーは部屋を出ようとした。だが、エドウィンが彼女の腕をつかんで止めた。

「リリー……」居心地が悪そうに咳払いをする。「おまえに警告しておくべきだと思って」

振り向くと、兄は額にうっすらと汗を浮かべていた。いやな予感がして、彼女は気分が悪くなった。兄はすでにアポロのことを誰かに話してしまったのかしら？「いったい何？」

エドウィンがごくりとつばをのみ込んだ。「ロス男爵リチャード・ペリーがここへ来ている」

15

迷宮の中心は、植物の生い茂る美しい庭でした。崩れてから数千年も経つような石の上を蔓草《つるくさ》が這い、石のあいだから節くれ立った木が身をよじるように伸びて、エメラルド色の葉をつけた枝を広げています。空き地には静かな青い水をたたえた池があって、苔《こけ》むした水辺に無数の白や黄の小さな花が咲き乱れていました。けれどもよく見ると、そこには怪物もいたのです。水の中に半分浸かって横たわり、池は血で赤く染まっていました……。

『ミノタウロス』

役者たちが上演場所に選んだ客間にアポロが入ると、一座はそこに集まっていた。モル・ベネットが端に立ち、両手をあげてせりふをしゃべっている。アポロを見た彼女はウィンクをして、部屋の横にある小さなドアを頭で指し示した。
アポロはうなずき、そこへ向かった。モルとは昨夜、リリーと使っている部屋を明け渡してほしいと頼んだときに親しくなったのだ。

近づくと、ドアの向こうから話し声がした。リリーがインディオについて何か言っていて、エドウィンが低い声で応えている。

勢いよくドアを開けると、アポロはエドウィン・スタンプとぶつかりそうになった。リリーの兄を押し戻して自分も中に入り、ドアを閉める。

部屋の隅にはリリーが青白い顔で立っていたが、アポロはエドウィンから目を離さなかった。「わたしのことを少しでも誰かにもらしたら――」

エドウィンは身を守るように両手をあげた。「それ以上、言わなくていい。もう妹に充分脅されたよ」

「ほう?」アポロはかまわず詰め寄った。リリーが青い顔をしているのが気に食わない。そこそ人を密告するような兄に、いったい何を言われたのだろう? 「言うべきことは彼女がすべて言ってくれたとは思うが、わたしからも確認させてもらう。彼女がどうやって脅したのかはわからない。しかし、これだけは忘れるな。わたしはおまえが好きではない。今度彼女やわたしを傷つけるようなまねをしたら、必ず後悔させてやるからな」

エドウィンの喉が上下に動く。「よくわかった。きみの考えは、なんていうか……とてもはっきり伝わったよ」ちらりとリリーへ向けた視線に後悔の念がにじんだことに、アポロは気づいた。「だが、おれは妹を傷つけるようなまねは絶対にしない。それだけはわかってくれ」

「本当だろうな?」

エドウィンは床に目を落とした。「それで……きみにちょっと警告しておきたいことがある」

目の前の男を少しも信用する気になれなくて、アポロは眉をひそめた。

「きみが友人たちを殺した真犯人を探しているとリリーが言っていた。きみが犯人じゃないというのなら、それは本当なんだろう」

「わたしはやっていない」嚙みつくように返した。

エドウィンが目をしばたたいて壁際にあとずさりする。「もちろんそうだろうよ。周知の事実というわけだよな、リリー？」

彼女はため息をついて、ようやく口を開いた。「彼はやっていないわ、エドウィン」

静かながらも自信ありげな妹に当惑するように、エドウィンは顔をしかめた。

「わかった、わかった。ちょっと気になっただけだ。さっきモンゴメリー公爵と一緒に朝食室へ来ただろう？」

「それがどうした？　公爵はわたしを助けてくれている」

エドウィンが落ち着きなく肩をすくめる。「本当にそうなのか？」

「どういう意味？」リリーが眉をひそめる。「お願いだからわかるように話してちょうだい、エドウィン」

「そうしているじゃないか！」意外にも、彼は妹の言葉に傷ついた様子だった。「あの公爵は情報を集めるのが好きなんだ――人が隠しておきたがるたぐいのことをね」

「モンゴメリーがそれを使って人を脅迫しているというのか？」アポロはきいた。

エドウィンは顔をしかめる。「そういうあからさまなやり方はしない。なんていうか、人をうまく操るんだ。あの男を見くびって秘密を握られるのは避けたほうがいい」

「わたしがそれを知らないとでも思っているのか？」冷ややかに尋ねた。

「きみは自分がすでに彼の手の内だと気づいていないんだ」エドウィンが言い返す。「逃亡中の殺人犯だというこのうえなく大きな弱みを握っているのに、なぜ公爵がわざわざ助ける？」

「金は持っていない。彼がわたしから手に入れられるものなどない」

「なくして困るのは金だけじゃないだろう。金には代えられないものもある」

アポロは背筋を汗が伝うのを感じた。目の前の男に目を据えたまま、とっさにリリーに手を伸ばす。

彼女はその手を握り、こわばった表情を兄に向けた。

「気をつけるように言っておこうと思っただけだ」エドウィンは不機嫌そうに言って、助けを求めるようにアポロを見た。

アポロは片方の眉をあげてみせた。

「まあ、いいさ」いかにも自分は不当に扱われているという雰囲気を漂わせて、エドウィンが背筋を伸ばす。「もう行っていいか？」

アポロはドアを示したが脇にどこうとはしなかったので、やむをえずエドウィンはびくびくしながら彼の横をすり抜けた。

ノブに手をかけたところで振り返る。「リリー、おれは……」

兄がそれ以上言わないので、彼女はため息をついた。「もう行って、エドウィン」

彼はうなずいてドアを開け、出ていった。

ドアが閉まって狭い部屋にふたりきりになると、アポロはリリーにやさしく尋ねた。

「ロス男爵というのは何者だ？」

これまでリリーは厳しい選択を迫られずにすんでいた。いつだって――当然インディオが最優先だった。エドウィンよりも、モードよりも。そうしてずっとインディオの面倒を見て、一番大切にしてきた。なぜなら彼は子ども――かわいいわが子――で、誰よりもか弱い存在だったからだ。

でも、いまはどうだろう？　迷いなくインディオを優先できるだろうか？

リリーは顔をあげてアポロを見つめた。彼は昨日と同じ服を着ているものの、いつの間にか髪を結わえている。本当はゆうべのように、髪をほどいて奔放に肩に垂らしているほうが好きなのだけれど。

アポロに対して、なんらかの気持ちを感じているのはたしかだ。それを否定するつもりはない。彼とベッドをともにしたが、男性とそういう関係になったのは、インディオの母親になってからははじめてだった。いまこの瞬間も、やさしい声と気づかうような目に心をかき乱され、アポロの体を意識せずにはいられない。狭い部屋にふたりでいると、たくましい肩や肌のにおいが気になってしまう。なぜこうなってしまったのかしら？　ずっと警戒してきたのに、わたしが築いた壁をアポロはやすやすと越えてしまった——少なくともそんなふうに思える。

リリーは胸の前で腕を組み、彼とのあいだに少しでも距離を置こうとした。気をつけていないといつの間にか彼に絡め取られて、一番大切なものはなんなのかを忘れそうになってしまう。

何より優先すべきなのはインディオだ。

あの子は自分で身を守れない。わたしが守ってやらなくてはいけない。

だから選択肢はひとつしかない。

リリーはアポロと目を合わせた。「ロス男爵リチャード・ペリーは裕福な紳士——あなたと同じ貴族よ」

ひとまとめにされて彼は不服そうだが、反論できるはずがない。そうに決まっている。

アポロは貴族。リチャードも貴族。単純で否定しようのない事実だ。

そう考えると自信がわいてきた。「結婚していて子どもがいるわ。息子がふたりだったかしら。よく知らないけれど。もう何年も会っていないから」このままずっと会いたくなかったのに。

アポロがぐいと身を寄せてきたので、胸の前で腕を組んでいても、彼と距離を置いているという安心感がなくなった。肌だけでなく骨の髄にまで、彼の体が発する熱を感じる。アポロが言った。「彼の目は左右で色が違う。緑と青。インディオと同じだ」

リリーは慎重に息を吸った。「そうよ。インディオの父親なの」

彼が眉をひそめた――非難しているのではなく、ただ混乱しているのだ。

「リリー、わたしは――」

「リチャードは知らないの」単刀直入に言う。

アポロが問いかけるように見た。

「彼には教えなかったのよ」これだけはわかってもらわなくては、と目に力をこめた。「そして、これからも彼にはインディオの存在を知られてはならない。絶対に」

「しかし……」

リリーはもう平静ではいられなかった。このままではあまりにも危険だ。彼女は両手でアポロの腕をつかんだ。「お願いだから約束して。インディオの存在を決してリチャードに教えないと……わたしに子どもがいるとほのめかすだけでもだめよ」

アポロがゆっくりとうなずく。「もちろん約束する」彼はリリーの両手を見おろして顔をしかめ、自分の手で包み込んだ。「そいつに傷つけられたのか？　もしそうなら、わたしは――」

「いいえ」リリーは笑いだしそうになった――愉快さのかけらもなかったけれど。「わたしを守ろうとしてくれなくていいのよ。はっきり言って、リチャードの前ではわたしの話題を出さないでくれるとありがたいわ」

「彼はきみの恋人だったんだな」

彼女は握られた手を引き抜こうとしたが、アポロは放さなかった。「あなたがあれこれきくのは焼きもちを焼いているからなの？　まったく、信じられない――」

彼が苦痛のにじむ声で苦々しげに笑ったので、リリーは驚いて口をつぐんだ。そんな反応は予想もしていなかった。

「焼きもちか」きしるような声で言い、アポロはもがく彼女を引き寄せて抱きしめた。「ただのつまらない焼きもちならよかったのに」身をかがめ、リリーと唇を合わせてつぶやく。言葉を押し出すたび、愛撫するように唇が動いた。「焼きもちなどより何倍もひどい感情だよ」

アポロは飢えたようにキスをした。息が熱く、朝食のときに飲んだコーヒーの香りがする。一緒に朝食をとりたかったという思いが、不意にリリーの心にこみあげた。そうすれば、この力強い唇がカップに押しつけられるところを見られたのに。トーストや卵やハムをのみ込んで喉が動くさまを目の当たりにできたのに。アポロが食事をするときも、起きるときも、ベッドへ行くときも、いつだって一緒にいたい。彼が緊張を解き、眠りに落ちて夢を見る様子を眺めていたい。ひげを剃るところも見てみたい。小さい頃に一度だけ見たエドウィンのひげ剃りと同じように、顎をあげて剃刀《かみそり》を下から上に滑らせるのかしら？

それから……ああ、なんてこと！　わたしはすべてが欲しいのだ。アポロのすべてが。

かたい決意も、慎重に立てた計画も、何もかもリリーは忘れた。目を開ければ彼しか見えないし、重ねた口は彼の味でいっぱいだ。いまやすべての感覚が、隅々までアポロ・グリーブズで満たされている。

まるで何年も離れ離れになっていたような気がして、リリーは切なさにいっそう唇を開いた。彼がベッドを去ってから何時間も経っていないのに。彼女はすすり泣きながらアポロを噛んだ。

彼がリリーの顔を撫でて、「しいっ」とささやく。

ドアの向こうには人がいると頭のどこかではわかっていた。でも、いまはどうでもいい。アポロの肩を、髪をまさぐる。服なんて脱ぎ捨ててほしい。アポロではなくキャリバンになってほしかった。

突然、彼がリリーを持ちあげて、そばにあったテーブルの上にのせた。テーブルが頼りなく揺れる。

アポロは小声で悪態をつくと、スカートをまくりあげて手を差し入れた。ひと言の断りもやさしい言葉もない。黙ったまま両脚のあいだに手を当て、自分には当然その権利があるとでもいうように指で探りはじめる。その手つきはキスをしたときと同じで、大胆きわまりなかった。

リリーがうめいたので、アポロはいったん手を離して、彼女の頰にまた「しいっ！」とささやいた。

それから親指で敏感な突起を探り当て、小さな円を描くように愛撫した。

リリーは彼の肩に歯を立ててこらえた。

アポロが身をかがめ、喉に舌を這わせる。

「くそっ、だめだ――」

彼がさっと手を引いたので、リリーは抗議の声をあげた。

アポロは低くかすれた声で笑い、ズボンの前を開けた。彼女の腿をさらに広げて体を割り込ませたので、ふたたびテーブルが揺れる。

「やめて、テーブルが壊れるわ」あわてててささやいた。

彼はにやりとしただけで、そのまま突き入れた。

いきなり荒々しく貫かれて、リリーの全身が一瞬で熱くなった。あまりの快感に、また彼の肩に歯を立てる。

アポロはいったん腰を引いてまた突き入れ、息を切らして宣言した。「いつか、声を押し殺さなくてもいい場所できみをわたしのものにする。きみのあげるすべての声を聞けるように。きみが心おきなく叫べるように」

腰骨がぶつかるくらい深く、彼は身を沈めた。スカートはふたりのあいだでくしゃくしゃに丸まっている。

ゆっくりとアポロが腰を引きはじめると、リリーは拳で彼の背中を叩いて懇願した。

片手を壁に、もう一方の手を彼女のヒップに当て、アポロがふたたび突いた。テーブルが壁にぶつかる。

リリーは目を見開いて、小さくあえいだ。体の奥のもっとも感じやすい部分を刺激されるのはとてつもなくすばらしいけれど、テーブルが壁にぶつかって音がしていては、すぐに誰かが来てしまう。彼女はうめいた。途中でやめたくはないが、ドアに鍵はない。

「わたしの腰に脚を巻きつけて」アポロが熱く湿った息で耳にささやいた。

「聞かれてしまうわ」

「リリー」彼がうなる。「頼む、お願いだ」

その懇願に、つながっている部分がいっそう熱くなった。

できるだけ高い位置に脚を巻きつけると、アポロは彼女の下に両手を差し入れて持ちあげた。こんなふうに貫かれながらしがみついている姿はみだらすぎて、淑女なら思い浮かべるだけで失神するところだ。

それなのに、リリーはのぼりつめる寸前だった。

アポロは壁に肩をつけて体重を預け、大きな両手を彼女のウエストに移動させた。リリーは、目を閉じて欲望に顔をゆがめている彼を見つめた。彼女を持ちあげてはおろし、ひたすら快感を貪っている姿を。

持ちあげられるたびに敏感な部分がこすれて、力強くおろされると歓びが四方に走り抜ける。

狂おしいほど欲求をあおられ、いまにも叫び声をあげてしまいそうだった。

そんな気配を察したのか、アポロが目を開けて彼女を見つめた。「キスしてくれ」

彼は自ら動いてキスはできないのだろう。壁に寄りかかってリリーの体を支えながら立つのに全力を振りしぼっている。

自分は力強い腕に抱かれた人形のようなものだと思いつつ、リリーは乗り出して唇を閉じたまま押し当てた。慎み深いとさえ言える、やさしいキス。容赦なく押し広げられている部分はアポロを求めて腫れあがり、濡れそぼっているというのに。いつ果てるとも知れぬ欲求に全身が熱い。たぶん終わりなど来てほしくないのだ。ずっとこんなふうに、空虚な部分を彼に満たされていたいのかもしれない。しびれて何も感じなくなるまで、かたくて大きい彼のものでひたすら突いてもらいたい。彼なら、きっとひと晩じゅうでも続けてくれる。眠りに落ちてまた目覚めるたび、いささかの衰えもなく押し入ってくれるに違いない。

けれども現実には、そんなふうにずっと続くはずがない。ひと晩じゅうだなんて、アポロの体の熱とにおいに包まれてつむいでしまった妄想だ。だから彼のリズムが乱れはじめると、リリーは自ら脚のあいだに手を伸ばし、小さな突起を指で探った。

そんな彼女を見つめて、アポロが口をゆがめる。「きみは……きみという人は……」

リリーは身を寄せて、汗に濡れた彼の首筋にささやきかけた。「自分で触れているの。あなたに貫かれながら、自分でも触っているのよ」

解放の歓びに、アポロが歯を食いしばって首の腱が浮き出る。

絶頂に達した彼が自分の中に精を放つのを、リリーは感じた。

あとを追うように彼女も達して、アポロの首に歯を立てた。塩辛い、命の味がした。

グリーブズ邸は陰鬱な場所だった。

馬車からおりるレディ・フィービーと、彼女の遠い親戚にあたるミス・バティルダ・ピックルウッドに手を貸しながら、トレビロンは黒っぽい建物を見あげた。戸口には明かりがひとつしか灯っていない。この屋敷の主人はけちなのか、客たちをそれほど歓迎していないのか、どちらなのだろう？

「ふう、ここはすてきな場所とはとても言えないわね。そのぶん、舞台がすばらしければいいけれど」砂利道を進みながら、ミス・ピックルウッドがこぼす。

「わたしたちを招待してくださるなんて、ミスター・グリーブズはとても親切な方だわ」レディ・フィービーがとりなした。「直接面識はないのに。きっとわたしたちがヒッポリタの知りあいだからでしょうね。バースに来ているとたまたまあの方が聞きつけてくださって、運がよかったわ」

ミス・ピックルウッドはレディ・フィービーの腕を取り、眉をあげてトレビロンを見た。

「本当に幸運だったこと」

うしろについて歩きながら、トレビロンは年配の女性にあえて何も応えなかった。ミス・ピックルウッドは年のわりに驚くほど鋭く、油断ならない相手だと、しばらく前から警戒するようになっていた。

やたら愛想のいい執事が玄関を開け、女性たちの上着を預かったあと、一階の客間に案内した。すると、少なくともその部屋だけは明るく照らされていた。入り口の上には何十本ものろうそくが灯されたシャンデリアがつりさげられ、あちこちのテーブルに枝付き燭台《しょくだい》が置いてある。部屋の奥は舞台用の空間になっていて、隅に三人組の楽師がいた。その前には椅子が数列並べられており、すでに一〇人以上の観客が席について、しゃべりながら劇の開始を待っている。

六〇歳くらいの男が歩み寄ってきた。「レディ・フィービーでいらっしゃいますか？」大声でしゃべるその男はミス・ピックルウッドに視線を向けている。

レディ・フィービーの笑顔がかすかにこわばった。「それはわたしですわ。ミスター・ウィリアム・グリーブズですか？」

「そのとおりです、お嬢さん」やはり声が大きい。

「ご紹介します。こちらは遠い親戚のミス・バティルダ・ピックルウッド。それから、こちらはトレビロン大尉です」

自分が同行している理由をレディ・フィービーが説明しなかったことに気づいて、トレビロンは愉快に思った。ミス・ピックルウッドにお辞儀をしたあとに向き直った屋敷の主人は、トレビロンが胸に拳銃を携帯しているのを見て目を丸くした。「これは、その……よくいらっしゃいました」

「ありがとうございます」丁寧に返す。

「芝居のあとに舞踏会があります。真夜中のお祭りというところですよ。ぜひ参加していただきたいですな、レディ・フィービー」

「レディ・フィービーは芝居が終わったらお帰りになります」トレビロンは代わりに応えて、彼女ににらまれた。だが、しかたがない。着席したまま楽しめる芝居と、なじみのない屋敷での舞踏会はまったく別物だ。ウェークフィールド公爵がいい顔をするはずがない――そして、トレビロンの給料を出しているのは公爵だった。

「わかりました。では、席へご案内しましょう」グリーブズは前列に空いている二席を示した。「ミス・ロイルのご友人だとうかがっております」

「そうなんです」レディ・フィービーは微笑んだ。

彼らが歩いていくと、空席の隣に座っている黒髪の女性が振り向いて手を振った。

「実はうっかりしておりまして……いま、従僕にもうひとつ椅子を持ってこさせます」グリーブズが決まり悪そうに言い訳をする。

「その必要はありません」トレビロンはきびきびと言った。「ご婦人方さえ友人同士で座らせていただければ、わたしはどこか別の席に行きますので」

グリーブズが感謝するように小さく頭をさげ、ふたりを連れていった。

おかげでトレビロンは、うしろのほうに席を取っていたキルボーン子爵の隣にさりげなく座れた。

「なるほど、うまくここへ来る方法を見つけたようだな」キルボーンが小声で話しかけてくる。

「ああ。レディ・フィービーは芝居と名のつくものには目がないんだ」彼女をかいがいしく席に座らせているグリーブズを見つめながら、トレビロンは応えた。

「そうでなかったら、どうしていた?」

トレビロンは子爵に目を向けた。「何か別の方法を見つけてここへ来ただろう。来たがってもいない彼女に無理強いするようなまねはしない」

「そんなつもりで言ったわけじゃない」

トレビロンは口を引き結んでうなずいた「何か発見したか?」

一瞬ためらってから、キルボーンは首を横に振った。「まだ何も。おじの部屋を調べたいんだが、なかなかいい機会がない」

「これほどたくさんの滞在客をさばけるだけの使用人たちが、邸内を歩きまわっているわけだからな。ところで、いま答えるのをためらわなかったか?」トレビロンは理解を示しつつも、一瞬の間を見逃さなかった。

キルボーンがしぶい顔をする。「たいしたことじゃない。おじの従者はニューゲート監獄に入っていたと、今朝モンゴメリー公爵が言っていたんだ——そんな経歴の男を雇うのは少し奇妙だと思ってね」

トレビロンは肩をすくめた。ロンドンではそうかもしれないが、田舎ならそういう男が再出発するという話もあるだろう。

キルボーンは続けた。「それからミス・グッドフェローの兄に、モンゴメリーを信用するなとわざわざ警告された」

トレビロンは小さく鼻を鳴らした。「そんなことはすでにわかっている」

「それはそうなんだが、モンゴメリーがわたしたちにはっきり敵対する動きをしているんじゃないかと不安になった」

「敵対する目的は？」

キルボーンが皮肉めいたまなざしを向けてきた。「では、協力する目的はなんだ？」

「あなたに庭園をちゃんと仕上げてほしいからと言っていたな。だが、あなたの言うことにも一理ある」

彼はトレビロンをじっと見た。「いとこについては何かわかったか？　おじではなくて、彼が殺しに関わっているという可能性はないか？」

「特に何もない。彼はそれなりに慎ましく暮らしている。借金を抱えているのは父親だけだ」

キルボーンは頭を振った。「誰を信用すべきなのだろう？　ミス・グッドフェローの兄か？　モンゴメリーか？　それとも、どちらも信用できないのか？」

「そうだな。その兄とやらはどの男か教えてくれ」

キルボーンは部屋を見まわした。「あそこにいる。いま、モンゴメリーと一緒に入ってきた」

トレビロンがさりげなく振り返ると、公爵のやや後方を白いかつらのやせた男が歩いていた。公爵をはさんで反対側には、庭園で会ったスコットランド人の建築家、マクレイシュもいる。「公爵を信用するなと警告しておきながら、連れ立って入ってくるのは妙だな」

「うむ」キルボーンが同意する。「モンゴメリーが今回の件で何を得ようとしているのか、ずっと考えているんだが」

「庭の完成にはあなたが必要だという言葉を信用していないのか?」

「かもしれない」キルボーンは肩をすくめた。「庭園の設計者ならほかにもいる。何か別の理由があるはずだ」

「得になる点がふたつくらいはないと、動くような男ではなさそうだからな」トレビロンはモンゴメリー公爵がレディ・フィービーに近づいていくのを見て、体をこわばらせた。「ちくしょう」

「なんだ?」

身分による序列という当然の社会通念を、トレビロンはすっかり忘れていた。前公爵の娘であり、現公爵の妹であるレディ・フィービーは、おそらくいまここにいる女性の中でもっとも身分が高い。その彼女の隣に男性の中でもっとも身分の高いモンゴメリー公爵が座るのは当然のことだ。

トレビロンは歯ぎしりをしそうになった。「彼には、わたしの責任のもとにある女性に近づいてほしくない」

「大勢のいる部屋で何もしやしないさ。それに彼女にはシャペロンがついている。タタール人みたいに手ごわそうだぞ」

それでもトレビロンは不満だった。レディ・フィービーの安全を、いくら頭が切れるとはいえ年配の女性に委ねたくはなかった。

楽師たちが演奏をはじめ、観客たちにおしゃべりをやめるよう促す。しばらく間を置いて、男の役者とミス・グッドフェローが舞台に登場した。男がメイドに求愛したがっていることについて、ふたりが言い争いをはじめる。彼らは双子の兄と妹という設定らしい。

こういう道化芝居はトレビロンの好みではなかった——そもそも芝居自体があまり好きではない。彼は舞台の上から自分の庇護《ひご》下にある女性へ目を移して驚いた。マクレイシュがモンゴメリーと席を入れ替わり、赤毛の頭がくっつきそうなくらい、レディ・フィービーに体を寄せていたのだ。

トレビロンは顔をしかめてキルボーンのほうを向いたが、彼は当てにならないとすぐに悟った。

子爵の視線はミス・グッドフェローに釘づけだった。

16

アリアドネはとっさに逃げようとしましたが、怪物が物音ひとつたてず、まったく動かないことに気づきました。勇気を振りしぼって近づくと、裸の怪物はたくましい両腕を清らかな花々の上に投げ出して脚を水中に入れ、うつ伏せに横たわっています。脚や胴体は傷だらけで、そこから血が流れ出していました。横向きのまま動かない雄牛の頭をアリアドネがじっと見つめていると、やがてその目が開きました……。

『ミノタウロス』

アポロは舞台の上のリリーを見て、彼女とは愛を交わしたのに、ある意味ではじっくり姿を見たことがなかったと気づいた。リリーは最初に着ていたドレスをブリーチと上着に着替え、茶色の髪を男性用の白いかつらの下に隠している。よく見れば誰の目にも男装した女性だとわかるが、そもそも男の格好をしている目的は、観客をだますためではなく引きつけるためだ。

そしていま、彼女は観客を魅了している。

アポロは圧倒された。リリーがどうやって部屋じゅうの人間をとりこにしているのか、言葉にするのは難しい。彼女は集めた光を屈折させて喜びに変えるプリズムのようだ。生き生きと明るい輝きを放つリリーに少しでも近づきたくて、アポロはいつしか身を乗り出していた。語りかけてほしい。わたしだけに。いま、わたしがリリーだけを見つめているように、彼女にもわたしだけを見てほしい。

けれども腹立たしいことに、そう思っているのはアポロだけではなかった。どの観客も、ほんの少しのあいだでいいから、ロビン・グッドフェローの視線を一身に浴びたいと願っている。打ち明け話をする友人として、愛情を注ぐ恋人として。舞台の上を自在に動きまわり、競争相手を演じる役者に気のきいたせりふを投げつける彼女を見ているだけで、アポロの下腹部はかたくなってきた。このうえなく親密な行為をともにしたばかりなのに、彼女のことを何も知らない気がするのはなぜなのだろう？

リリーは相手役に身を寄せて、いたずらっぽい光をたたえた緑の瞳で戯れるように見つめている。自分以外の男にそんな目を向けている彼女がまぶしく、同時に少し腹も立った。部屋にいる男性全員が、欲望をかきたてられているに違いない。

アポロはつばをのみ込み、椅子に寄りかかってリリーの呪縛から逃れようとしたが、だめだった。

こんなふうに感じているのは彼だけではない。

リリーが唇を嚙んで肩越しに観客のほうを振り返ったとき、いい年をしたおじが顔を赤らめているのが見えた。

まったく、彼女は危険きわまりない。

わたしは体が大きいだけの不器量な男だ。自分でもそれはわかっている。一五歳で父親の背丈を抜いて以来、ずっとそうだった。妖精のようにとらえどころのない可憐《かれん》なリリーが、なぜわたしなどに興味を持ってくれたのだろう？　理由はわからないが、彼女はわたしに身を委ねてくれた。

どれほど不釣りあいだとしても、リリーの気持ちを変えさせるつもりはない。いま、彼女はわたしのものだ。それがこの先もずっと続くように全力を尽くそう。


今日の舞台はうまくいったと、鏡の前で化粧を落としながらリリーは考えた。たしかにスタンフォードは第三幕で丸々せりふを忘れてしまったし、魅力的すぎる従者を演じた少年は共演者たちを差しおいて目立とうとしすぎていた。でも、モルは下手をすれば下品になってしまうせりふを絶妙のユーモア感覚で演じたし、ハンサムで騎士道精神あふれる役を演じたジョンは恋してしまいそうになるくらいすてきだった。全体として見れば大成功と言えるだろう。

「そろそろ終わる？」自分の鏡の前でうしろから見た髪型を確かめていたモルが、声をかけてきた。「今夜はあのかわいらしい公爵と一緒に踊ろうかと思っているのよ――それにミスター・グリーブズのワインも何杯かいただかなくちゃ。おいしいといいんだけど。まあ、そうでなくても飲むけれどね」そう言って、ウィンクをする。

リリーは笑った。「先に行って。わたしはまだ髪を直すから」

モルはくるりとまわってもう一度自分の姿を確認すると出ていった。

リリーは鏡を見つめて微笑んだ。なぜかはわからないけれど、アポロには一番きれいな自分を見てもらいたい。彼がはじめてわたしの舞台を見て、どう思ったのかも気になる。楽しんでくれたかしら？　庭園で、彼に助言してもらいながら書きあげたせりふに気づいてくれた？

リリーは鼻にしわを寄せた。こんなふうにつらつらと考えていてもしょうがない。急がないと舞踏会が終わり、いくら外見を飾っても無駄になってしまう。

客間から離れていてしんと静かだった小部屋に、廊下を近づいてくる足音が響いてきた。

リリーは急いで最後のピンを髪に差し、立ちあがって笑顔でドアを開けた。

しかし部屋に入ってきた人物を見て、その笑みは凍りついた。

ロス男爵リチャード・ペリーは七年半前とほとんど変わっていなかった。堅苦しい軍人のような物腰で、きちんとカールさせて粉を振った白いかつらをつけている。引きしまった腹部と広い肩も同じ。それに当然、青い目と緑の目の組みあわせも。

けれども目や口のまわりのしわは増え、深くなり、口角はさがったままになっている。残酷な行いが徐々に顔に刻まれているのかもしれない。

「リリー・スタンプ」ゆっくりと呼びかける彼の声はなめらかで軽やかだ。アポロとはまったく違う。どんなに喉がよくっても、常にきしるような響きのまじる彼の声とは。

まったく違っていてよかった。

「リチャード」リリーは淡々と応えた。

「ロス卿と呼んでもらいたい」彼がぴしゃりと言い返す。声を荒らげたわけではないけれど、リリーの視線は思わず彼の両手に行った。

拳を握りかけている。

リリーはうなずいた。「では、ロス卿、どういったご用件でしょうか？」

彼はゆったりと歩を進めた。「これまでどおり余計なことを言わず、わたしの邪魔をしないでもらおう」

部屋の隅に追いつめられないように、リリーは場所を移動した。狭い部屋の中には小さなテーブルがふたつと椅子が一脚、それに彼女の化粧箱と衣装しかない。でも鏡があるから、いざとなったらそれを割れば、鋭くとがった武器になる。

「わかりました」リリーは静かに言った。

「誓え」さらに近づきながら、リチャードが要求する。

彼女は相手をかわして逃げた。つかまれてドレスの布が裂けたが、無視して廊下に出る。そのままスカートを持ちあげて走った。

「リリー・スタンプ！」リチャードがうしろから怒鳴ったが、それで足を止めるようなら間抜けだ。

そして彼女は間抜けではない。

足を踏ん張って角を曲がると、目を丸くした従僕とぶつかりそうになった。

「どうされたのですか？」あっけに取られた従僕がきく。

「ごめんなさい」息を弾ませて謝り、スカートを撫でつけた。レディは使用人に謝罪などするものではないとわかっていたものの、かまわなかった。背は高いが、まだ少年と言っていい相手にリリーは笑いかけた。「舞踏会の会場はどこかしら？」

従僕が階段を指さす。「一階です。ご案内しましょうか？」

リリーは輝くばかりの笑顔を向けた。「そうしていただけるとうれしいわ」

長身の従僕のあとについて、一度も振り返らずに階段をおりる。心臓が静まり、どきどきという音がしなくなると、音楽がはっきり聞こえてきた。

従僕が会場の入り口で軽く頭をさげたので、彼女は感謝の笑みをさっと向けて中に入った。部屋の照明には何十本もの蜜蠟《みつろう》のろうそくが使われていた。それに加えて温室栽培の薔薇を生けた花瓶がいくつも置かれているので、両方から漂う甘ったるいにおいが耐えがたいほど部屋じゅうに充満している。おまけにひどく暑く、リリーは扇が欲しくてたまらなかった。見まわしてみると、室内は大勢の人でにぎわっている。ミスター・グリーブズは滞在客だけでなく、近隣の住人たちも招待したに違いない。中に入るとすぐにミスター・ワーナーが近づいてきて、さっそくダンスに誘われた。

リリーはアポロを見つけたかったので気が進まなかったけれど、表情には出さなかった。

客たちを楽しませるのも仕事のうちだ。

彼女はさらにミスター・マクレイシュともカントリーダンスを踊ったが、途中で入り口からにらんでいるリチャードの姿が見えたので、曲が終わると部屋の反対側にある庭へ出るドアに向かった。そして彼が追ってきているか確認しようと振り返った瞬間、手首をつかまれた。

無遠慮にぐいと引っ張られ、屋敷の裏手にある暗い庭へとおりる石段に連れていかれる。リリーは悲鳴をあげた。

だが陰になっていた顔をよく見ると、前を歩いている男はアポロだった。

「まあ」ふがいないことに、出てきた言葉はそれだけだった。

「おびえているのか？　どうした？」彼がきいてくる。

彼女はスカートを直した。「いきなり舞踏室から引っ張り出すんですもの。まるで誘拐だわ」

室内からもれてくる明かりで、アポロが唇をゆがめるのが見えた。

「本当に誘拐するときは肩にかつぐよ」

リリーは背筋を伸ばした。「わたしがおとなしくそうされるとでも？」

アポロは彼女の手を取って、指を握りあわせた。「ああ、そうだ」

「ずいぶん自信があるのね」鼻であしらう。

「どうかな」やさしく手を引かれて、リリーは石段をおりた。「きみの芝居、気に入ったよ」

「ありがとう」小娘のように顔が赤くなるのを感じた。

アポロがにやりとして、白い歯がのぞく。

庭に出る両開きのドアは開け放してあるが、客が庭に出ることは想定していなかったようで、外に明かりはない。窓からもれてくる光だけの暗い庭に立っていると、リリーは一瞬目が見えなくなった気がした。

「どこに向かっているの？」

「今日の午後、あるものを見つけた。それを見せたかったんだ」夜風にのって、アポロの声が静かに聞こえてくる。

気温は低く、廊下を走ったり踊ったりしたあとでなければ寒い思いをしたかもしれない。けれども体がほてっているいまは、冷たい夜気が心地よかった。

「気をつけて。歩道を外れたから」リリーが草の上に踏み出すと、彼が声をかけた。

彼女は一瞬まぶたを閉じたあと、夜空を見あげた。「星がきれいだわ」

目が慣れて、いまではアポロの姿がはっきりと見える――少なくとも輪郭は。

彼も顔をあげた。「今夜はよく見えるほうだな」

漂ってくる音楽を背にしばらく黙ったまま歩いていると、前方に壁とおぼしきものが見えてきた。

「あれは何？」

アポロが足を止めて顔をほころばせた。暗くて見えないはずなのに、たしかにそうだとわかる。「迷路だ」

こんなふうに女性を夜に迷路へ連れてくるなんて、正気の沙汰ではないかもしれない。だが、なぜかアポロにはこうするのが正しいと思えた。

「さあ、行こう」手を引いてリリーを促す。

彼女は素直に従ったが、最初に曲がったところで不安げに言った。「迷ってしまうわ」

「大丈夫だ」アポロはすぐに請けあった。「今日の午後、ここを見つけたときに調べておいた。簡単な構造だよ」

「暗くても？」

「暗くても。でも、今日はそんなに暗くないだろう？」星と三日月の出た空を指さす。

「それはそうだけれど」リリーは完全に納得したようではなかったものの、それでもついてきてくれたので、アポロはうれしかった。

迷路を構成する生垣は二メートル半もの高さがあり、古いものだとわかる。生垣が通路にまで伸び広がって縦に並ばないと通れないところもあったが、リリーは文句を言わなかった。静かな中に彼女の息遣いとスカートの衣《きぬ》ずれの音だけが響き、ときおりオレンジとクローブのじらすような甘い香りが体から漂ってくる。

アポロはつないだ手に力をこめた。

最後の曲がり角を過ぎる頃には、彼の下腹部はかたくなっていた。

「わたしたちはどこにいるの？」ここがどんなに大切な場所かわかっているように、リリーがささやいた。この場所がなんなのか、なぜ彼はここへ連れてきたのか、すべて見通しているのだろうか？

ふたりの前には石造りの浅い人工池があった。まわりには石のベンチが置かれ、中央には像が据えられている。昔は噴水だったのだろうが、いまは水も流れておらず、中は乾いて縁に茶色い枯れ葉が何枚か張りついているだけだ。

「ここは中心だ」アポロはこわばった喉から声を押し出した。

リリーが彼の手を引いて、石造りの池に近づいた。像を見つめてから振り返る。

「迷路の中心？」

「ああ、一番中心だ」

彼女の目をのぞき込む。瞳が星明かりを映して、まるで宇宙そのものだ。

リリーは黙って彼を見つめている。彼女が何を考えているのか、アポロにはまるでわからなかった。

やがて彼女は静かに笑って、大理石の像を指さした。「ミノタウロスね。ここに置くにはぴったりだわ」

巨大な角と盛りあがった肩を持つ像に、アポロは目を向けた。「迷路の怪物として？」

「そうよ」暗闇の中で向かいあって立つと、彼の目には星の光に輝く頰と月の光をたたえたリリーの瞳しか映らなくなった。「インディオは最初、あなたを怪物だと思ったの。前に話したかしら？」

アポロは首を横に振った。「きみにとって、わたしはいまでも怪物なのか？」

「いいえ」リリーが手を伸ばして、彼の眉をなぞる。「あなたは……怪物なんかじゃない。そう思ったことは一度もないわ。本当よ」

彼女はアポロの頭を引きおろして唇を合わせた。女としての情熱と欲求をまっすぐにぶつけてキスをしてくる。彼はリリーをきつく抱きしめすぎないように、必死で自分を抑えた。乱暴にすれば彼女は離れてしまうだろう。

そこで主導権を譲ることにした。リリーが舌先で彼の唇をそっとたどると、口を開いて中を探らせた。彼女がアポロの髪を結んであるひもをほどいたので、巻き毛が顔のまわりに広がった。

「アポロ」彼女は口を押しつけたままささやき、両手をベストの上にせわしなく這わせた。

「お願い、わたしを愛して」

その言葉を待っていた。アポロは彼女を抱き寄せ、頭を傾けてキスを深めた。襟ぐりからのぞく胸のふくらみに手を置いて、柔らかさと繊細な鎖骨の感触を楽しむ。こんなふうに少し彼女に触れるだけで、砂漠でワインを見つけた気分だ。ボディスの端をたどって胸の谷間に小指をもぐらせると、そこはかすかに汗ばんでいて、彼は味わってみたくてたまらなくなった。リリーをのけぞらせて甘美なふくらみのあいだに顔を近づけ、舌を出して塩気をなめ取る。

「アポロ、お願いよ」彼女がアポロの髪をつかんでうめいた。

彼は舌を上に滑らせ、肩まで行くと歯を立てた。

リリーが彼の腰のあたりで、欲望に震える指を動かしている。ズボンの前を開けようとしているのだと気づいたが、手伝う前に彼女はなんとか自力で開いた。

そして、飛び出してきたものを手の中におさめた。

はっとして、アポロは動きを止めた。身震いがして、うなり声がもれる。リリーはひんやりした両手でしっかりと彼の分身を包み、一度こすりあげたあと指先で先端を探りはじめた。

その指先を自分の口元まで持ちあげてなめる。

そんな仕草を目にして、アポロは耐えられなくなった。

リリーがそれ以上何かする前に、急いでうしろを向かせる。むしり取るように上着を脱いで、池のほとりのベンチの前に落とした。

「膝をつくんだ」ひどくしゃがれた自分の声に顔をしかめる。

リリーは神話の怪物に捧げられたいけにえのように従った。肩越しに振り返った彼女に、アポロはごくりとつばをのみ込んだ。

「ああ、それでいい」リリーのうしろにひざまずく。芸術作品を覆った布を持ちあげるようにうやうやしい手つきでスカートをあげると、月明かりに白く輝くストッキングと銀色に光る腿が目に飛び込んできた。最後に丸いヒップがあらわになり、甘美なふたつの丘のあいだにはひそやかな翳《かげ》りが見えた。

持ちあげたスカートを背中にのせ、むき出しの丸みに沿って指先を走らせると、リリーが身を震わせた。

「脚を広げて」彼は命じた。

その言葉に従ってリリーはさらに自分をさらけ出したが、夜の闇がじらすように彼女の慎みを守っている。

アポロは丘のあいだのくぼんだ部分に指を差し入れ、潤みをたたえた場所まで滑らせた。

「アポロ」彼女が小さく身をくねらせてささやく。

「こうされるのは好きか？」リリーの香りに酔ったのか、舌が少しもつれた。

「好きよ、わかっているくせに」彼女がいっそう腰をあげる。ベンチの上の両腕に頭をのせて腰を高くあげた姿は、自然そのものの美しさに満ちていた。

ああ、彼女が欲しくてたまらない。

アポロは自らのこわばりに手を添えて体を寄せ、熱く潤っている部分に先端をすりつけた。

リリーがうめいて背中をそらし、腰を押しつけるように突き出す。

もう何も考えられなかった。感じて――ひたすら彼女を求めることしかできない。欲望の証を秘所にあてがい、リリーが動けないように背中のくぼみに手を当てて押さえる。痛い思いはさせたくないし、自分も勢いをつけすぎると一気に達してしまいそうだった。

きつくて熱い場所にゆっくりと腰を進める。アポロは首をそらし、うつろな目を星空に向けた。わたしを迎え入れるために、リリーはこんなにも潤っている。アポロは何度も突き入れながら、彼女の美しさに涙がこぼれそうになった。どこまでが自分なのかわからないくらいひとつに溶けあうまで、深く体を押し込む。

それから身を引いて、ふたたび彼女と分かれた。結びつく喜びを、もう一度最初から味わうために。

リリーが腕に顔を押し当てて、すすり泣くような声をもらす。アポロは彼女を守り、所有権を主張するために、かがみ込んでその体を包んだ。この女性はわたしのものだ。

「どうしてほしい?」

「わかるでしょう……?」

アポロは彼女の首のうしろに舌を這わせた。「ちゃんと言ってくれ」

「あなたが欲しいの」リリーがささやく。「あなたをわたしの中に感じたい。わたしをいっぱいに満たしてほしい。言葉が出なくなるまで。自分の名前も思い出せないくらい頭が真っ白になるまで」

彼は完全にわれを忘れた。身を起こし、いったん腰を引いてから奥深くまで貫く。彼はすっかり野生に返っていた。目の前の女性のことしか考えられない。いまだけでなく永遠に。

上体を倒して、リリーの首のうしろを噛んだ。腰を押さえつけて何度も突き入っていると、彼女が身を震わせた。かすかなうめき声とともにリリーが達しても、アポロは動きを止めなかった。ひざまずいたまま、身を震わせている彼女を全力で突き続ける。やがて彼も絶頂を迎えると、大きくのけぞって空に吠えた。

星がぐるぐるとまわり、アポロはゆっくりとリリーの背中にくずおれた。荒く息をつきながら、ふたたび文明化された人間に戻れるだろうかと思う。

リリーといるかぎり、それは永遠に無理かもしれない。

17

雄牛とみまがう怪物は猛々《たけだけ》しい獣にしか見えませんでしたが、濃いまつげに縁取られたとても美しい目をしていました。大きくて澄んだ薄茶色の瞳は痛みに曇っていて、それを見た瞬間アリアドネは恐怖を忘れ、哀れみに心を満たされました。そして逃げ出す代わりに怪物のかたわらにひざまずき、傷の手当てをはじめたのです。けれどそうしているあいだも、テーセウスはどうなったのかしらと思わずにはいられませんでした。怪物に傷を負わせたのは、彼以外にはありえません……。

『ミノタウロス』

翌朝遅く、リリーは高揚と不安の両方を感じながら目覚めた。今日もアポロに会えると思うとうれしくてたまらない。もちろん、彼との関係が長く続くものでないのはわかっている。すぐに彼女は自分の、アポロは彼自身の生活に戻らなくてはならない――彼がどこでどんな生活をするにしても。貴族と一般の人間はずっと一緒にはいられない。少なくとも、幸せになろうと思ったら無理だ。そもそも住む世界があまりにも違う。力関係に差がありすぎる。

たとえリリーを好きになってくれたとしても、アポロはいずれ同じ階級の女性と結婚する義務がある。そして彼女には愛人になる勇気はない。でもいつか終わる関係だと思うと、彼と過ごす時間がなおさら切なく甘い。だから一分一秒を大切に楽しもう、とリリーは心に誓った。

だがアポロに会えると思って高ぶった気分に、恐れが影を落としていた。同じ屋敷に滞在しているのだから、リチャードを避け続けるのは不可能だ。

とりあえずリチャードについては心の隅に追いやって、リリーは食事をとりにモルと階下へ向かった。もう午後一時近かったので、客たちはほぼ全員集まっていた。労働者階級の人間なら、とっくに朝食をすませている時間だ。ただしそういう階級の人々は、夜が明けるまでダンスに興じたりはしない。

客の人数が多いので、大きなテーブルが三つ用意されていた。従僕たちが忙しく立ち働き、冷肉、半熟卵、パンをのせた皿やコーヒーポットを運んでいる。すぐにアポロを見つけてこっそり笑みを交わしたあと、リリーは部屋を見まわしてリチャードを見つけた。隣に座っている感じのいい女性は妻に違いない。

気の毒な女性だ。

リリーは顔を伏せ、モルと連れ立って、ジョン・ハンプステッドやワーナー夫妻のいるテーブルに向かった。そこには兄もいるのが残念だが、リチャードのいるテーブルとは部屋の両端に分かれるので最善の選択だ。途中で目をあげると、何やら考え込むような視線をリチヤードに向けて顔をしかめているアポロの姿が見えた。

彼は勘がよすぎる。

「ミス・ベネット」ふたりがテーブルに近づくと、ミスター・ワーナーがすぐに気づいて立ちあがり、エドウィンとジョンも遅れて続いた。「それにミス・グッドフェロー。昨日の芝居はすばらしかったですよ。妻ともども、心から楽しませてもらいました。それに兄上のことはご自慢でしょう。たしか脚本は彼が書かれたんですよね？」

ミスター・ワーナーはエドウィンに賞賛の笑顔を向けたが、エドウィンのほうは突然の注目に少しとまどっている。

「そうなんです。われわれ役者仲間のあいだでは、ミスター・スタンプは知的で機知に富んだ脚本を書くことで知られています。わたしも二度、彼の作品を演じたんですよ」ジョンが答える。

「なんてすばらしいんでしょう。とても才能がおありですのね、ミスター・スタンプ。わたしには一行だって書けやしませんわ」小柄なミセス・ワーナーも賛辞を述べた。

兄と目を合わせると、そこに罪悪感がよぎったことにリリーは気づいた。彼女の作品で兄が褒められるのはいつものことで、もう慣れっこのはずだ。それなのに、いまでも傷つかずにはいられない。ほんのわずかだけれど、心臓を小さくつねられたかのように。

エドウィンが面長な顔に複雑な表情を浮かべたあと、いきなり両手を大きく広げた。

「みなさま、ちょっとお耳を拝借できますでしょうか！」

客たちがいっせいに振り向く。驚きや期待など、その反応はさまざまだ。

エドウィンは聴衆を引きつけるすべを知っていた。お辞儀をして部屋の中央に歩み出る。

「昨夜の舞台にはたくさんのお褒めの言葉をちょうだいしておりますが、その真の功労者をご紹介しなくてはなりません。『ウェイストレルの改心』の本当の作者でございます」エドウィンはみなの期待をあおるように一瞬間を置いてから、リリーのほうを向いてお辞儀をした。「わが妹のミス・ロビン・グッドフェローです！」

兄が何を言いだすのかすでに予想はついていたものの、リリーはやはり驚かずにはいられなかった。呆然として目を見開き、エドウィンをじっと見つめる。すると彼はリリーの手を取り、部屋の中央へと導いた。

客たちが立ちあがって拍手をしはじめると、リリーはひたすらお辞儀を繰り返した。そのあいだに従僕が部屋の奥にいるミスター・ウィリアム・グリーブズの肩をそっと叩いて耳元で何かささやき、主催者である彼はひそかに部屋を出ていった。

拍手の嵐の中、リリーは兄を見つめた。「どうして？」

エドウィンが悲しげな顔で肩をすくめる。脚本の本当の作者を明かしたことを、兄はすでに後悔しているのだろうか？「真実を明かす頃合いだったのさ」拍手がやまないので、彼はリリーの耳に口を寄せた。「それにおれは自分勝手でけちな人間だが、妹のおまえを愛している」

涙がこみあげて、彼女はエドウィンに抱きついた。兄の肩越しにアポロが見える。彼は誇らしげな表情を目に浮かべ、みなと一緒に立って手を叩いていた。

ようやく自分の作品の作者と認められたリリーが顔を紅潮させて微笑んでいるのを、アポロはじっと見つめていた。彼女のそばに行って抱きしめ、おめでとうと言いたいが、ふたりは人前で大っぴらに愛情を示せる段階には達していない——いまはまだ。そこで彼は人々の注意がリリーに引きつけられている隙に、そっと部屋を抜け出した。

朝食室の外で忙しく働いている従僕たちが注意を向けてくる様子はなく、アポロは誰にも邪魔されずに廊下を進んで角を曲がった。おじの書斎は、同じ階の屋敷の裏側に当たる場所にある。家族の生活用に使われている部分だ。

ところが、もう少しで着くというところで背後から呼びかけられた。

「ミスター・スミス」

振り向くと、おじのウィリアムがけげんそうな顔で立っていた。「どうされました、ミスター・スミス？　こちらにはご興味を持たれるようなものは何もないと思いますよ。わたしの書斎があるだけですから」

「申し訳ありません」すぐに謝った。「方向を間違えてしまったようです」

「そうでしたか」ウィリアムが目を鋭くして首をかしげる。「おききしようと思っていたのですが、ひょっとして以前にお会いしましたかな？」

「それはないと思います」アポロはおじをまっすぐに見つめ返した。嘘をついているわけではない。幼い頃、父親の家族が訪ねてきた記憶がないのは本当だ。例外は、祖父がやってきてアポロをハロー校に入れると宣言したときだけだった。

「おかしいな。あなたにはどこか見覚えがあるんだが……」ほかの客たちのいる屋敷の表側へ一緒に向かいながら、ウィリアムはつぶやいて頭を振った。「会ったことがあるという気がしてならないんですよ」

廊下の突き当たりに近づくにつれて、ウィリアムは足取りをゆるめた。アポロは駆けだしたいくらいだったが、おじに歩調を合わせた。

「伯爵である父は大柄な男でしてね。子どもの頃は父が怖くてなりませんでした。まるで雄牛のように肩ががっちりしていて、手も大きいんです」おじは子ども時代のあまり幸せとは言えない思い出に、すっかりとらわれている。「兄もわたしも父の体格は受け継ぎませんでした――父はそれが不満だったようですが。でも、甥は父と同じく大柄だと聞いています。それにもちろん、わたしの息子のジョージも父に似たと言えるでしょう」

ウィリアムがアポロに向けた目には、答えを聞くのを彼自身が恐れているような、無言の問いが見え隠れしている。

「ミスター・グリーブズ」

低い声がして、ふたりは目をあげた。廊下の反対側の突き当たりに、窓を背にして男がひとり立っていた。

「ああ、バンス、そこにいたのか」おじはアポロに向き直った。「失礼させていただいていいですかな、ミスター・スミス？」

「ええ、どうぞ」アポロは、従者らしき男に向かって歩いていくおじのうしろ姿を見送った。

「何も滞りはないのだろうな？」ウィリアムが尋ねる。

「ご命令どおりに進んでおります。ですが……」バンスが体を寄せ、主人の耳に何かささやいた。そのとき頭の角度が変わり、陰になっていた顔があらわになった。左頬から顎にかけて、広い範囲が赤い痣で覆われている。

アポロはあとずさりして、廊下の陰に身を隠した。心臓が激しく打っている。あの顔には見覚えがあった。

四年前、ホワイトチャペルの酒場にいた男だ。

おじたちが書斎に入るまで待って、アポロは朝食室へ戻った。あの男を雇っているなんて、偶然にしてはできすぎている。バンスは殺し屋なのだろうか？　おじはあの男を送り込んで、汚れ仕事をやらせたのかもしれない。

朝食室では客たちがまだ食事をしており、アポロは目立たないようモンゴメリー公爵の隣の席に戻った。

「何か発見できたか？」公爵がトーストにバターを塗りながら、軽い口調で尋ねる。

「トイレでか？」わけがわからないふりをして、アポロは眉根を寄せた。

「わたしのような達人を相手にごまかそうとするな」

公爵はトーストにかぶりついた。

アポロはため息をついた。モンゴメリーは信用できないが、現状では数少ない味方ではある。「ウィリアム・グリーブズの従者は、殺しのあった晩に酒場にいた男だった」

モンゴメリーが咀嚼《そしやく》していた口の動きを止めた。「本当か？」

アポロは彼をにらんだ。「やつの顔には大きな赤い痣があるんだ」

「なるほど」公爵は口の中のものをのみ込んだ。「となると、次に調べなくてはならないのは、その男がいつからウィリアム・グリーブズに雇われているかだな」

「どうやって――」

アポロが尋ねようとしたときには、モンゴメリーはすでにテーブルの反対側に向かって身を乗り出していた。「ジョージ、きみの父親はいつからいまの従者を使っている？」

「三年前だ」ジョージ・グリーブズは公爵とアポロを交互に見ながら、ゆっくりと答えた。

アポロは小声で悪態をつき、卵料理がのった皿の上に身をかがめた。

一方、モンゴメリーはうろたえる様子もない。「妙だな。そっくりな痣のある男を、二年前にキプロス島で見たんだが」

キプロス島だって？　アポロはさりげなく目をあげ、このばかげた作り話をジョージが信じているかどうか確かめた。

怪しんでいるような表情を見るかぎり、彼はまったく信じていない。

ほかの客たちが会話に興じる中、アポロはため息をついた。「なぜあんなことをきいたんだ？」声をひそめて、モンゴメリーに文句を言う。

「ちょっと質問しただけさ」公爵はもう一枚トーストに手を伸ばした。

「わたしたちがかぎまわっていると、わざわざ警告したわけか？」アポロは腹が立った。

「そうだとも、そうじゃないとも言える」モンゴメリーが肩をすくめる。「退屈なんだ。何も起こらない。そんなときにはニワトリ小屋にキツネを送り込んで、様子をうかがうのも一手だ。ヘビが這い出してくるかもしれない」

アポロは声を荒らげた。「きみはニワトリについて何も知らないだろう」

「そうかな？」トーストにまたバターをたっぷりと塗りつけながら、公爵は快活に微笑んだ。

「そう思うのなら、家禽《かきん》に関してはわたしの助言を聞かないようにするしかない」

そこが問題の核心なのだと、アポロは苦いコーヒーを口に運びながら考えた。家禽について以外なら、この男を信用できるのだろうか？

のんきに紅茶を飲んでいるいとこに、アポロはもう一度目を向けた。四年前には、バンスはまだ父親に雇われていなかったとジョージは言った。けれどもそれは、おじが当時バンスと面識がなかったということにはならない。そしてもちろん、ジョージが嘘をついている可能性もある。親子で共謀しているのかもしれない。アポロが絞首刑になれば、ジョージも得をするのだから。

半熟卵を口に運びながら、アポロは頭を振った。おじの仕業だというたしかな証拠さえあればいいのだが。

そこで彼は決心した。

今夜もう一度、おじの書斎に侵入できるか試してみよう。

その晩リリーが部屋に戻ると、またアポロが待っていた。当たり前のようにそこにいる彼に腹を立てるべきなのだろうが、リリーはうれしかった。一抹の悲しみもまじってはいたけれど。

この屋敷でのパーティーが終わったあとも、ふたりの関係が続くとは思えない。真犯人を見つけて身の潔白を証明したら、アポロはもとの人生に戻るだろう。これまでいろんな男性を見てきたから断言できる。彼には求めるものを確実に手に入れる男性特有の、秘めた意志の強さがある。彼は伯爵になるように生まれついたのだ。いずれ必ずそうなるに違いない。

そんな男性の人生に、女優であるわたしの居場所はない。

だからパーティーの終わりとともに、ふたりの関係も終わりを告げる。

「何を考え込んでいる？」寝そべったベッドの上から手を伸ばして、アポロが静かにきいた。シャツとブリーチしか身につけていない。

リリーは彼に近づいた。一緒にいられる時間はあとわずかなのだから、自分の気持ちを偽るのはやめよう。

アポロは彼女をうしろ向きに抱き寄せ、結いあげた髪からピンを抜きはじめた。

「きみの髪がどれほど好きか、もう言ったかな？」

「平凡な茶色よ」

「平凡で、とてもきれいな茶色だ」彼が髪をひと房持ちあげて顔に寄せる。

「においをかいでいるの？」おかしくなって尋ねた。

「ああ」

「ばかね」軽い口調でからかう。

「きみに夢中なんだよ。今日はずっと見ていた」アポロはリリーの髪をおろして広げた。

「ミス・ロイルと庭を散歩していないときに？」肩越しに振り返り、彼を見つめた。

「そうだ。きみと一緒にいたかったが、身元がばれる危険は冒せないからね」アポロは指のあいだに通した髪を見つめて顔をしかめた。「そのほうが安全だと思った」

リリーは身をこわばらせた。「どういうこと？」

「おじが今日、わたしは祖父に似ていると言ったんだ。そのあとモンゴメリーがいとこに不用意な質問をした」

アポロの顔がよく見えるように、リリーは体ごと振り向いた。彼は眉間にしわを寄せている。「あの人たちに正体がばれてしまったの？」

「そうかもしれないし、そうではないかもしれない」アポロは肩をすくめた。「おじは疑っていると思う。だが、それだけだ。いとこがどう思っているかは……」言葉を切り、首を横に振った。「見当もつかない」

「気をつけなくてはだめ」リリーは彼の胸に手を当てた。「おじさんはあなたが爵位を継げなくなるように、すでに人を殺させているかもしれないのよ。また同じことをする可能性だってあるわ」

「自分の面倒は見られるよ」アポロはやさしく彼女に微笑んだ。

「ばかなことを言わないで。弾丸から身を守れる人間なんていないんだから」リリーは焦ってささやいた。

アポロの顔から笑みが消える。「たしかにそうだ」彼はリリーの額にキスをした。「ところで、なぜロス男爵を警戒しているのか教えてくれ」

突然の質問に、彼女は目をしばたたいた。「別に警戒なんて――」

彼はリリーの髪の生え際を指でなぞった。「心配なんだよ。できるかぎり、きみを守りたい。頼むから話してほしい」

リリーは口を開き、また閉じた。あともう少ししたら、アポロとは離れ離れになって二度と会わないだろう。それなのに彼に打ち明ける必要があるのだろうか？

でも、いまこの瞬間にかぎっていえば、彼とはとても親密だ。それぞれの人生に戻る前のつかの間の寄り道だとしても。もし状況が違えば、アポロはわたしの夫になっていたかもしれない。彼の子を産み、家庭を築いて、ふたりとも白髪になるまで、毎晩同じベッドで眠っていたかもしれないのだ。

もしかしたら、こんなふうに刹那のときだからこそ、彼に真実を話すべきなのかもしれない。

そこでリリーはアポロの胸に頭を預け、心臓の鼓動に安らぎを感じながら話しはじめた。

「母と一緒にいろんな劇場を渡り歩いていた子どもの頃、同い年の女の子に出会ったの。キティという名で、その子と友だちになったわ。彼女は両親とも役者だったから、わたしたちはほとんど一緒に育った。キティは燃えるような赤毛に青い目で、笑うと鼻にくしゃっとしわの寄る様子がすごくかわいかった。演じられる年になると、いつもヒロイン役だったのよ。わたしは面白くてやさしい彼女が大好きだった。シードケーキが大好物でね。ときどきモードが小さなケーキをこっそり持ち込んでくれて、舞台裏でお茶会をしたわ。わたしの母や彼女の両親が舞台に出ているあいだに」

アポロが黙ったままリリーの髪を撫でる。大勢の人間に囲まれながらも孤独だった子ども時代にできた友だちが、わたしにとってどれほど大きな存在だったか、彼はわかってくれるだろうか？　どれほど強い絆で結ばれていたかを。

「一七歳になったときだった。キティはある男性に出会ったの——お芝居の世界からは遠く離れた世界の人。貴族よ」過去をたどりながら、リリーはアポロのシャツのボタンを指でもてあそんだ。「ハンサムでお金持ち。何より彼はキティにすっかり夢中だった。とにかく、そんなふうに見えたのよ。でも、もちろんわたしたちはまだほんの小娘で、劇場で大人に囲まれて育ったとはいえ、現実の世界については何も知らないに等しかった。警戒しなくてはいけないなんて思いもしなかったの。モードが一度、警告してくれたわ。貴族の血と平民の血はそう簡単にまじるものではないって。でもわたしたちは、そんな言葉は気にもかけなかった。わかるでしょう？　すごくロマンティックだったんですもの。彼はしょっちゅう劇場に来て、楽屋の前で待っていた。一度なんて、雨の中に立っていたこともあるわ。だからわたしたちは、キティを愛しているという彼の言葉を信じたのよ。当然じゃない？　雨の中でひたすら待って、花や宝石を山ほどプレゼントしてくれる。そういうのを愛と呼ぶんでしょう？」

まるで小さい子どもを抱きしめるように、アポロがリリーに腕をまわした。

彼女はつばをのみ込み、声が震えるのを抑えながら続けた。「あるとき、キティの頬に青痣ができていた。お化粧で隠していたけれど、変だなと思ったわ。ふつう、痣なんかできる場所じゃないもの。でもキティは暗いところでドアの角にぶつけたんだと言って、わたしはそれを信じた。何もきかずに信じたのよ。見え透いた嘘なのに簡単に信じてしまった」

リリーの声が高くなったので、アポロは彼女の髪をうしろに撫でつけ、こめかみにキスをした。でも、やはり何も言わなかった。

「一年以上の求愛期間を経て、キティは彼と結婚したわ。彼はそれくらいキティに夢中だったのよ——家族の反対を押しきり、血筋を裏切って、女優と結婚したんですもの」

アポロが何か言いたげに身じろぎしたが、リリーはかまわず先を続けた。

「そのあと一年近く、キティに会わなかったわ。手紙はくれたの。すごく幸せだと書いてあった。夫となった人が彼女をひとりじめしたがって、幼なじみとも会わせたがらないって。わたしはキティに会えないのが寂しくてたまらなかったけれど、彼女は真実の愛を見つけたんだと思って心から喜んでいたのよ。そしてようやく訪ねてきてくれたとき、彼女は脚を引きずっていた。道で転んで足首をひねったと言い訳して、わたしはやっぱりなんの疑問も持たなかった。だけどそれから彼女はしょっちゅう事故に遭うようになって、訪ねてきてくれることもどんどん減っていったわ。そして結婚して二年目に外の店でお茶を飲んだとき、化粧で隠してはいたけれど、彼女の目のまわりが黒くなっていた……」

アポロがリリーのこめかみに唇をつけてささやいた。「それからどうした？」

「もちろん彼とは別れるように頼んだのよ。キティには大勢の芝居仲間がいたから、必要ならわたしたちが協力して彼女をかくまうと言ったの。仕事だって見つけてあげると」

「それで別れたのか？」

「いいえ。キティは彼のもとを去ろうとはしなかった。信じられないけれど、あんなひどい扱いをされても、まだ彼を愛していたの。彼は家族の反対を押しきって結婚したんだから犠牲を払ったんだと、キティは感じていたのよ。彼がたまに怒りでわれを忘れても、それは自分が支払わなくてはならない代償なのだと信じていた」

アポロはリリーの髪を撫でていた手を止めて、言葉を選ぶように静かに言った。

「どんな理由があろうと、男が女性を殴るなんて許されない。それが愛している女性なら、なおさらだ」

彼女はしばらく口をつぐみ、アポロのやさしく力強い言葉を嚙みしめた。

それから息を吸って先を続けた。「次に会ったときキティは妊娠していて、とても幸せそうだったのよ、アポロ。だから、すべては取り越し苦労だったと思ったの。彼女の夫は妻がどんなにすばらしい女性かようやく悟って、二度と傷つけないと誓ったのだと思った。少なくとも、キティはそう言っていたわ。そしてわたしは彼女の言葉を信じたかった——心からそう願っていたのよ」

キティが妊娠したと聞くとアポロは体をこわばらせて声をあげたが、リリーはさえぎって言葉を継いだ。

「そんな話を信じるなんて、ばかだったわ」

「きみのせいじゃない」彼は震える声で慰めた。「彼女がどうなったとしても、絶対にきみのせいではないよ」

リリーはただ首を横に振った。キティの母性本能に訴えて、もっと強く説得すればよかったのに……わたしはそうしなかった。

手を尽くさなかったのだ。

彼女はアポロの手を取ってきつく握った。「ある晩すごく遅い時間に、キティがわたしたちのところへ来たの。ドアを叩く音で目が覚めたわ——エドウィンも、モードも、わたしも。母はもう亡くなっていたし、兄はちょうどカードでお金をすってしまって、窮屈な部屋に転がり込んでいたのよ。モードがドアを開けて、彼女があげた悲鳴でわたしはベッドを飛び出した。キティは……」唇を噛んで荒く息をつきながら、すすり泣きをこらえる。

「もういい。無理に話さなくていいんだ」アポロが低い声で言った。

リリーは激しくかぶりを振って、声を絞り出した。「ちゃんと話さないと、あなたにわかってもらえないもの。キティは……血まみれだった。どうやってわたしたちのところまでたどりついたのかはわからない。でも、赤ん坊をとても愛していたから」彼女は息を吸って嗚《お》咽《えつ》をこらえた。「本当にとても」

「なんてことだ。かわいそうに」アポロはリリーを抱きしめ、慰めるように揺すった。

「彼はキティをひどく殴ったのよ。片方の目は完全にふさがっていた。もう一方もひどく腫れていて……」リリーは息を止めた。「もし彼女が死ななかったら、傷が残ったでしょうね。そんな目で少しでも見えているのか、わたしにはわからなかった。頬はゆがみ、鼻はつぶれていたわ。だから口で息をしていたのよ、アポロ。それに体の中から出血していた。脚のあいだから血が流れ出ていたわ。出産が始まっていたの」

アポロが彼女の顔を引き寄せて頬に押しつけたので、彼の頬が濡れているのがわかった。彼は一度も会ったことのない女性のために泣いている。リリーの気持ちに寄り添って、涙を流してくれているのだ。

「産婆を呼ぶ時間はなかった。モードは……すばらしかったわ。キティをわたしのベッドに寝かせて、下に布を敷いた。エドウィンを叱りつけて落ち着かせると、彼に手伝わせたの。兄にはいてもらうべきじゃなかったんでしょうけど、キティはもう最後には男性がいることすらわからなかったと思う。彼女は意識を失って、モードが……」

リリーは両手で顔を覆い、過去の衝撃と悲しみに身を委ねた。キティ、かわいそうなキティ。あんなに潑剌《はつらつ》として美しかったのに、いま浮かんでくるのは殴られて血だらけになった顔だけだ。なんてひどい。これでは彼女があまりにもかわいそうだ。

「もういい、もういいんだ。何も言うな」アポロはリリーを赤ん坊のように揺すりながら、髪に向かってささやいた。

「ごめんなさい」手のつけ根で涙をぬぐいながら、彼女は謝った。鼻水は出ているし、目だってきっと真っ赤だろう。こんなふうに泣きじゃくってひどい顔になった女に、アポロは会いに来たわけじゃないのに。

「謝るな」彼が鋭い声でさえぎったので、リリーはびくっとした。話しだしてからはじめて、アポロの顔をまともに見る。すると彼の目も真っ赤だった。

「謝らないでくれ」アポロがやさしく言い直した。「獣のような男のせいで、きみはつらい思いをした。そのことで謝るんじゃない」

リリーはうなずき、息を整えた。「キティが来てからたった一時間で赤ん坊は生まれたわ。夜が明ける直前だった。でも、しわくちゃで真っ赤な息子を、キティは一度も見られなかった。産み落としたときには、もう息をしていなかったのよ。赤ん坊もすぐに死ぬのではないかと思ったわ。とても小さかったから。だけど、モードはどうすればいいかちゃんとわかっていた。エドウィンに乳母を呼びに行かせ、赤ん坊を布で包んで、両側にあたためたれんがを当てたの。そうやって体温を保ったのよ」つらい思い出にもかかわらず、彼女は微笑んだ。あのとき、わたしは母親になったのだ。「あの子は全然泣かなかった。ただ目をぱちぱちさせて、大きな青い瞳であたりを見まわしたの。もちろんしばらくして片方は緑に変わったけれど、生まれたときは両目とも夜空みたいな黒に近い青だった。頭のてっぺんには黒い巻き毛がちょっぴり生えていて、とてもかわいかったわ。エドウィンが名前はジョージにしようと言ったけれど、それではふつうすぎると思ったの。インディオと名づけたのはわたしよ」

リリーはアポロを見あげた。

彼は真剣な目で、まっすぐ見つめ返した。「キティは誰と結婚したんだ、リリー？」

「ロス男爵よ」時刻をきかれたかのようにさらりと答えたが、この事実を他人に明かすのははじめてだった。「赤ん坊が生きていると知ったら彼は必ず始末しようとすると、わたしたちは思ったわ。彼は、新しい妻を娶《めと》りたいからおまえを殺してやるとキティに言ったのよ。ちゃんとした血筋の跡継ぎを産んでくれる妻と取り換えようと考えたのね。だからわたしはそのあとすぐにロンドンを出て、小さな町の舞台に出ていたわ。モードと赤ん坊とすごく若い乳母を連れて、地方をまわっていたの。そしてロンドンに戻ってからは、インディオはわたしの子だとまわりに言ってきた」

「ロスは知らないんだな？」

「ええ、そうよ。これからも絶対に知らせるつもりはないわ。彼には新しい妻がいて、幼い息子もふたりいる。ちゃんと跡継ぎがいるんですもの。実は正当な跡継ぎが別にいると知ったら彼がどうするか、考えるとぞっとするの。身寄りのない女優の産んだ跡継ぎがいると知ったらどうするか」

アポロはゆっくりと両手を握りしめた。「だが、女性を――自分の妻を殴り殺しておいて、なんの罰も受けないなんて……。そんなのは間違っている」彼は顔をゆがめた。

リリーはあわてて膝立ちになり、アポロと向きあった。彼にはちゃんとわかってもらわなくてはならない。「復讐しようとしてはだめよ、アポロ。それから、このことは絶対に誰にも言わないで。赤ん坊はキティと一緒に死んだと彼が思っているかぎり、危険はないんだから」

アポロは荒々しい表情で彼女を見た。「それならなぜあいつは、パーティーのあいだずっときみを見ていたんだ？」

リリーは頭を振った。「わたしがキティの最期を看取った人間だからよ。彼女がどこに逃げ込んだか、彼には見当がついたはず。自分が何をしたかわたしには知られていると、彼にはわかっているの」

「つまりあいつは、きみのことを脅威と見なしているわけだ」

「わたしはただの女優よ――彼の住む世界では取るに足りない存在だわ」

「今朝、部屋じゅうの人間が立ちあがって、きみに賞賛の拍手を送ったじゃないか」アポロは彼女の両手を取って胸元に持ちあげた。「自分はたいした人間ではないと、きみは思っているんだろう――たしかに、爵位を持つ貴族という狭い世界にかぎってはそうかもしれない。だが、社交界全体で見たらどうかな？　すばらしい脚本の作者だと知れる前から、女優として高い評価を受けていたじゃないか。リリー、彼がきみを恐れるのも無理はない」

彼女は目を閉じて、説得の言葉を探した。「あなたの言うとおりだとしても、やっぱり誰にも言わないで。インディオの安全が何より大事ですもの。絶対にあの子を守らなくては」

「大丈夫だ」アポロは大きな両手で彼女の顔を包み、小声でなだめた。「きみもインディオも危険な目には遭わせない。約束する」

「ありがとう」リリーは体を寄せて、アポロの顎にキスをした。伸びかけたひげを唇に感じる。「ありがとう」

「きみがそんなつらい思いをしなくてはならなかったなんて残念だ」彼はリリーの顎を持ちあげた。「男の最悪な面を目の当たりにするようなはめには誰にも陥ってほしくない。とりわけきみには」

おかしくなって、彼女は唇をゆがめた。「とりわけわたしには？　どうしてわたしはほかの人たちよりも大事にされなくてはならないの？」

彼はリリーを膝の上に引き寄せた。「なぜなら、きみはわたしの光であり、幸せの源だからだ。そうさせてもらえるのなら、わたしはこの先一生、世の中の醜い面からきみを守っていくつもりだ」

「それは無理よ。生きるというのは、人生の美しい面と醜い面の両方を見ることですもの」

「そうかもしれない。だが、それでもわたしはきみを守ろうと努力し続けるだろう。毎日、幸せに輝くきみの目を見たいから」アポロは頑固に言い張った。

「ありがとう」それは決して訪れない未来だとわかっていても、彼の言葉は心にしみた。リリーが口の端にキスをすると、彼はちゃんと唇が重なるように顔をずらした。舌を差し入れて、ゆったりと物憂げなキスをする。

アポロがスカートのひもをほどくあいだ、リリーがボディスのホックを外した。そのあとふたりで一緒にコルセットをゆるめ、彼が頭から引き抜く。

アポロは次にシュミーズを引きおろした。

彼の腿にまたがって膝立ちになっているリリーは、ストッキングとガーターしか身につけていない。彼女はアポロの肩に手を置いて見おろした。彼のざらざらした指が、腿からヒップまで撫であげていく。

「きれいだ。はじめて庭で会ったときも、そう思った。ちゃんと服を着ていたきみだよ。だが、こんなふうに何もまとっていないきみは……」かすれた声で言い、つばをのみ込む。リリーの下腹部の茂みのすぐ上で円を描くように動かしている自分の親指を見つめながら、アポロは暗い目になった。「〈ベドラム精神病院〉にいたときは、何も夢見ることを許されなかった。思い浮かぶすばらしいものすべてを凝縮した存在が、きみなんだ」

「アポロ」その言葉にリリーは心を動かされた。彼の頭を撫で、髪を結んであるひもをほどく。

彼は何年も心を通わせてきた恋人のような笑みを浮かべた――知りあって、まだそんなに経っていないというのに。

こぼれそうになった涙を隠そうと、リリーは身をかがめて彼の頭を胸に引き寄せ、感傷的な気持ちを静めようとした。いまは先のことは考えたくない。避けようのない未来を思い悩んで、このひとときを台なしにしたくない。

しかし、彼はリリーの気分の変化を感じ取った。顔をあげて彼女を見る。「リリー?」

「なんでもないわ」そのまま彼のズボンの前ボタンを外しはじめた。「ただ……忘れたいだけ。忘れさせてくれる?」ちらりと目をあげ、涙の跡が残る顔を見せる。

こんなふうにごまかそうとする自分に罪悪感を覚えるべきなのはわかっている。けれど、アポロとの関係が短期間しか続かないとしても、わたしにだってわずかな歓びを得る権利くらいあるはずだ。

リリーはブリーチを開き、手を差し入れて下着のひもをほどいた。大きくなった彼のものが、茂みから雄々しく立ちあがる。

アポロは体を起こし、シャツを頭から引き抜いた。上半身裸になると、彼はリリーのヒップをつかんで引き寄せ、ひと突きで中に入った。リリーはさらに上体を倒して敏感な突起が彼の腰骨に当たるように位置を整え、激しく腰を上下させた。全身が震え、ふたりのあいだに生まれた熱と渇望に溶けていく。彼女は狂おしいリズムを刻みつつ、アポロを見おろした。彼は息をのみ、上唇をゆがめて見つめ返している。

視界がちらつきはじめて、リリーは目を閉じた。腰を動かし、完璧な位置を見つける。こすられると一番熱くなる場所を。彼女は声をあげてすすり泣きながら達した。燃えさかる欲望に体がのみ込まれていく。

ぐったりしたリリーは、自分も解放されようと彼女のヒップをつかんで突きあげてくるアポロにただしがみついていた。

すべてが終わったあと、汗に濡れた彼の髪に指を通しながら、またもとの生活に戻れるのかしらとぼんやり考える。

もしかしたらアポロに連れられて、永遠に抜け出せない迷路に足を踏み入れてしまったのかもしれない。

手当てを受けているあいだ、怪物はアリアドネを美しい目でじっと見つめていました。終わると怪物は立ちあがろうとしましたが、たくましい体がぐらりと揺れました。とっさに腰に腕をまわして支えたアリアドネを怪物は興味を引かれたように見て、木陰に連れていくと、草の実ときれいな水を差し出したのです。そのあいだずっと沈黙したままでしたが、薄茶色の目には人間の心が垣間見えるとアリアドネには思えてなりませんでした……。

『ミノタウロス』

18

アポロはひそかに廊下を進んで、おじの書斎へ向かった。

大男の彼に可能なかぎり、足音を抑える。

もう真夜中を過ぎていて、彼が確認したところでは、リリーを含め客たちはみな寝静まっていた。うしろ髪を引かれる思いで彼女のあたたかい体をあとにしてきたが、探索が長くかからないことを祈ろう。

リリーの待つベッドに早く戻りたい。

幸い書斎のドアに鍵はかけられていなかったので、音をたてないように侵入した。中はあまり広くはなく、帳簿をおさめた本棚がひとつとその前にテーブルと椅子がひとつずつ、それから暖炉の近くに机と椅子が置かれている。

アポロは部屋を横切って机に向かい、持ってきたろうそくを端に置いた。机の上には、羽根ペンをさした瓶と吸い取り紙を敷いたインク壺しかない。彼は机の反対側にまわって椅子に座り、三つ並んだ引き出しの真ん中をまず開けてみた。中に入っていたのは紙束と鉛筆、それにペンナイフだけだ。ほかには何も見当たらない。

顔をしかめて左側の引き出しに移ると、そこは空っぽだった。どうやら、おじはきちんと事業の管理をしていないらしい――借金がかさんでいるのは、そこに理由があるのかもしれない。ただし残る右側の引き出しには、最初のふたつと違って鍵がかけられていた。

顔を近づけて薄暗い中で目を凝らして調べていると、突然声がした。

「わたしの机で何をしておられるのです？」

あわてて見あげると、おじがいぶかしげな顔をして立っている。とっさに取り繕おうとしたが……言い訳をするのが急にいやになった。

背もたれに寄りかかった拍子に椅子がきしむ。「わたしの財産と爵位を盗むために、あなたが人殺しを命じた証拠を探しているんですよ」

ウィリアム・グリーブズは啞然《あぜん》とした。「いったい……どういうことだ？」

アポロはため息をついた。「わたしはあなたの甥、キルボーン子爵アポロ・グリーブズです。お見知りおきを」からかうように会釈する。

「キルボーン……」おじはあとずさりして、手にしていたろうそくを落としそうになった。

「おまえは頭がどうかしている」

「いいや。わたしは正気だし、それはあなたが一番よくご存じのはずだ」アポロはわずかに顔をこわばらせたものの、辛抱強く言った。

「なぜここにいる？」彼が甥の言葉に耳を貸す様子はない。

アポロが立ちあがろうとすると、ウィリアムは小さく悲鳴をあげて両手を突き出した。

「そこを動くな！　そばへ寄るんじゃない！」

「おじ上」静かに呼びかけた。

「来るな！」年齢に似合わぬすばやさで、ウィリアムは部屋から飛び出した。

アポロは眉をあげた。

「助けてくれ！　こっちだ！　人殺しがいる！」おじの声が遠ざかっていく。

こうなってはしかたがない。

アポロはろうそくを持って書斎を出た。リリーの部屋に向かう途中で一度だけ従僕に出くわしたが、うなずきかけてそのまま歩き続けた。階下でおじが騒ぎたて、使用人たちを起こしているのが聞こえる。

部屋に戻ると、奇跡的にもリリーはまだ眠っていた。

アポロはため息をつき、安らかに眠っている彼女の姿を最後に目に焼きつけてから、肩を揺すって起こした。「リリー」

「なあに？」彼女が眠そうに応える。体を起こしたリリーはようやく騒ぎに気づいた。「アポロ！」

「しいっ」彼はベッドの端に座った。「愛しているよ」

リリーの目が見開かれる。「わたしは……」

「時間がない。おじにばれた。すぐに従僕たちを引き連れて、わたしをつかまえに来るだろう。逃げなくてはならないんだ」

彼女は目をしばたたいて大きく息を吸った。

「明日の夕方、庭園で会おう。水浴びしているわたしをきみが見つけたことがあっただろう？　あの池のほとりで。覚えているかい？」リリーの目をのぞき込み、理解しているか確かめる。

「わたし……ええ」こんなときなのに、アポロは顔を赤らめた彼女を愛らしいと思った。

「六時頃に行けると思う。何かあったらエイサに連絡してくれ」彼は立ちあがった。近づいてくる足音が聞こえる。振り向いて、すばやくリリーにキスをする。

「きみを愛している。それだけは絶対に忘れないでほしい」

そう言って、アポロはドアに走った。

従僕ふたりと中年の執事が待ちかまえていた。アポロは執事を押しのけたあと従僕もやり過ごそうとしたが、ひとりが殴りかかってきた。その拳をよけて腹部に肘を打ち込むと、従僕は体を折った。もうひとりがあとずさりする。自分の身を守りたいという思いと職務とのあいだで揺れ動いているのだ。右の拳で殴りかかるふりをすると、従僕はびくっとして身を縮め、軽く押しただけで尻もちをついた。そこを突破したあとは、廊下を走っていくあいだ、誰にも止められることはなかった。

急いで角を曲がり、中央の階段を駆けおりる。途中で驚いた顔のフィリップ・ワーナーとすれ違ったが——興味深いことに、彼は夫婦に割り当てられたのとは別の寝室から出てきたところだった——そのまま玄関を抜けた。

アポロは闇夜の中に走り出た。

喧騒《けんそう》は遠ざかったものの、やがて馬のひづめの音が背後に迫ってきた。ぎりぎりまで待ってから、両手をあげて振り向く。どうにかして馬をかわすつもりだった。

ところが迫ってきたのはモンゴメリー公爵だった。手綱を引かれて、馬がうしろ脚で立ちあがる。

「どうした、何をぐずぐずしている?」珍しく焦った様子で怒鳴り、公爵が手を伸ばした。

「早く乗れ!」

〝きみを愛している〟と彼は言った。

たったいま起きたことが信じられず、リリーは部屋の入り口を見つめた。

愛しているだなんて。

アポロはどういう意味で言ったのだろう？　わたしとの関係を続けるつもりなのか、それともベッドをともにした女性にはいつもそう言うのかわからない。

いいえ、違うわ。すぐにリリーはその考えを打ち消した。アポロは善良な男性だ。彼がわたしを――身分の違いにもかかわらず愛しているというのなら、本当にそうなのだ。

裸のまま、リリーは上掛けで胸を覆ってベッドの上に身を起こした。ふわふわと頼りない幸福感がこみあげてくる。こんなふうに感じている場合じゃないわ。アポロが逃げおおせたのかもわからないし、そもそもリチャードとキティの結婚で、貴族と女優はうまくいかないとよくわかっている。でも……。

彼はきっと大丈夫。心も体も強く、何よりアポロなのだから。きっと明日、庭園で会える。そして……。

そしてどうするの？

たぶん、ふたりで何か方法を見つけられるだろう。アポロはふつうの貴族とは違う。それにわたしも……彼を愛している。

そう考えて、リリーは身震いした。愛には大きな危険が伴う。自分だけでなく、インディオやモードにとっても。ふたりの幸せを危険にさらしてもいいのかしら？

「少なくとも、彼は趣味がいい」

聞き慣れない声に驚いて目をあげると、ジョージ・グリーブズが部屋に入ってくるところだった。まるでお茶会に招かれて来たような気安さだ。

彼女は身をかたくした。「なんとおっしゃいました？」

「聞こえただろう、売女《ばいた》の趣味のことさ」ジョージは冷たい声で答え、背後のドアを閉めた。

リリーは両手を握りしめ、ベッドを飛び出す体勢を整えた。いざとなったら裸でも逃げるつもりだった。「わたしの部屋から出ていって」

「ここはいい、わたしの部屋だ——父のものはわたしのものだからね」ジョージは椅子をベッドのほうに向けて座った。「ミス・グッドフェロー、きみは屋敷に迎え入れてもらった立場でありながら、父の善意を悪用した」

「どう悪用したというの？」

ジョージは脚を組んだ。こんな時間なのに、ブリーチとベストと上着にネッククロスまで結んだ完璧な装いだ。みなが寝ているあいだに、彼は何をしていたのだろう？

「どうやらきみはわたしのいとこと共謀して、わが家に害をなそうとしていたようだ」

「そんなことはしていないわ。彼は殺人犯ではないから、それを証明しようとしているだけよ」相手が納得してくれるよう、わずかな望みにかけて訴える。

「そんなでたらめを信じるとでも思っているのか？」ジョージは軽蔑もあらわに切り捨てた。

「きみはキルボーンと共謀して、わたしたちを寝ている隙に殺そうとしたんじゃないのか？」

「なんですって？」リリーは目の前の男性を見つめた。アポロが彼らの寝込みを襲うために屋敷にもぐり込んだと、この人は本気で信じているのかしら？　そんなばかげた話はありえないと当然わかっているはずだ。

「やつが正気を失っていることは誰もが知っている。これ以上、あの男に家名を汚されるのはまっぴらだ」彼は目をぎらつかせてリリーをにらんでいる。

彼女はぞっとした。正気を失っているのはジョージのほうかもしれない。そう思い、リリーは愚かな女のふりをすることにした。「詳しい事情はよくわからないけど、とにかくこんなふうにシュミーズも着ていない姿で男の人と同じ部屋にいるべきじゃないと思うの。このまま出ていってもらえれば――」

「わたしの父が子爵になるべきだったんだ。頭のどうかしたおじや、血に飢えたその息子ではなく」彼女の言葉がまるで耳に入らなかったように、ジョージは話し続けた。「狂気や精神的な病のせいでわが一族が没落するなんて許せない。こんなばかげた事態はいますぐに終わらせてやる。完全に」

リリーは瞬きをして頭を振った。深呼吸をする。愚かな女のふりは効果がなかった。いっそ正面からぶつかったほうがいいのかもしれない。「どうしてわたしにこんなことを話すの？」

「なぜなら、きみがいとこと関係を持ってくれたおかげで、この事態にけりをつける機会が生まれたからだ。きみには誤りを正すのを手伝ってもらう。キルボーンがどこへ逃げたのかわたしにはわからないが、きみならきっと知っているだろう」

「知らないわ」即座に否定した。「申し訳ないけれど知りません。もしかしたらイングランドを出るつもりかもしれないわね」

ジョージの笑みは冷たかった。「いや、それはない。そしてきみが彼の行先を知らないとしたら、非常に残念なことになる。きみも、きみが育てている子どもも、わたしにとって利用価値がなくなるわけだからね」

「いったい……どういう意味？」急に喉が詰まり、声を絞り出した。

「インディオといったかな？　七歳くらいの、青と緑の目をした男の子だ」

「どうしてインディオのことを知っているの？」衝撃のあまり、ささやき以上の声が出ない。

一瞬視線をそらしたあと、ジョージはぎらぎらする目をふたたび彼女に向けた。

「ロス男爵とは仲がよくてね。その彼と同じ目だ」

リリーは黙って見つめ返した。いますぐに立ちあがり、服を着て部屋を出ていくべきだ。この場所を離れ、彼がほのめかしたことはすべて忘れる。でも、インディオに危険が及ぶのなら無視はできない。

インディオ。

「彼の妻に会ったことは？」ジョージが穏やかな声できいた。「かなり裕福な侯爵の娘でね、ロスは彼女を妻に迎えられて大喜びだった。ただし持参金の大部分は、彼女の産んだ息子が爵位を継がなければロスのものにはならない。だから、その完璧な跡継ぎが女優ごときの産んだ子に地位を奪われるとなれば、彼にとってはうれしくないだろう。本当の長男が生きているると知ったらロスが何をするかは神のみぞ知る、だ。わたしなら、その子が生き延びられるほうには一シリングたりとも賭けないね」

リリーは黙って座っていた。世界が音をたてて崩れていく。アポロとの未来はなくなった。おそらく、もともとそんなものはなかったのだ。太陽の光を浴びると一瞬で燃え尽きてしまうような、子どもじみた愚かな夢だったに違いない。

〝きみを愛している〟とアポロは言った。体の中が引きつれるように痛む。この身の奥深くが切り裂かれ、誰にも見えない場所からゆっくりと血が流れ出しているみたいだ。

けれど、そんなことにかまってはいられない。

わたしは母親で、息子のインディオを守らなくてはならない。

リリーは顎をあげ、ジョージ・グリーブズを真正面からにらみつけた。震えずに声を出せて、奇妙な誇りを覚える。「わたしに何をしろというの？」

怪物のけがが癒えるまで何日もかたわらで過ごすうちに、怪物は恐ろしい外見とは裏腹にやさしく親切な心を持っているのだとアリアドネは知るようになりました。ところが、美しいけれど物音のしない庭園で静かに過ごすふたりの前に、ある日迷宮を抜けてテーセウスが飛び出してきたのです。すっかり汚れてあちこちに乾いた血がこびりついた姿で、彼はアリアドネに叫びました。「その獣から離れろ！　今度は負けないぞ。恐ろしい怪物の頭を切り落とすまで、絶対にあきらめない」……。

『ミノタウロス』

19

翌日の夕方、リリーは六時少し前にハート家の庭園を用心しながら歩いていた。太陽が地平線に沈みかけて空は紫がかり、鳥たちはたそがれの歌をさえずりはじめている。その光景は美しいと言ってもいいほどで、彼女は庭園が将来どんな姿になるのかはじめて見えた気がした。枯れた木や生垣《も》はほとんど取り払われ、留守にしていたわずか二、三日のあいだに、生き残った木から新しい緑が萌え出している。

それは生命の息吹《いぶき》だった。

しかしリリーはいま、死をもたらすために歩いていた。銃を持った男を引き連れて。ジョージ・グリーブズの重く不吉な足音が背後に聞こえる。彼女が注意してよけた草の芽を踏みつぶして歩いているに違いない。

彼は部屋にやってきて以来、リリーが用を足すとき以外はそばを離れなかった。そのときですら、閉めたドアの外で待っていた。いやな男だと思っていたのが、この三六時間で虫唾《むしず》が走るほど嫌いになっている。いいところなどひとつもない最悪の人間だ。庭園まで船に乗ったときも、彼は渡し賃を出ししぶった。

意地が悪くて、けちで、心が狭い。でも、それだけではなく危険でもある。

こんな男のために、わたしはこれから愛する人を裏切るのだ。

「ここからは音をたてるな。恋人が現れれば、きみは自由の身だ」ジョージの声には軽蔑しか感じなかった。

彼が言葉どおり解放してくれるのか疑わしいけれど、ほかに選択肢はない。そのまま少し進むと、きらめく水面が見えた。

リリーは足を止めた。「ここよ。ここで彼と会う約束をしたの」

「本当なんだろうな？」ジョージがあたりを見まわした。あざ笑うように唇をゆがめている。「頭のどうかしたやつと――平民の愛人には、泥水もロマンティックに見えるというわけか」

リリーは一瞬視線を上に向けただけで、何も答えなかった。アポロの無実を訴えても無駄なのはすでにわかっている。それに、実はジョージはいとこの無実を誰よりも承知している のではないかと感じはじめていた。

「そこで立っていろ」ジョージは目立たない茂みの陰に隠れた。「こちらを見たりして、わたしがいることをばらすんじゃないぞ。そんなまねをしたら、やつを撃って、おまえも撃つ。わかったか?」

彼女は胸の前で腕を組んだ。「よくわかったわ」

静かになると、テムズ川のほとりで鳴くカモメの声が聞こえたような気がした。

「息子はどこにいるんだ? 家政婦のところに置いてきたんだろう」ジョージが図々しくも話しかけてくる。

返事をするつもりはなかった。インディオの居場所を明かせば、しぶしぶここへ来たことも無駄になってしまう。

リリーが黙っているので、彼は忍び笑いをもらした。「まあ、それはあとで話せばいい。わたしときみとで。恐れる必要はない」

背後で何かが動く気配がして、彼女は振り返った。

あたりは静まり返っている。

「犬か何かだろう」

それはありえない。野良犬が庭に住みついていたら、彼女にはわかる。

そのとき、この庭を熟知した男性の迷いのない足音が聞こえた。

リリーは背筋を伸ばした。

彼が来た。

約束の時間よりも少し早い。もっと遅く来てほしかったのに。

ジョージが銃を構える。

リリーはつばをのみ込んだ。振り返らずに言う。「彼をつかまえるだけだと思っていたわ」

「やつは人殺しで危険だ。あとで悔やむより、安全な方法を取ったほうがいい。心配するな、わたしは射撃がうまいんだ。きみにけがはさせない」

体に傷を負うことはなくても心は違う。そう思いながら、彼女はあとずさりした。

「何をしている？」ジョージが声をひそめてとがめる。「そこから動くな」

リリーはさらにさがった。そのときアポロが見えた。目立たない茶色の服に三角帽をかぶった彼は、医者や商店主や職人のような中産階級の人間に見える。彼女と同じ世界の人間に。

彼女が愛し、一緒に年を重ねていける男性に。

アポロが目をあげて微笑みかけた瞬間、リリーはすばやく振り返ってジョージの拳銃をつかみ、銃口をおろして彼女の命とも言える愛しい男性から遠ざけた。

代わりに自分の胸へと向ける。

銃声がとどろいた。

アポロの見ている前で、リリーは彼に背を向けてジョージ・グリーブズと揉みあった。

銃口から火と黒い煙があがる。

彼女がよろよろとさがり、その場にくずおれた。

奇妙なことに、アポロのまわりの世界から音が消えた。

ジョージが今度はアポロのほうを向いて、拳銃を構えるのが見えた。しかし、弾はすでにリリーを殺すのに使われてしまった。だからアポロは拳銃を払いのけた。銃はくるくるとまわりながら飛んでやぶの中に落ち、彼はいとこの顔に拳を叩き込んだ。

だが、拳が当たった音も聞こえなかった。感触もない。

それならばそのほうがいい。

ジョージが倒れると、アポロは馬乗りになって顔を殴りつけた。最後にリリーの目に映ったであろう顔を。彼女を殺した男の顔を。そんなものはめちゃくちゃにしてやる。

アポロは唇がまくれあがって歯がむき出しになり、リリーが最初に思ったような怪物になっていた。

それでもかまわない。

もうどうなってもいい。

「アポロ」リリーの声。ありえない。だって彼女は……。

白くて柔らかい両手が血まみれの拳を包み、やさしく押しとどめる。

突然、音が戻ってきた。

ジョージがぜいぜいと息をついている。アポロの喉からすすり泣きがもれた。

リリーが……リリーがわたしの名を呼んでいる。

目をあげて彼女の顔を見ると、片方の頬に血が飛び散っていた。

つかんでいたジョージのシャツを放す。彼の頭が地面の上にどさりと落ちた。

アポロはリリーの前に膝をつき、愛しい顔を汚れた両手ではさんだ。「なぜだ？」言葉が詰まる。「きみが死ぬところを見た。死んで地面にくずおれるのを」

「弾は当たっていないわ。ただ、驚いてしまって。アポロ、手がめちゃくちゃになっているじゃない」

「ああ、リリー！」彼女の顔を引き寄せた。鼻に、頬に、まぶたに、次々と口づける。彼女がちゃんと生きて呼吸していることを確かめるために。「頼むから、二度とこんな思いをさせないでくれ！」

「ええ、もうしないわ」火薬で黒くなったリリーの頬に涙が流れ落ちる。「痛いしね」

そのとき、ロス男爵リチャード・ペリーがやぶの中から出てきた。「彼女から離れるんだ」

「失せろ」予想外の出来事の連続に驚く気力も尽きて、アポロは短く返した。

「離れないと彼女を撃つ」もちろんロスは用意周到に、拳銃を二丁用意していた。

アポロはのろのろと立ちあがり、リリーから一歩離れた。「ダーリン、あとでちゃんと聞かせてもらうよ。ふたりきりのはずの密会に連れてきた、このくず野郎については」

「彼もいたなんて全然知らなかったのよ」リリーが憮然として言う。

「ジョージはいい友人でね。わたしに息子のことを教えてくれないはずがないだろう？　だが、やつは簡単にすむと言っていたんだ。おまえとキルボーンをつかまえて、息子を手に入れるのはたやすいと。それなのに、このざまとは。ジョージを殺したのか？」

「残念ながら殺してはいない」アポロは地面の上で伸びているいとこには目も向けなかったが、彼の荒い息遣いは聞こえていた。「そのいまいましい銃をおろせ」愛するリリーに何度も銃が突きつけられて、ほとほといやになっていた。

その言葉を無視して、ロスはリリーを見た。「息子はどこだ？　インディオの居場所は？」

アポロが言い返す言葉を考えつく前に、彼女が口を開いた。

20

怪物は立ちあがりました。肩を怒らせて拳を握り、雄牛の頭を低く構えて、湾曲した二本の角を脅すようにテーセウスへ向けます。若者はためらわず、戦のような鬨《とき》の声をあげると剣を掲げて走りだしました。怪物はまったく動きません。けれども最後の瞬間、角をすばやく振りあげて若者を突きあげました……。

『ミノタウロス』

「何を言ってるの？　わたしの親友を殴り殺したあなたに教えるわけがないでしょう？」リリーが答えた。

「教えなければ撃つ」さっきも同じようなせりふを聞いたのに、アポロはまた心臓を冷たい手でつかまれたような恐怖を感じた。

「リリー」静かに声をかける。

彼女は腕組みをした。「だったら撃ちなさいよ。あなたみたいな男に、わたしの息子は絶対に渡さないわ」

「わたしいの息子だ」リリーの言葉に腹を立てて、ロスが鋭く言い返した。アポロの中にわずかに残っていた忍耐力が尽きた。「モンゴメリー、いつまでのんびり様子を見ているつもりだ？」

「せかさなくてもいいじゃないか」公爵がアポロのうしろから不機嫌な声で言い、ロスの脚を撃った。

男爵が地面に転がってうめく。

リリーが目をしばたたいた。「いったい――」

「ちょっと右にそれたな。股間を狙ったんだが」モンゴメリーは手の中の拳銃を見て顔をしかめた。のたうちまわっているロスの拳銃を二丁とも蹴り飛ばし、アポロのほうを向く。

「言っておくが、今回の件でわたしは損失を――ひどい損失をこうむった」

リリーがまた瞬きをしてから、眉をひそめてアポロを見た。「どういう意味？」

アポロは彼女を抱きしめた。リリーを永遠に失ったと思った心の痛みを、あたたかな体で癒したかった。「放っておけばいい。モンゴメリーの言うことを理解しようとしても無駄だ。勝手にしゃべらせておくしかない。ロンドンまで一緒に馬車に乗って、それがよくわかったよ」

「こいつは格好のカモだったのに」足元で身をよじっているロスを見おろして、モンゴメリーが残念そうに言う。「秘密の結婚に、正当な跡継ぎである隠し子。おいしいねたで何年も絞り取れたのにな」

「彼からお金をゆすり取るつもりだったの?」リリーが尋ねる。

公爵はむっとした表情になった。「金だって? そんな野暮なものは欲しくない。わたしが価値を見いだすのは情報や知識、影響力だ」彼は大げさにため息をついた。腕組みをした手から拳銃がぶらさがっている。「だが今回は、感傷的な気持ちに負けてしまった。それに絶対に庭園を完成させたいという思いもあったからな。キルボーンはこれまで出会った中で最高の設計者なんだ」

はっとしたように、リリーが目をみはってアポロを見る。「なぜよりによって、この人を連れてきたの?」

アポロは肩をすくめた。「そうしたほうが安全だと思ったんだ。きみを連れてイングランドを出るつもりだったし、きみがあとをつけられる可能性もあった」

「でも、彼のことは信用していないと思っていたのに」

「ああ、信用はしていない」彼は顔をしかめた。「だが、おじの屋敷から逃げるときに助けてくれた」

「それにわたしはいま、ロスを倒した。グリーブズも撃ったほうがいいか? こいつはそうされて当然だし、ポケットには拳銃がもう一丁ある」公爵が明るい声できいた。

そこへエドウィン・スタンプが茂みの中から飛び出してきた。すぐうしろにウェークフィールド公爵とトレビロン大尉も続いている。全員が拳銃を持って息を切らしていた。

アポロは目をしばたたいた。

「遅かったかな？」エドウィンが荒い息をつきながらきく。

「ええ」リリーがアポロの腕の中から不満そうに答えた。

「なんと、くそ公爵閣下が茂みの中に隠れていたとは」アポロはつぶやいた。「いったいここで何をしている？」

「ああ、キルボーン、またしゃべれるようになったのか」ウェークフィールド公爵は動じない。「残念だな。だが、妻は大喜びするだろう。ところできみは？」公爵はモンゴメリーに鋭い視線を向けた。

モンゴメリーは拳銃を持ったまま、ふざけた様子でお辞儀をした。

「わたしはモンゴメリー。きみはウェークフィールド公爵とお見受けするが」

「そのとおり」ウェークフィールド公爵は片方の眉をあげて応じ、アポロに向き直った。「きみに助けが必要だと聞いて来たのだ。どうやら情報に間違いがあったらしい」

「いいえ、助けは必要でした。兄が時間に遅れたからいけないんです」リリーがエドウィンに怒りの目を向けながら言った。

「わたしは撃たれたんだ」ロスが足元から訴える。

ジョージはうめき声しかあげられなかった。

ウェークフィールドはゆっくりとロスのほうを向いて、丁寧に話しかけた。

「きみはロス男爵だな？　きみが最初の結婚でもうけた息子なら、いまわたしの妻と遊んでいる。妻はあっという間に彼と仲よくなったようだ。元気に生きている息子が見つかるなんて、本当によかったじゃないか。跡継ぎを発見するなど、そうそうないことだぞ」

ロスがいまいましげに唇をゆがめたのを見て、アポロはモンゴメリーの狙いが外れたのが残念でならなかった。「迎えに行きますよ。わたしの息子ですからね」

「そうはいかない」ウェークフィールドが低い声で応えた。「信頼できる市民ふたりから、子どもの母親の悲惨な死の状況について聞かされている。この件に関してわたしに調査に乗り出してほしくなければ、跡取り息子には二度と会おうとしないほうが身のためだ」

ロスは一瞬泣きだしそうに見えたが、アポロはまったく気の毒に思わなかった。

「やれやれ、よかった」エドウィン・スタンプが焼け焦げた倒木に腰を落とす。「それならこれで解決だ。いまだから言うが、おまえから手紙を受け取ったときは卒中を起こしそうになったよ、リリー」

アポロは顔をしかめた。「手紙？」

「ジョージに連れられてグリーブズ邸を出るとき、こっそり従僕に託したの。エドウィンがなんとかうまく手をまわしてくれないかと思って」リリーは驚嘆したように兄を見つめた。「ちゃんとやってくれたのね、兄さん——少し遅刻はしたけれど」

エドウィンは照れた。

「わからないな」アポロの表情は晴れなかった。「わたしが逃げたあと、ジョージはあの屋敷できみをつかまえたのか？」

彼女がうなずく。「そのあとロンドンまでずっと、拳銃を突きつけられていたの」

アポロは心臓が止まりそうになった。なんて間抜けなんだ。自分が逃げたあと、残された彼女に危険が及ぶかもしれないと予想できたはずなのに。「すまない。きみを置いていくべきではなかった」

リリーはかぶりを振った。「あなたには彼がこんなことをするなんてわからなかった――それにあそこに残っていたら、いまごろは〈ベドラム精神病院〉に連れ戻されていたわ。逃げる以外になかったのよ、アポロ」

彼は暗い顔のままだった。簡単には自分を許せない。もっと悪い結果に終わっていたかもしれないのだ。「お兄さんにトレビロンに連絡しろと伝えたのか?」

「ええ。それとあなたのお姉さんに。公爵夫人なんだから、きっと力になってもらえると思って」

トレビロンが咳払いをした。「こういう状況では夫の公爵閣下のほうが役に立ってもらえるだろうと、わたしが判断した」

「助けが来るとわかっていたのなら、なぜジョージの拳銃をつかむなんてまねをした?」アポロはリリーに詰問した。

「だって助けはまだ来ていないのに、彼はいまにもあなたを撃とうとしていたんですもの」

彼女は手のひらをアポロの胸に当てた。「そんなことをさせるわけにはいかなかったのよ」

喉が詰まり、彼は言葉が出なくなった。そこでリリーを抱く手にただ力をこめた。

誰かがわざとらしく咳払いをする。

アポロは気にも留めなかった。

エドウィンが、まだ小さくうめいているジョージをつま先で蹴った。「こいつをどうする?」そうきいてから、ロスに目を移して顔をしかめる。「こいつら、か」

ウェークフィールドが姿勢を正した。「モンゴメリーがミス・グッドフェローの命を救うためにロスを撃ったのは明らかなので、わたしが供述書を法廷に提出してこの件を処理する。残念だが、爵位のある彼が監獄へ送られることはまずないだろう。しかしロンドンでもっとも有名な女優のひとりを殺そうとしたとして大変な醜聞になるだろうから、国外へ出ざるをえなくなる可能性が高い。グリーブズは……」

「アポロの友人たちを殺させたのは彼よ」リリーがアポロの腕の中から言った。「絶対にそうだと思うわ。証明はできないけれど」

「違う!　わたしはやっていない!」ジョージは地面の上から声をあげたが、説得力がない。

「その件なんだが」トレビロンが咳払いをして割って入った。「実は勝手に調査を進めさせてもらったよ。あなたが屋敷を出たあと、従者のバンスをとらえて尋問した。キルボーン子爵が彼に見覚えがあると言っていたと、モンゴメリー公爵から聞いたのでね。どうやらバンスはウィリアム・グリーブズに雇われる前、ジョージ・グリーブズのために働いていたらしい。殺しのあった晩に酒場で目撃されていると告げたら、彼は急に饒舌《じょうぜつ》になった」

「なんだと?」ジョージがわめいた。

「もっと知性のある男を使うべきだったな、ミスター・グリーブズ」トレビロンは冷ややかな笑みを浮かべた。「あの男はわたしが何か決定的な証拠をつかんでいると思い込んで、こちらが当惑するくらいぺらぺらと白状した。それにどうやらきみは、あの男にちゃんと報酬を払わなかったようだな。恨んでいたよ。彼は証人の前で、きみがキルボーン子爵に濡れ衣を着せるために殺人を依頼してきたと証言した」

「そんなのは嘘だ」ジョージがささやく。

「同席していたお父上は非常に衝撃を受けておられた」トレビロンは静かに続けた。

「おじは知らなかったのか？」アポロは尋ねた。

トレビロンがうなずく。「そうだと思う。わたしが屋敷を出るとき、彼はベッドに寝かされていたよ。医者を呼びに使いが出されていた。回復するかどうかわからないらしい」

ジョージが悪態をついた。口の端に赤いつばがたまっている。彼はアポロをにらみつけた。

「汚れた血統のおまえが跡継ぎだなんて、間違っている。ブライトモア伯爵が余計なまねをしなければ、精神病院へ送られる代わりに絞首刑になっていたのに。おまえの頭はどうかしていると誰もが知ってるんだ――世間のみんなが！　バンスなんかにまかせずに、わたし自身の手でおまえを殺すべきだった」

「さて、これできみの自白も取れた」トレビロンが淡々と言った。「ふたりの公爵が証人だ」

「完璧な解決だな」ウェークフィールドは厳しい顔でうなずき、アポロのほうを向いた。

「何日かで、きみの汚名を正式に晴らせる。アーティミスがとても喜ぶだろう。これでわたしも、食料を詰めたかごをさげて家を抜け出す彼女を見て心配せずにすむ」

「義兄上《あにうえ》に安心してもらえてうれしいですよ」アポロはそっけなく応え、リリーに視線を移した。「さあ、インディオとダフォディルが姉の犬たちとうまくやっているか見に行こう」

リリーがうなずく。アポロは彼女の手を取って、庭園をあとにした。

その晩、リリーが部屋に引きあげたのはかなり遅い時刻――真夜中をだいぶまわってからだった。久しぶりに過ごすインディオとの時間は、ウェークフィールド公爵家の四頭の飼い犬――グレイハウンドが二頭に、間抜けなスパニエルと年寄りの白い愛玩犬――のおかげで、いつにも増してにぎやかだった。ダフォディルは、その四頭を大きなおもちゃだと見なしているらしい。アポロの姉に引きあわされたときはかなり緊張した。どれだけいい人に見えても、彼女は公爵夫人なのだから。それからうっとりするほど気持ちのいい入浴を楽しんで、ローストダックとベビーキャロットのおいしい夜食をとった。

だから部屋に入ったとき、ベッドに寝そべっている大柄な男性にリリーがすぐ気づかなかったのも無理はない。

アポロの姿を認めた瞬間、彼女は足を止めて小声で抗議した。「ここへ来てはだめよ！」

腰のところまで上掛けで覆っているものの、彼はどう見ても裸だ。

「なぜいけない？」アポロがきき返す。子どもの頃に礼儀作法を叩き込まれたはずなのに、すべて忘れてしまったのだろうか？

「だって、ここはお姉さんの家でしょう？」

彼は首をかしげた。「実際はくそ公爵閣下の家だが、きみの言いたいことはわかる。だが、姉の部屋は上の階だ」

「どうしてあなたはウェークフィールド公爵をそんなふうに呼ぶの？」リリーはボディスを脱ぎながら聞いた。「どう見てもいい人だわ。ちょっと堅苦しいけれど。それにあなたを〈ベドラム精神病院〉から救い出してくれたんでしょう？」

アポロが苦々しげに顔をゆがめる。「彼は結婚する前に姉に手を出した」

リリーは眉をあげて彼を見た。

「それに性格が悪い。だが、何より姉の件は許せない」

「じゃあ、もしエドウィンがわたしを誘惑したあなたを非難したとしても……？」

「彼には当然その権利がある。実際、そうするのが筋だろう」

アポロが冗談を言っているのかどうか、リリーにはわからなかった。でも、冗談ではないような気がする。

「紳士って、おかしな考え方をするものね」彼女はそう述べるにとどめて、スカートをするりと脱いだ。

「そうだ」アポロが物憂げに応える。「たとえば、わたしはきみに妻になってもらいたいと思っている」

リリーは口をつぐみ、顔をしかめてコルセットのひもをゆるめた。

少し待って、彼は咳払いをした。「多くの男は、女性のほうこそおかしな考え方をすると思っているよ」

「リチャードは――」

「わたしをあの虫けらみたいな男と比べるようなまねはしないでくれ」アポロがまじめな顔で静かに抗議した。

「ごめんなさい」心から後悔して、すぐに謝った。アポロはリチャードとはまるで違うし、わたしはそれを誰よりもよく知っている。「だけどわかってほしいの。暴力がなかったとしても、彼とキティとの結婚がうまくいったとは思えないわ」

アポロは横向きになり、肘をついて上体を起こした。「きみはまだわたしとあいつを比べているんだ。わたしは血筋なんてどうだっていい。そんなものを気にするのは頭のどうかした男だけだと、今日の出来事でよくわかっただろう？」

リリーはつばをのみ込み、コルセットを外しながら慎重に言った。

「ご家族は女優をあなたの妻には望まないでしょう？」

「家族はアーティミスと、あとは姉のおまけのくそ公爵閣下だけだ。あのふたりがきみを歓迎しないそぶりを少しでも見せたか？」

「いいえ、でも――」

「見せるはずがない」アポロは裸のまま堂々と立ちあがって近づき、彼女の両手を取った。

「リリー、きみはわたしにとって光であり、愛そのものだ。何を怖がっている？」

「わたし……」答えようとして、言葉が出てこないのに気がついた。自分でも何を恐れているのかわからない。彼女は途方に暮れてアポロを見あげた。

彼はやさしく微笑んでリリーの手を持ちあげ、指先に一本ずつ唇をつけた。

「わたしはきみを愛しているし、きみはわたしを愛している。今日の午後までは少し確信が持てない部分があったかもしれないが、きみが銃口を自分に向けたときにすべてがはっきりした。きみとわたしは愛しあっているのだから、夫婦になるべきだ。そして残りの人生をともに眠り、ともに目覚め、大勢の子どもをもうけ、楽しく暮らすのが正しい姿だし、一番の幸せなんだよ」

「大勢の子ども？」リリーは少し疑わしげにつぶやいたが、幸い彼は気に留めなかった。

アポロが彼女の前に片膝をついた。リリーはシュミーズだけ、彼のほうは一糸まとわぬ姿だ。

「リリー・スタンプ」アポロの声はかすかにしゃがれている。この先もずっとそうだろう。「わたしを夫として受け入れ、妻になってもらえるだろうか？　これからの人生をわたしの光として過ごし、泥水の池で水浴びしたことを一生後悔させないでくれるかい？」

リリーは笑い、彼を立ちあがらせてキスをした。

「ええ」唇を合わせたまま答える。「いいわ」

エピローグ

恐ろしい光景に、アリアドネは悲鳴をあげました。怪物が頭を振るとテーセウスの体が宙を飛び、血を流しながら地面に落ちました。アリアドネは駆け寄ってひざまずきましたが、傷が深くて手の施しようがありません。テーセウスは驚きに目を開いたまま彼女を見あげ、最後の息を吐きました。「ぼくは英雄だ。ぼくではなくて怪物が死ぬべきなのに」

そして彼は死にました。アリアドネは頭を垂れ、祈りを捧げました。やがて顔をあげると、怪物が池に入って胸と頭についた血を流しているのが見えました。けれども怪物は、アリアドネが立ちあがっても目を合わせようとしません。それどころか背を向けます。

「怪物さん！」アリアドネはそう呼びかけたあと、間違いに気づいて声をやわらげました。「ああ、ごめんなさい。ほかの人たちがなんと言おうと、あなたは怪物じゃありませんよね」

それを聞いて怪物はようやく雄牛の頭をあげ、振り返ってアリアドネを見ました。美しい薄茶色の目に涙を浮かべています。

「あなたの名前を知らないの。名前がないのかもしれないわね――少なくとも、ちゃんとしたものは。じゃあ、これからはアステリオンと呼ぶわ。星を統べる者という意味よ。どうかしら？」

重々しくうなずくアステリオンに、アリアドネは手を差し出しました。

「一緒に迷宮を出ましょう。あなたのいるこの庭はきれいな場所だけれど、さえずる鳥もいないし少し寂しいわ」

アステリオンが彼女の手を取ったので、女王に渡された紡錘から伸ばしてきた赤い糸をたどって、ふたりは迷宮の外へと向かいました。もちろん、出口までは何日もかかりました。糸をたどって進んでも、迷宮は曲がりくねった長い道のりです。けれどもそのあいだにアリアドネは、迷宮の外に広がる島やそこに住む人々の様子をアステリオンに語って聞かせました。やがてとうとう出口に近づくと木々に止まってさえずる鳥の声が聞こえてきて、アリアドネは思わず笑みを浮かべてアステリオンを振り返りました。でもその瞬間の彼女の驚きは、いかばかりだったことでしょう！　アステリオンの石炭のように黒い肌、それにたくましい肩や雄牛の角やしっぽは前と変わりませんでしたが、顔が人間のものに変わっていたのです。そして人間の唇と舌を得たために、彼はしゃべれるようになっていたのでした。アステリオンはアリアドネの前に膝をつきました。

「やさしい乙女よ、あなたは命の恩人だ」彼の声はしゃがれていて、とぎれとぎれです。

「何年ものあいだ、誰もがわたしを殺そうと迷宮に入ってきた。心を持つ生き物として、魂のある人間としてわたしを見てくれたのは、あなただけだった。そしてあなたはそうすることで呪いを解いてくれたのだ」

「お役に立てたのならうれしいですわ」アリアドネは慎ましく応えました。

アリアドネとアステリオンは金色の城に向かいました。けれども彼女が出発したときと、なんという違いでしょう！　どの部屋にも人影はなく、廷臣や兵士たちの姿は見当たりません。ふたりは何時間も城の中を歩きまわって、ようやく気のふれた女王を見つけました。

女王は息子を見て、さめざめと泣きました。そして何年かぶりに糸つむぎの道具を置き、両手を広げて息子を抱きしめました。王はどうしたのでしょう？　実は死んでしまっていました。ある朝、バルコニーでさえずるスズメの声にいらだち、怒りにまかせて追いまわしたのです。するとバルコニーが崩れて、転落した王は命を落としたのでした。統治する王のいなくなった島はすっかり混乱して、おびえた人々が通りにあふれ、とまどいながらさまよっていました。そこでアステリオンは王のバルコニーに出て、両手をあげました。

「わが民よ」呼びかけられた人々はすぐに振り返り、驚きの目で見あげました。「わが民よ、わたしは獣として生まれたが、アリアドネのやさしさのおかげで人間になれた。わたしは暴力がどんなものかを知っているが、平和を選ぶ。みなを導く者としてわたしを受け入れてくれるのなら、父より公正な統治を行うよう努力しよう。そしてやさしい心の大切さを決して忘れないように、アリアドネを妻として迎え、かたわらに置こう」

人々が歓声をあげたので、アステリオンはアリアドネのほうを向いて、手に入れたばかりの人間の唇で微笑みました。「わたしについてきてくれるか、甘い心を持つわが乙女よ？　わが妻となり、妃《きさき》となり、わたしにやさしさを教えてくれるか？　わたしの愛を永遠に受け入れてくれるだろうか？」

アリアドネは黒い肌をしたアステリオンの顔を手で包み、微笑みながら見あげました。「わたしが教えることなど何もありません、陛下。でもわたしを妻として迎えてくださるのなら、喜んでおそばに仕え、永遠にあなたを愛します」

そして彼女はその言葉どおりにしたのです。

『ミノタウロス』

三カ月後

アポロは養子に迎えた息子とともに、植えたばかりの樫の木を誇らしげに見つめていた。木は池のほとりに立っているので、深い緑色の葉がやさしくそよぐ様子が澄んだ水面に映っている。それは心が洗われるような光景だった。

インディオの心には、もう少し現実的な考えが浮かんでいた。「この木にのぼってもいい？」

「だめだ」アポロは短く答えた。単刀直入な言葉であればあるほど、ずる賢い七歳児に反論されずにすむとわかっていた。「それにダフもだめだ」

名前を呼ばれた犬は吠えながら円を描くように走りまわり、危うく池に落ちそうになった。

「えー！」インディオはがっかりして声をあげたが、すぐに別の考えを思いついた。「いますぐピクニックをはじめてもいい？」

「いいぞ」

「それから、最初にウェディングケーキの残りを食べてもいい？」

「モードがいいと言ったらな」家政婦の不興を買うほど、アポロは愚かではない。

「やったあ！」インディオは歓声をあげた。「来い、ダフ！」

インディオと犬は劇場に向かって駆けだした。アポロは庭園の作業の進み具合を確かめながら、ゆっくりとあとを追った。彼と庭師たちは、木を二〇本以上と花の咲く灌木《かんぼく》を植えるのに成功していた。しかし、そのほとんどは成長に年単位の時間がかかるため、もっと早く育つ常緑樹なども加えている。そうすれば見栄えがよくなるし、弱い広葉樹を守る役割も果たしてくれるからだ。また道沿いには一年草の花も植えたので、庭園に華やかな彩りが加わっていた。

「ここにいたのね」

妻の声がして、アポロは振り返った。緋《ひ》色のドレスを着た彼女は、まるで庭に咲いた鮮やかなポピーのようだ。妻にはこの色が一番よく似合う。

彼は緑の瞳に笑みを向け、手を差し出した。「いましがた、インディオがウェディングケーキの残りをあさりに行ってしまったところだよ」

「しかたないわね。結局、誰かが片づけなくちゃいけないわけだし」リリーが夫の手を取った。「モードが張りきって焼きすぎたのよ。家にまだたくさん余っているわ」

ふたりは三日前に結婚したばかりだった。身内だけのこぢんまりとした式で、モードの焼いたシードケーキがふんだんにあった。それ以来、彼らはこのケーキばかり食べている。リリーとインディオとモードは毎日このケーキを昼食代わりに持ってきて、アポロの仕事場である庭園へ来てピクニックをしていた。

「午前中は何をしていたんだ？」彼はからかった。リリーが何をしていたのかはよくわかっている。

アーティミスは庭園の近くにある小さなタウンハウスをふたりにくれた。結婚のお祝いだと姉は言い張ったが、アポロは財産を継いだら借りを返すつもりだった。祖父の容体からすると、それを実行するのもそう遠い先ではなさそうだ。

「部屋のペンキ塗りがどんなに大変かわかる？　わたしの執筆用の部屋はピーチ色にしようと思ったのに、塗ってみたら気味の悪いオレンジ色になってしまったのよ。いま職人たちが黄色を重ねてくれているけれど、結局はさえない茶色になってしまうかもしれないわ」

「ふむ」相づちは打ったものの、彼は話の内容ではなくリリーの声の響きをただ楽しんでいた。

「次はあなたの書斎をラベンダー色に塗ろうと思っているの」彼女が続ける。「ピンクの縞《しま》模様を入れてもいいわね。ねえ、聞いているの？」

アポロはリリーを見た。「ちゃんと聞いているよ！」

「それならいいわ」彼女は大きく息を吸い、真剣な顔になった。「ところで、あなたに渡すものがあるんだけど」

彼は足を止めてリリーのほうを向いた。「何をくれるんだ？」

彼女がドレスのポケットを探る。「今朝、劇場で使っていた収納箱の中身を整理していて見つけたのよ……」そう言って、ノートを差し出した。

アポロは信じられない思いで受け取った。彼女はどんどん早口になって話し続けている。

「兵士たちが帰ったあとに見つけたの。どうして取っておいたのか自分でもわからないわ。あのときは、またあなたに会えるかどうかも定かじゃなかったのに。だけど今朝、このノートを見てわかったの。これはあなたにとって、とても大切なものだと。だから、わたしもここに……」

リリーは手を伸ばして紙をめくり、最後のページを大きく開いた。彼女の文字が書かれている。アポロは顔を近づけて読んだ。

愛しているわ、怪物さん。

愛しているわ、キャリバン。

愛しているわ、アポロ。

愛しているわ、ロミオ。

愛しているわ、スミス。

愛しているわ、庭師さん。

愛しているわ、貴族さん。

愛しているわ、わが恋人。

愛しているわ、わが夫。

愛しているわ、わが友。

愛しているわ、あなた。


彼は息をのんで、リリーを見あげた。

彼女は両手を握りあわせている。「わたしは物書きなのに、こんなわけのわからないことを書き連ねるなんて——」

アポロはノートを落としてリリーを抱きしめ、激しくキスをした。愛しい顔を両手ではさみ、親指でこめかみを愛撫しながら、彼女のあえぎ声を口の中に受け止める。

しばらくしてようやく腕をゆるめると、唇を寄せたままささやいた。

「ここがどこかわかるかい？」

「ええ。迷路の中心よ。あなたとわたしの心の中にある迷路の」リリーが閉じていた目をゆっくりと開く。まっすぐ彼に向けられた緑の瞳には、アポロが求めてやまなかった愛が輝いていた。

訳者あとがき

日本でも大人気のエリザベス・ホイトによる《メイデン通り》シリーズ。本書はその第七作目となります。

本作はこれまでの六作とは少しばかり毛色が違います。というのも、これまで重要な舞台のひとつだったロンドンの貧民街セントジャイルズと、そこで暗躍する〝セントジャイルズの亡霊〟が登場しないからです。なぜ登場しないかは、前作までをお読みでない方にはネタバレになってしまうので控えておきますが、いずれにしろ、シリーズが新たな展開を迎える節目の作品と言えるのはたしかでしょう。

とはいえ、舞台や登場人物の大半は、ファンの方にはおなじみの面々ばかりです。まずヒーローは、前々作『光こぼれる愛の庭で』で初登場し、前作『女神は木もれ陽《び》の中で』でヒロインの双子の弟として重要な役割を果たしていたアポロ・グリーブズ。友人三人を殺害したという無実の罪を着せられたアポロは、遠い親戚のはからいによって死刑を免れたものの、地獄のような精神病院に閉じ込められ、想像を絶する日々を送ってきました。前作のヒーローに助けられて病院から脱走したアポロですが、まだ疑いは晴れていないので、偽名を使い、身を隠さなければなりません。しかも、病院の番人の暴行によって声が出なくなっています。親友が所有し、自分も出資した庭園が火事で焼け落ちたため、いま、アポロはその一角に身を潜めながら、庭師として庭園の再建に力を尽くしています。

その同じ庭園内の焼け残った建物で生活しているのが、ヒロインのリリー・スタンプです。庭園の劇場で女優として活躍していた彼女ですが、庭園が焼けたいま、女優の仕事は続けられず、爪に火を灯しながら息子と家政婦の三人で暮らしています。そんなアポロとリリーが庭園で思いがけず出会います。口がきけないアポロに最初はとまどっていたリリーですが、筆談で会話を続けるうちに、彼の優しさや純粋さに気がつきます。アポロもまた、知的で生命力あふれるリリーに心を救われ、いつしかふたりは惹かれあいながら、それぞれのつらい過去を乗り越えていきます。またそれと並行して、アポロは周囲の協力を得ながら、自分に濡れ衣を着せた真犯人を突き止めていくのです。

ヒロインのリリー・スタンプは本シリーズではじめて聞く名前ですが、実は別の名前ですでに過去作品に登場済みです。前作までを読まれている方は、あの人だったのかと驚かれることでしょう。また、舞台となっているハート家の庭園は、これまでの作品の登場人物たちが芝居や花火を楽しむ社交場としてたびたび登場しています。その所有者であるミスター・ハートはこれまで謎の存在でしたが、その正体は、これまた過去の作品に登場している人物でした。このように、本シリーズはそれぞれの作品が独立していると同時に、さまざまな人物や出来事が複雑に絡みあって全体として大きなひとつの絵画のようになっています。

もちろん、本作がはじめてという方もお楽しみいただけますが、本作で興味を持っていただけたら、ぜひほかの作品もお試しください。このシリーズの世界をより深く味わっていただけることと思います。

シリーズはまだまだ続きます。次回の主人公は、本書にもたびたび登場するふたり。と申しあげれば、勘のいい方はピンと来るかもしれません。ちょっと意外な組みあわせだけに、どんなストーリーになるのか、いまから楽しみですね。

二〇一五年一二月

ライムブックス

永遠《えいえん》に愛《あい》の囁《ささや》きを

著　者　エリザベス・ホイト
訳　者　川村《かわむら》ともみ

2016年1月20日　初版第一刷発行

発行人　成瀬雅人
発行所　株式会社原書房
〒160-0022東京都新宿区新宿1-25-13
電話・代表03-3354-0685　http://www.harashobo.co.jp
振替・00150-6-151594
カバーデザイン　松山はるみ
印刷所　図書印刷株式会社

落丁・乱丁本はお取替えいたします。

定価は、カバーに表示してあります。

©Hara Shobo Publishing Co.,Ltd. 2016 ISBN978-4-562-04478-8 Printed in Japan